KB166380

『──날려 버릴 끼다』.

「귀중한 말씀, 감사합니다. 나머지는…… 마지막 대립 후보, 눈앞의 상대를 어떻게 생각하시는지 말씀해주셨으면……!」

「――손수 꺾으리라」

베아트리스가 소파에 앉은 스바루의 무릎 위에 올라탔다. 옆에 앉은 에밀리아도 그 모습에 별말이 없는 것을 보니 늘 하는 행동인 모양이다.

「――우선 이야기를 들으러 와 주어서 고마워. 나도 이야기를 잘 들으려고 해 주는 사람과 대화하는 건 기쁘니까, 잘 부탁드리겠습니다.」

「그 말은 용의 질문에 대한 답?」

「──탄자, 움직이지 마시어요.」

작은 머리에 큰 뿔이 난
녹인족 소녀──눈에 눈물이 고이고,
머리가 두 날개를 접은 거대한 비룡의
입에 쏙 들어가 있다.

「그건 그렇고, 드문 손님께서 다 납시었어요」

Re: Life in a different world from zero

The only ability I got in a different world "Returns by Death"
I die again and again to save her.

CONTENTS

Re:제로

Re: Life in a different world from zero

부터 시작하는 이세계 생활

단편집 7

나가츠키 탓페이 지음
후쿠 키츠네 일러스트
오츠카 신이치로 캐릭터 디자인

정홍식 옮김

표지 · 본문 일러스트
후쿠 키츠네

『Lugunican Papers』

1

"쇼티! 쇼티! 쇼티 메이건!!"

한 남자가 요란한 소리를 지르며 사납게 복도를 돌진했다.

목청 크고 호쾌한 소리를 내는 남자. 주위 사람들은 그 발소리와 걸걸한 목소리에 '또 시작이냐'는 듯이 얼굴을 마주 보았다가 금세 흥미를 잃었다.

일상다반사, 당연한 광경, 구태여 화제로 삼을 만한 일도 아니다.

그 남자는 그런 주위 반응을 거들떠보지도 않으며 목적한 방에 도달했다. 그리고 벽을 뚫어 버릴 기세로 문을 활짝 열어젖히고 외쳤다.

"──쇼티 메이건! 여기에 있나!"

"으에?! 어으, 네네네네, 있어요, 있어요, 있습니다! 쇼티 메이건, 여기 멀쩡히 있습니다!"

우렁찬 고함에 방 안에 있던 작은 소년이 말 그대로 펄쩍 뛰어올랐다.

머리를 몽땅 가리는 크고 둥근 모자를 쓰고 긴 앞머리로 그 두 눈을 가리고 있다. 오래 입어 헤진 낡낡한 작업복과 튼튼하고 오래된 신발은, 이 한 벌만 입고 다니는 것을 한눈에 알게 했다.

개인적인 미의식이나 세간의 유행에 영합하지 않는 개성의 표현——이 아니다. 흥미와 재산, 무엇보다 시간이라는 갖가지 요소가 고갈되었기 때문이다. 자택에 돌아가지 않은 채 잡다하게 자료가 산적한 작업실에서 숙식하는 꼴을 보아도 그 점은 명확하다.

소년—— 쇼티 메이건은 입 끝에 매달린 침을 소매로 닦고 허둥지둥 상대 쪽을 돌아보았다.

"모, 모, 모 모건 편집장님?! 어떻게 여기에?!"

"그래, 그렇고말고! 나는 이 『친룡보문(親竜報文)』의 편집장, 모건 프란츠다! 그리고 쇼티, 너는 내 부하, 기자, 손발, 대체 어느 것이지?!"

"물론, 부하에 기자에 손발 전부입니다!"

"암, 그렇겠지! 단! 너는 끽해야 새끼발가락이야! 이런 기사를 올리는 꼴을 보면 도저히 다른 손가락 발가락 역할은 위험해서 못 맡기겠다!"

매부리코가 특징인 얼굴을 시뻘겋게 물들이며 성내는 이는 쇼티의 상사인 모건 프란츠 편집장이었다. 『친룡보문』—— 루그니카 왕국 국내에 유통되는 보도지의 편집 책임자이며, 타협이라는 말을 모를 만큼 직업 정신이 투철하다.

키만이 아니라 목소리와 태도도 당당한 그 편집장은 왕국에서 일어나는 온갖 사건에 눈을 빛내며 매일 그 변화상에 군침을 삼키는 타고난 보도 중독자였다.

그 보도 중독자 편집장이, 구태여 말단 기자인 쇼티 쪽으로 발길을 옮긴 이유라고는 하나밖에 없다. 쇼티가 쓴 기사를 읽은 것이다.

"그래서 몸소…… 네! 칭찬해 주셔서 영광입니다!"

"방금 문맥이 칭찬하는 흐름이었나?! 내 얼굴을 봐라! 매부리코의 7할…… 아니, 8할까지 벌게졌을 테지. 이것이 내 분노의 눈금이다!"

"편집장님! 10할 새빨갛습니다!"

"그러면 나는 내가 생각하는 것 이상으로 화가 난 모양이구나, 이 기사에 말이다!"

얼굴이 검붉어진 모건이 고함과 함께 손에 든 종이 뭉치를 쇼티에게 던졌다. 가슴에 맞고 바닥에 떨어진 종이 뭉치는 쇼티가 밤새워 써낸 취재 기사였다.

피와 눈물의 결정체가 이런 평가에 이런 대접이다. 즉——.

"혹시 고쳐 써야 하나요?!"

"멍청아, 싹 퇴짜야! 어디서 살짝 욕심을 내고 있어! 애당초 왕도 지하에서 큰 쥐가 대량 발생했다는 내용에 누구 가슴이 설렌다는 거야?! 도중에 뭔가 놀라운 전개가 있나 싶었더니, 마무리하는 말이 또 최악이었어! 한번 말해 봐!"

"——속보는, 당신의 눈으로 확인해 보도록!"

"그게 할 소리냐! 호기심 왕성한 독자를 위험한 지하로 유도하지 마! 얌전히 경비병에게 연락해서 퇴치하라 그래! 큰 쥐에게 도전했다가 죽거나 병에 걸리는 독자가 늘어나면 어쩌려고!"

"그 경우, 책임 문제가 됩니까?!"

"멍청아! 『친룡보문』의 구독자가 줄어드는 것이 문제다!"

바닥에 떨어진 기사를 줍는 쇼티의 콧잔등에다 손가락을 들이댄 모건이 단언했다.

그야말로 보도 중독자라고밖에 할 도리가 없는 가치관이지만, 쇼티는 그런 모건의 사고방식을 좋아했다. 왜냐하면 쇼티 또한 보도 중독자이기 때문이다.

그렇기에 이번 기사도 자기 몸을 던진 돌격 취재의 성과였는데.

"빈민가를 중심으로 탐문하고, 왕도 지하에서 대량으로 번식하는 큰 쥐 떼의 상황을 자세히 파악한 역작이었다고요! 그런데 전부 퇴짜요?! 어째서?!"

"당연하지! 똑바로 서라! 턱 당기고! ――『친룡보문』의 신조는!"

"――마음이 떨리는 기사가 아니면, 게재하지 않는다!"

"그게 전부다!"

꼿꼿이 직립한 쇼티 앞에서 모건이 침을 튀기며 내뱉었다. 쇼티는 얼굴에 침 세례를 대량으로 받으며 분한 마음에 이를 갈았다.

솔직히 쇼티도 취재 중에 이래도 되나 자문자답하긴 했다.

"하지만 한 번 시작한 일을 도중에 그만두면 손해 본 기분이 드니까……!"

"너의 그 포기할 줄 모르는 성격은 높이 사지만, 이번에는 나쁜 방향으로 발휘되었군. 나쁜 방향으로 발휘되었다 해서 말인데, 이 기사의 삽화에도 같은 인상을 품고 있다!"

"네?! 그림도 안 돼요?! 무지무지 잘 그리지 않았어요?"

"너무 잘 그렸어! 마치 당장에라도 움직일 것 같았지…… . 버글버글한 쥐 떼가 말이야!"

쇼티의 손에 있는 기사를 뒤집은 모건이 문제의 삽화를 활짝 펼쳤다.

쇼티의 눈앞에 날아든 것은 쥐 떼── 그것을 실사처럼 그린 가공할 화력의 그림이었다. 박진감이 넘치는 작품이라 쥐의 짐승 냄새까지 풍길 듯싶다.

아니 실제로 지하에서 쥐 떼와 조우했을 때의 기억과 공포가 시각적으로도 후각적으로도 되살아나는 감각에 쇼티는 무너졌다.

"웨, 웨에에엑…… ."

"자기 기사를 보고 토하지 마! 하지만 네 기사를 본 많은 독자들이 같은 반응을 하는 사태가 될 테지, 이해했나? 이 그림을 그린 것은 룰루랄라겠지! 그 녀석은!"

"그, 그 아이라면 저기에…… ."

구역질을 참으며 쇼티가 후들거리는 손가락으로 방구석을 가리켰다.

손가락을 움직임을 좇은 모건이 "응?" 하고 시력에 집중했다. 그러자 잔뜩 쌓인 자료 산맥 속에서 꾸물꾸물 움직이는 그림자── 일심불란하게 그림붓을 놀리는 소녀의 모습이 있었다.

"오오오오우?! 그런 곳에 있었나, 룰루랄라?!"

"……습니다."

"이런 지저분한 방에서 뭘 하고 있어?! ……아니 그 전에 냄새! 냄새 나! 보아하니 너, 지하에서 돌아오고 물도 뒤집어쓰지 않았 군?! 웩, 웨에에엑!"

매부리코를 부여잡고 구역질과 씨름하는 모건. 소녀──룰루 랄라는 그 모습을 한 번 흘깃 쳐다봤을 뿐 말이 없었다. 단, 움직 임이 없는 표정과 달리 그 손은 무릎 위의 그림첩에다 쉼 없이 그 림을 그리는 중이다.

그것이 『친룡보문』의 기사에 게재하는 삽화를 그리는, 보도 화가인 그녀의 역할이었다.

그렇기는 하지만──.

"온갖 현상을 그림으로 일으킬 수 있는 룰루랄라라면, 어떤 기 상천외한 사건에도 설득력을 부여할 수 있건만…… 실로 보물 을 썩히는 꼴이야! 한탄스럽다 생각하지 않나, 쇼티!"

"엇! 어어, 그건, 저기……."

"──실실대는 표정 짓지 마라, 쇼티 메이건!"

갑작스러운 공세의 전환에 놀란 쇼티는 무심코 살살 비위 맞추 는 웃음을 지었다. 그러나 그 얼굴을 본 모건은 매부리코만이 아 니라 뺨까지 붉히고 쇼티를 다그쳤다.

"우리는 독자의, 상대의 진짜 감정에 감명을 주어야만 한다. 그런 우리가, 자기 감정에조차 솔직해지지 못하고서 어떻게 그 역할을 다할 수 있지? 그게 아닐 텐데!"

"으……."

"쇼티! 대체 너는 무엇 때문에 『친룡보문』에 들어왔나?! 쥐꼬리를 쫓아다니며 왕도의 구독자들의 미간에 주름을 새기기 위해서냐? 어떻지?"

"그, 그렇지 않습니다!"

서글픔마저 섞인 모건의 말에 쇼티는 힘차게 반박했다.

기세에 압도된 사실도 잊고 키가 40센티미터나 차이 나는 상사를 노려본다. 머리가 불붙은 것처럼 확 뜨거워진 쇼티는 실실대는 웃음을 지우고 본심을 혀에 실었다.

그렇다. 무엇 때문에 『친룡보문』에 들어왔는지 물으면——.

"저도, 사람의 마음을…… 세상을 바꿀 만한, 그런 기사를 쓰고 싶다고요! 쥐를 질색하는 사람을 괴롭히기 위해서 기자가 된 게 아녜요!"

"그렇다면 어쩔 거냐! 한 조가 된 룰루랄라의 귀중한 시간과 재능을 낭비시키고, 자료 더미에 파묻혀서 졸기나 하는 신세로 그 희망을 이룰 수 있겠나?"

"그건…… 그렇다면, 그러면……."

상사의 말에 이를 악문 쇼티는 침식을 잊고 그림에 몰두하는 단짝의 모습을 보았다. 룰루랄라에게 어울리지 않는 일을 시키고 있다는 그 지적은 정곡이었다.

무엇보다 쇼티 본인부터 정열에 걸맞은 일을 하지 못하고 있다는 자각이 있었다.

"————."

그 정열이 끓어오르는 것을 느끼며 쇼티가 숨을 죽였다.

시야 끝자락, 작업실 벽에 붙여진 기사 한 장이 눈에 들어왔다. 그것은 쇼티가 쓴 기사가 아니지만 마치 거대한 공훈이나 기념처럼 붙여진 것이었다.

왜냐하면 저 기사의 내용이야말로 딱 쇼티가 머리에 그리던 '세계를 바꿀 만한 기사'의 견본 같은 것이었기 때문이다.

그런 기사를 쓰고 싶다고 쇼티가 진심으로 바란다면──.

"──왕선(王選)."

"뭐라?"

쇼티의 중얼거림을 들은 모건이 한쪽 눈썹을 꿈틀 움직였다. 모건의 음성에 드러난 변화, 쇼티는 그것을 더듬더듬 끌어당겼다.

누구보다 먼저 기사를 보는 편집장, 그 '첫 번째 독자'의 마음을 흔들기 위해서.

"왕선…… 그 후보자들을 취재하겠습니다! 이 친룡왕국을 뒤흔드는, 왕국민 최대의 관심사인 왕선 후보자, 그분들의 생생한 목소리를 듣고, 민낯에 접근하겠어요!"

"────."

"어, 어떨까요?"

기세로 기삿감을 선택한 쇼티는 침묵한 모건의 반응을 불안하게 여겼다.

무모한 선택이라는 질책을 들을지도 모른다. 하지만 그런 쇼티의 불안은 잠시 묵고한 모건의 큰 웃음에 산산이 부서졌다.

그 기세에 눈을 크게 뜬 쇼티의 어깨를 모건의 거대한 손바닥이 움켜잡았다.

"좋아! 좋은데, 쇼티! 그래야지!"

"끄아아! 어깨가아아!"

어깨가 삐걱거리는 아픔에 절규하는 쇼티, 그 비명을 아랑곳하지 않으며 모건이 눈을 빛냈다.

"왕국민 최대의 관심사, 왕선! 이미 개시가 선언된 지 몇 개월, 처음에야 모두가 화제로 삼고 있었지만, 차츰 화제성이 흐려지고 있지. 이쯤에서 한 번 우리 손으로 다시 민중의 흥미를 왕선으로 돌리겠다……. 나쁘지 않아! 나쁘지 않다고!"

"고, 고맙습니다!"

"입 닥쳐, 멍청아! 아직 아무것도 안 했어! 좋아하지 마!"

"마, 맞습니다! 난 멍청이야!"

치솟았다가 바로 추락했다가, 감정이 좌지우지되는 쇼티. 그런 쇼티에게 모건은 "좋아!" 하고 침을 튀기며 손가락을 들이댔다.

"그렇게 결정 났으면 서둘러라, 쇼티! 다른 누군가에게 선수를 빼앗기지 마! 왕선 후보자에게 취재를 신청하고, 무슨 수를 써서든 기사로 만들어! 쥐 기사는 이쪽에서 갈아치워 두마!"

그 말만 남기고 모건이 큰 쥐의 기사를 들고서 사납게 방을 뛰쳐나갔다. 그가 일으키는 바람이 실내의 자료를 날려 올리고 쇼티의 긴 앞머리도 휘날렸다.

하지만 폭풍이 떠난 뒤의 실내에서 쇼티는 뜨거운 감정에 주먹을 움켜쥐고 있었다.

분위기 타서 떠든 감은 있지만 그래도 가슴속 정열의 외침은 진짜배기다.

"한다, 해 주마! 나는 세상을 바꾸어 보겠어! 룰루랄라, 너도 바빠질 거야!"

"……응."

"어? 나한테?"

콧방울을 부풀리며 벼르는 쇼티, 그 옆에서 어느 틈에 일어선 룰루랄라가 그림첩 페이지를 한 장 잘라내어 넘겼다.

──거기에, 흥분해서 코에서 피를 뚝뚝 흘리는 쇼티가 그려져 있었다.

"아니, 이 정도는 입으로 말을 해 줘!!"

쇼티가 코에 천을 쑤셔 넣고 조심스럽게 그림을 접어 주머니로. 그 뒤에 파묻힌 취재 도구를 끄집어내서 다음 취재에 나설 준비를 갖추었다.

"큰 쥐 다음은 왕선 후보…… 어느 분도 보통내기가 아니라고 들었는데, 무슨 수를 써서든 돌격 취재를 성공시켜야 해! 가자, 룰루랄라!"

"……녀 와."

"다녀 와가 아니라, 너도 갈 거거든?!"

몸을 오므려 틀어박힐 자세를 보인 룰루랄라를 쇼티가 업었다. 그리고 함께 그녀의 화구(畵具)도 배에 껴안아 불안정한 상태로 『친룡보문』 본사에서 출발했다.

"……찮아."

"귀찮지 않아! 자, 후보자 분들은 미인이라고 하니까, 분명히 네 창작 의욕도 쑥쑥 솟을걸! 아주 발딱발딱할 거야!"

무기력한 단짝에게 필사적으로 호소하며 쇼티의 모험이 시작되었다.

그 발걸음은 무겁고 단짝은 무기력하지만, 쇼티의 눈은 빛나고 있었다. 세상을 움직일 기사를 쓰겠다, 그 시작에 어울리는 하루다.

"보이네, 룰루랄라……. 푸른 하늘이 우리의 앞길을 축복하고 있어!"

"……늘, 흐려."

"마음의 눈으로 봐야지!"

2

『친룡보문』은, 루그니카 왕국에서는 괜찮은 보도지로 이름이 났다.

보도지가 전달하는 것은 루그니카 국내에서 일어난 희로애락의 감정을 흔드는 사건── 그것은 온화한 일상을 꾸미는 경사로운 소식이기도 하고, 혹은 어딘가에서 누군가의 생명이 사라졌다는 괴롭고 슬픈 사건이기도 하는 등 다양한 영역에 걸친다.

다만 그것이 어떤 감정을 자극하는 것이어도, 『친룡보문』에는 절대적으로 양보할 수 없는 심지가 있다. 그것이──.

"마음이 떨리지 않는 기사는 싣지 않는다! 우리 회사의 사훈이야, 룰루랄라."

"……부글부글."

"물 부글부글하지 말고 내 말 들어줄래?! 그리고 네 버릇은 알지만 그거 이다음 취재하는 곳에서 절대 하면 안 된다?!"

주먹을 쳐들며 벼르는 쇼티, 그 정면에 있는 룰루랄라의 얼굴에 의욕은 없다.

본사를 나온 두 사람은 왕도의 식당에서 취재 계획을 협의 중이었다. 물론 계획을 세우는 것도 설명하는 것도 쇼티의 역할이고 룰루랄라는 전적으로 맞장구 담당이다.

"지금부터 우리는 왕선에 참가하는 왕선 후보자 분들을 순회할 거야. 아무리 룰루랄라라도 왕선은 알지?"

"……선?"

"모른다는 표정이다! 무서워! 보도지와 관계된 입장인데 세간의 관심에 전혀 관심이 없는 자세가 무서워! 겁내는 내 얼굴을 끼적끼적 그리기 시작하는 자세도 무섭고!"

재빠른 동작으로 룰루랄라가 그림첩에 그리는 것은 얼굴이 창백해진 쇼티였다.

이처럼 룰루랄라는 보도지에 게재하는 그림을 그리는 것이 생업인 '보도 화가' 다. 그녀의 화력은 천재의 경지이며, 그리고 그것 이외에 관심을 보이지 않는 괴짜이기도 하다.

쇼티에게는 이 오래 알고 지낸 까다로운 단짝을 잘 인도할 필요가 있었다.

"그 소중한 단짝인 너에게, 이다음 취재 대상 얘기를 할게. 어디까지나 내가 내 머릿속 생각을 정리하기 위한 설명이라고 치부해도 상관없으니까."

"······응."

일단 맞장구가 있던 것을 좋게 여기고서 쇼티는 작게 헛기침. 그러고 나서 룰루랄라 상대로 왕선과 참가자에 대해 설명하기 시작했다.

"먼저 왕선 말인데, 이것은 지금부터 약 반년 전, 왕성에서 선언된 다음 임금님 결정 의식이야. 3년 후, 선발된 다섯 후보자 중에서 임금님을 선출하고······ 지금은 누가 임금님이 될지 경합하고 있는 중이란 것이지."

국왕과 그 혈족이 일제히 병에 걸렸다는 이야기는 근년의 루그니카 왕국에서 흔들리기 어려운 대재앙 중 한 건으로 꼽히는 사건일 것이다.

그 결과, 왕국은 왕이 없는 상황이 되어 현인회가 대신해서 국가 운영을 맡고 있다. 하지만 그것은 역시 불건전한 상태다. 그러한 상태를 해결하기 위한──.

"──왕위 선발전, 줄여서 왕선이야. 왕선 후보자는 다섯 명. 크루쉬 칼스텐 공작과 아나스타시아 호신 상회장, 프리실라 바리에르 남작부인에, 펠트 님과 에밀리아 님이 들어가 있어."

"······지 않아?"

"아니, 적을 정도야. ······결판이 나기 전에, 후보자가 줄어들 가능성도 있으니까."

갸우뚱하는 룰루랄라는 쇼티가 한 말의 참뜻을 이해하지 못하는 눈치다.

다음 왕위를 결정하는 경쟁에서 후보자에게 한정적인 자질이 필요하다면, 암살을 포함한 암투가 펼쳐질 것은 쉽게 상상이 간다는 의미를.

"웬만한 각오로는 왕선 후보자라고 자처하지 못한다는 뜻이야. 선발된 다섯 명의 후보자 분들은 분명히 전원 어마어마한 각오를 하고 있을 터."

공위가 된 왕좌를 쟁탈하는 후보자들이다. 전원, 야심이 극에 달했으리라.

"게다가 전원이 여성…… 이 경우에는 여걸이라고 해야 할까. 『전쟁의 여신』이라 불리는 크루쉬 님이나, 카라라기 도시국가에서 입신출세한 아나스타시아 님…… 펠트 님은 빈민가를 지배하고 있었다 들었고, 무엇보다 『검성(劍聖)』을 거느리고 있다니까."

"……성이라면, 『기사 중의 기사』?"

"맞아……. 그러고 보니 전에 룰루랄라가 기사 라인하르트의 그림을 그렸었지."

룰루랄라의 반응으로 쇼티는 그녀가 전에 그린 그림 한 폭을 떠올렸다.

그렇게 말해도 취재는 아니다. 우연히 휴일의 왕도를 산책하는 『검성』과 조우했는데 그림을 그리고 싶다고 보챈 룰루랄라의 부탁을 쾌히 들어준 것이다.

실제로 룰루랄라도 붓놀림에 큰 탄력을 받았는지 완성한 한 폭은 완성도가 참 훌륭했다.

그 한 폭의 그림도 작업장에 있는 쇼티의 화집에 빠짐없이 철해 두었다.

그거야 아무튼──.

"그 기사 라인하르트가 충성을 맹세할 정도니까, 펠트 님은 보통 대단한 분이 아니라고 봐. 그리고……."

"……리고?"

"에밀리아, 님, 은……."

다음 후보자의 이름을 입에 담으려던 쇼티의 온몸을 공포가 감싸 안았다.

얼굴에서 핏기가 가시고 어깨를 벌벌 떠는 쇼티. 그 모습에 룰루랄라는 이상하다는 표정이지만 이유를 알면 그녀도 똑같이 겁먹을 것이다.

왕선 후보자 중 한 명인 에밀리아── 그녀는 은발에 남보랏빛 눈을 가진 하프엘프라고 하며, 과거 세계를 멸망 직전으로 몰아넣은 『질투의 마녀』와 같은 특징을 가진 인물이다.

모든 것을 얼리는 냉기를 두르고, 무시무시하고도 사나운 정령을 거느린 마성의 존재라는 소문이 자자하다. 미확인이지만 왕국 북부의 토지를 영원히 얼음 속에 가둔 데다가 장난으로 눈보라를 불러서는 그 지역 사람들의 생활을 파탄 내는 것을 즐기고 있었다고도.

물론 그녀는 『질투의 마녀』 본인이 아니다. ──하지만 『질투의 마녀』의 재래라는 소문이 돌 정도로 위험한 인물이다.

──여태까지 쇼티 말고도 같은 주제를 기사화하려던 기자는

있었을 것이다.

그 모든 취재도 결실을 맺지 못한 가장 큰 이유가, 다름 아닌 '에밀리아'였다.

왕선 후보자 상대의 취재라고 주장한다면, 당연히 다섯 명 전원에게 말을 들어야 기획이 성립된다. 그러나 누구나 에밀리아 상대로 취재하기를 주춤했다.

쇼티도 이 취재 가장 큰 벽이 바로 에밀리아에 대한 공포라고 여기고 있다.

"＿＿＿＿＿."

그러나 겁내는 쇼티를 본 룰루랄라는 그림첩에 붓을 놀렸다.

그림으로 그려 준다는 게 위안이 되진 않고 걱정을 전혀 하지 않는 구석에 놀람을 숨길 수 없지만, 그래도 쇼티가 제정신을 차릴 계기는 된다.

"세상을, 바꿀 거야……."

모건 편집장에게 친 큰소리를 떠올린 쇼티는 어금니를 짓씹었다.

그 말을 거짓으로 만들지 않겠다. 짓씹은 것은 어금니만이 아니라 자신의 꿈이기도 하니까.

"벌벌 떨고 있을 때가 아니지. 할 거야, 룰루랄라. 나는, 내 일을 완수하겠어!"

"……머지, 한 사람은?"

"으에? 아, 아아, 그렇구나, 맞아, 그렇지."

결의하는 쇼티에게 룰루랄라가 다 그린 그림을 건넸다. 창백하게 그려진 자신의 모습에 쓴웃음 짓던 쇼티는 그 그림도 소중히 가방에 넣고는 대답했다.

"마지막 한 명은, 바리에르 남작부인, 곧 프리실라 님이야. 그분은 『핏빛 신부』라는 말을 들을 만큼 불행한 결혼을 반복한 사람이거든. 아직 젊고 아름다워서, 결과적으로 몇 번이고 결혼했지만 그 전부가 사별로 끝난…… 비극의 여성이지."

"……극."

"영지에서의 평판도 높아서, 『태양희』라고 흠모받고 있다나 보더라. 아마 주위 사람들에게 긍정적인 웃음을 주는, 그런 따뜻한 매력이 있는 사람이겠지."

다양한 사전 평판이 귀에 들어오는 입장에서 보자면 쇼티가 개인적으로 가장 응원하고 싶다고 생각하는 처지에 있는 것이 프리실라 바리에르다.

불행한 신상의 여성이 난데없는 부조리를 떨쳐내고 영광을 거머쥔다.

그것은 분명히, 만인의 가슴이 뜨거워질 영웅담이나 입신출세담이라 할 수 있으리라.

"어쿠쿠, 안 되지, 안 돼. 어디까지나, 우리는 공평한 시각을 가져야 하는데. 무엇보다 처음 취재를 받아준 상대에게 실례가 돼."

"……음 상대는?"

"──크루쉬 칼스텐 공작."

그렇게 말하고 본격적인 취재의 시작을 예감한 쇼티가 몸서리쳤다.

왕국의 중진이자 현재 왕선에서 가장 유력한 것으로 간주되는 후보자다.

"솔직히 심정적인 문제를 뺀다면, 가장 큰 난적이라 여겼던 분이야. 우선 취재 신청을 받아줄 줄은 생각 못했었으니까."

여하튼 상대는 작위가 왕국에서 가장 높은, 고귀하신 분이다.

평민, 그것도 기꺼이 대중이 읽을 것을 목적으로 한 보도지의 취재 따위, 문전박대당해도 당연하다 생각했었다. 그 경우, 몇 십, 몇백 번이라도 취재를 신청해 상대가 끈기에 지기를 기다릴 작정이었는데──.

"……이 통하는 사람?"

"글쎄……. 크루쉬 님은 남성이 무색할 정도의 무투파로 유명해. 나이상으로도 아직 은거할 필요가 없던 부군(父君)에게 자리를 양보받아 당주 자리에 앉았어. 야심가지."

그러지 않고서야 『전쟁의 여신』이라는 직함으로 불리는 여공작 노릇은 못 한다.

분명히 이번 취재를 수락한 것도 그녀 나름의 의도 및 계산이 있었기 때문이리라. 쇼티는 이용당하고 있다. ──하지만 그저 이용만 당하고 끝날 생각은 없다.

"설령 상대가 백전연마의, 귀족 중의 귀족이어도…… 당하지 않을 거라고."

우선 첫 왕선 후보자, 크루쉬 칼스텐의 알려지지 않은 민낯을 폭로할 것이다.

설령 첫 번째 한 사람이 마지막 취재가 될지도 모른다고 해도,

쇼티 메이건은 마지막까지 싸웠노라고. ──그런, 비장한 각오를 품고.

3

그러나 결과적으로 쇼티의 비장한 각오는 기우로 끝났다.

크루쉬 칼스텐 공작이 『친룡보문』의 취재를 수락한 이유가, 작금의 보도 관계자에 대한 적의나 업계를 향한 본보기를 내세우는 것이 목적이 아니었음을 알았기 때문이다.

그러기는커녕──.

"그런가요. 쇼티 씨와 룰루랄라 씨가 『친룡보문』에서 일하기 시작한 지 2년…… 아직 젊으신데 어엿한 직업 활동을 하고 계시는군요."

"아, 아유, 무슨 말씀을요! 대단할 것 없어요, 아하하하……."

생각지도 못한 칭찬에 얼굴을 붉힌 쇼티가 모자를 깊게 눌렀다.

그런 쇼티를 보면서 "어머, 겸손하신 말씀을." 하고 입가에 손을 짚고서 미소 지은 것은 단아하며 고상한 몸짓이 무섭도록 어울리는 녹발의 미녀였다.

아무렇지도 않은 그 몸짓에 넋이 나가면서 쇼티는 자신이 자리의── 아니, 상대의 분위기에 휘말렸음을 깨닫고, 어떻게 손을 써야겠다고 내심 쩔쩔매고 있었다.

쇼티와 룰루랄라를 맞이한 것은 왕도의 귀족가에 있는 칼스텐 가문의 별저다. 그 넓디넓은 응접실로 안내받아서 엉덩이를 부드럽기 그지없는 소파에 싣고 얼빠진 낯짝을 드러내고 있다.

눈앞에는 천녀가 이러랴 싶을 미녀가 있으며, 꿈인지 생시인지도 애매한 심경이다.

그렇다, 천녀. 딱 그런 형용이 어울리는 여성이었다. 길고 풍성한 녹발을 낙낙히 등에 드리우고, 여성적인 기복이 풍부한 몸을 고급스러운 드레스로 감싼 그녀―― 크루쉬 칼스텐 공작의 아름다움은 쇼티의 뇌를 태우기에 충분했다.

"~~~~으."

"저기, 옆에 계신 룰루랄라 씨는 괜찮으신가요?"

"거, 걱정해 주셔서 지극한 영광입니다, 네. 하지만 이건 이 아이의 평소 행실이니 관대히 넘어가 주시면……."

크루쉬가 갸웃하며 염려하자 쇼티도 평소 같을 수가 없다. 하지만 옆에서 콧김을 씩씩대며 붓을 놀리고 있는 룰루랄라는 비교도 되지 않았다.

원래 자신의 감수성에 정직하게 따르는 것이 룰루랄라다. 노골적으로 말하면 근사한 소재를 발견했을 때의 그녀는 아무도 말릴 수 없다. 쇼티도 말릴 마음이 없었다.

왜냐면 그럴 때 룰루랄라의 그림은 정말로 훌륭하기에.

"……기요."

"어머, 주시게요? 이건…… 저인가요."

쭈뼛쭈뼛 룰루랄라가 내민 그림을 받은 크루쉬의 눈이 동그래졌다.

그것은 룰루랄라의 그림에 익숙한 쇼티에게도 완벽하다 칭찬할 만한 한 폭이었다. 눈앞의 사물을 실사처럼 그려내는 룰루랄라, 그 수완이 유감없이 발휘된 역작.

"내 방에 장식해 두고 싶어⋯⋯."

무심코 그런 솔직한 감상이 입술에서 흘러나오는 상황이었다.

당연히 쇼티의 중얼거림을 들은 크루쉬가 "네?" 하고 되묻고 말았다. 쇼티는 반사적으로 수습하려고 허둥지둥 할 말을 찾았지만.

"──응응, 알지, 알아. 이만큼 잘 그렸으니 페리두 방에 장식해 두고 싶어지거든."

"그렇죠, 이해해요! ⋯⋯이해해도 괜찮았던 겁니까?!"

욕망을 긍정받아 무심코 찬동한 쇼티가 눈을 크게 떴다. 그러자 악마처럼 속삭인 장본인은 "냐후후." 하고 웃더니 크루쉬 옆자리에 살며시 앉았다.

새로 등장한 인물도 무섭도록 외모가 고운 인물이었다.

크루쉬에 어울리는 형용이 '아름답다' 라면, 이쪽 인물에게는 '예쁘다' 가 어울릴 것이다. 몸짓이나 시선 주는 버릇, 곳곳에 세련된 애교가 있어 눈길을 뗄 수 없어진다.

하지만 분하지만 상대하는 쪽도 보도지의 기자다. 이 소녀──아니, 소녀풍의 인물이 어떤 사람인지 빈틈없이 조사는 마쳤다.

"기, 기사, 펠릭스 아가일 경, 이지요?"

"그렇긴 한데, 페리는 그 호칭 싫어~. 기왕 부를 거라면 페리스라구 불러 주라. 페리두 환영하지만."

"아우, 그게, 저…… 페리스 경 쪽으로 부탁하겠습니다."

"쿠후후, 귀여운 것 좀 봐."

입술을 손가락을 짚고서 고혹적으로 미소 지은 펠릭스──아니, 페리스. 그 장난스러운 표정과 몸짓에 홀릴 것만 같지만 엄연한 남성이라고 한다.

왕선 후보자인 크루쉬 칼스텐과 그 첫째 기사인 페리스.

주종관계에 있는 눈앞의 두 사람이 쇼티와 룰루랄라의 이번 취재 대상이었다.

"페리스, 기자 두 분을 너무 놀리면 안 되지요."

"네에~ 죄송해요, 크루쉬 님. 그나저나 정말 잘 그렸네요. ……크루쉬 님, 저 아이가 이렇게 빤히 다 뜯어 보게 놔두신 건가요?"

"그렇게 말하니 어쩐지 창피한 짓을 한 것 같은 기분이 듭니다만…… 아니요. 아마 저 사람이 사물을 관찰하는 능력이 아주 좋아서 그럴 겁니다."

크루쉬가 페리스의 태도를 나무라면서 호박색 눈으로 룰루랄라 쪽을 보았다.

그 즉시 아름다운 눈동자에 홀린 룰루랄라가 두 장째에 착수하고 말았다. 그 모습에 지고만 있을 수 없다고 생각한 쇼티는 작게 헛기침하고 말했다.

"그, 그러면, 영예로운 왕선 후보자 크루쉬 님과, 그 첫째 기사인 페리스 경이 모이셨으니까. 취재를 위한 질문을 드려도 될까요?"

"네, 이번에 구태여 제 이야기를 듣고 싶으시다 하여 영광입니다. 기대에 부응할 수 있을지 모르겠으나, 모쪼록 잘 부탁드리겠습니다."

말을 고른 쇼티의 질문에 크루쉬가 세련된 자세로 묵례했다.

미녀는 그 인사조차 아름답다고 감탄이 저절로 나오지만, 감탄 이상의 황송함이 쇼티의 온몸을 엄습해서 "어후." 하고 묘한 숨이 튀어 나왔다.

"아이 참, 크루쉬 님이 너무 예의 바르셔서 기죽었잖아요. 더 으스대는 자세로 해 보세요."

"으스댄다……. 어렵네요. 자연스럽게 있으라는 뜻인가요?"

"음~ 좀 다른데. 그래도 그거인 셈 쳐 둘게요. 기자 소년도 더 중심 잡고 앉아 있지 않으면 곤란하다구."

"아, 알겠습니다……."

크루쉬와 쇼티 두 사람이 페리스가 시키는 대로 끄덕였다.

아무래도 이 자리에서 가장 실권을 잡고 있는 것이 페리스인 모양이다. 또한 가장 자유롭게 구는 룰루랄라는 두 장째 그림에 주종을 함께 그리기로 마음먹은 듯하다.

"으음, 크루쉬 님께서는 왕선의 후보자이며 가장 유력한 입장이십니다만, 왕선이 시작되고 몇 개월이 경과한 현재의 성과 등을 여쭐 수 있을까요."

"더 자연스럽게 대해 주셔도 상관없답니다?"

"지, 지금은 이게 한계라……."

단아한 크루쉬의 태도에 쇼티가 쩔쩔매는 이유는, 물론 그녀

가 아름답다는 점도 있지만 사전 정보와 어긋나는 그녀의 행동 거지 때문이었다.

『전쟁의 여신』이라고도 불리는 무인이자, 아버지조차 내쫓은 야심가 여공작. 그런 평판과 눈앞의 미녀가 일치하지 않는다. 소문과 같은 것은 아름다움 정도뿐이다.

그런 인상을 품은 쇼티 앞에서 크루쉬는 살짝 눈꼬리를 내리고는 말했다.

"가장 유력한 입장이란 말은 과분한 평가라고 생각합니다. 적어도 지금의 저로서는 배울 것이 많으며, 국왕이라는 의자에 어울리는 입장이라고는 도저히 생각하지 못하겠군요."

"크루쉬 님?!"

"네에?! 그 의견은, 네에?! 설마 사퇴하실 생각이라도?!"

크루쉬는 자신감 없이 어울리지 않는다며 자신을 평가했다. 뜻밖의 말을 들은 쇼티는 저도 모르게 귀를 의심했다. 페리스도 크게 놀라고 있었다.

왕선 후보자 취재의 맨 처음부터 이변 발생이다. 왕선 최유력 후보자였던 크루쉬 칼스텐이, 기자에게 털어놓은 그 속내——.

"——아니요, 오해하지 말아 주세요."

그러나 크루쉬의 늠름한 목소리가 기자와 시종의 혼란을 만류했다. 그 즉시 쇼티는 자신의 마음이 찬물을 끼얹은 것처럼 잠잠해진 것에 놀랐다.

눈앞의 여성이 두른 분위기에 넋을 빼앗겨 순간 숨까지 멈춘 것이다.

"저는 아직, 많은 것을 배우고 있는 중……. 다른 후보자 여러 분보다 앞서는 점이 있다면, 그것은 집안 정도뿐이겠지요. 그것 만으로는 도저히 국왕이라는 책무를 완수하기에 마땅치 않습니 다. 그렇기에 계속 노력하겠습니다."

"노력……."

"미숙한 이 몸이, 국왕이라는 책무를 맡을 그릇이 되기를. 그리 고 여전히 부족한 힘은 가장 가까운 시종이, 신하가 빌려주기를."

"——크루쉬, 님."

살며시 미소 지은 크루쉬의 손이 옆에 있는 페리스의 어깨에 닿았다. 페리스는 그 감촉에 감격한 듯 촉촉하게 젖은 눈으로 크루쉬를 마주 보았다.

아름다운 주종의 모습에 무심코 쇼티도 눈시울이 뜨거워지는 기분을 맛보았다.

"……훌륭하신, 생각이라고 봅니다. 그, 그러면 이야기를 바 꾸어서, 백경(白鯨) 토벌에 관해 여쭐 수 있을까요? 그 위업은, 다른 왕선 후보자분과 협력하여 이루셨다던데."

"아아, 그 일이라면……."

"——누가 뭐래두, 그 위업에 빠트릴 수 없는 백경 토벌 최대 의 공로자! 그 빌헬름 반 아스트레아가 우리 쪽에 있단 말이지!"

크루쉬의 답변을 가리며 눈을 빛낸 페리스가 장담했다. 그의 기 세에 놀라긴 했으나 그 말이야말로 쇼티가 듣고 싶던 이야기다.

"맞아요, 그것도 듣고 싶었죠! 그, 『검귀연가』에 전해지는 주 역 두 분과 백경은 예사롭지 않은 인연이라고……."

"바로 그거야! 잠깐 기다려 봐! 지금 빌 영감 데려올 테니까─!"

그렇게 말한 페리스가 폴짝 탁자를 뛰어넘어 방 밖으로 뛰쳐나갔다. 아무래도 그 『검귀』를 직접 취재할 수 있을 것 같아 쇼티도 조마조마해졌다.

그러자 쇼티의 그 모습에 크루쉬가 "후후." 하고 웃었다.

"어, 아니, 그, 죄송합니다! 크루쉬 님의 취재라는 것은 알고 있는데요."

"아니요, 상관없습니다. 저의 시종과 신하를 취재하는 것은 저를 취재하는 것과 같은 뜻이라 생각합니다. 그리고 빌헬름의 이야기는 널리 퍼져야 마땅하다 생각하니까요."

"그, 그렇게 말씀해 주시면 감사를……. 아, 그렇다면 한 가지만 더."

호의를 틈타서 뻔뻔함을 대놓고 드러내며 크루쉬에게 물었다.

마침 페리스도 없는 상황이라면 순수한 크루쉬의 의견을 들을 수 있을 터다. 몇 개월이 경과한 왕선, 여러 가지로 왕국을 소란스럽게 만든 사태가 일어났지만─.

"지금, 크루쉬 님께서 가장 주목하시는 진영은?"

"그것은……."

그 물음에 크루쉬는 한순간 말을 끊었다. 그러나 사색과 망설임은 정말로 한순간뿐이고, 그녀 안에서 금세 답은 나온 모양이었다.

단, 적의 이야기를 하는 데에도 그녀의 미소는 여전히 끊이지 않았다.

그리고——.

"——에밀리아 님의 진영이, 가장 주목받을 만하다 생각합니다."

그렇게 대답한 것이었다.

4

"으음…… 사전 평판과 전혀 달라서, 시종일관 화목한 취재였어……."

취재를 마치고 칼스텐 가문의 별저를 떠난 쇼티는 기진맥진한 채 중얼거렸다.

이 경우, 피로의 원인은 육체가 아니라 정신적인 소모 쪽에 있을 것이다. 당초에 품은 불안은 기우였지만, 그래도 송구한 기분이란 상상 이상으로 영향을 남겼다.

단, 그 심신의 피로에 걸맞은 수확은 있었다고 확실하게 말할 수 있다.

"설마, 빌헬름 님의 이야기가 그렇게 길어질 줄은 몰랐지만……."

백경 토벌에 관해 알고 싶어 하는 쇼티에게 주군의 허락을 얻은 빌헬름의 말주변은 매우 유창했다. 하지만 이야기 태반이 생전의 아내——백경에 패배해 목숨을 잃은 선대 『검성』과의 애정담으로 일관했던 것이 의외이기는 했다.

"~~으."

평민가로 돌아와 광장 분수 앞에서 잠깐의 휴식을 취한 쇼티 옆에서 매섭게 붓을 놀리는 룰루랄라는 흥분 때문에 얼굴을 붉힌 채 새 그림첩의 페이지를 다 써 버릴 기세였다.

아무래도 크루쉬와 페리스의 존재는 그녀에게도 크고 좋은 영향을 끼친 모양이었다.

"하지만 이해해. ……역시 실제로 보고 들은 것과 소문은 전혀 다르구나."

검술에 경도된, 남자보다 더한 야심가 여공작──. 극단적인 사전 평판으로 크루쉬를 분석하면 집안에 어울리는 능력은 있으나 왠지 아니꼬운 귀족 체질이라는 인상이었다.

그러나 실제 크루쉬는 항상 언동이 부드러우며 자신의 공부 부족을 확실히 의식하고 향상심을 잃지 않은 채 상대의 체면을 감안하는 이상적인 인물이었다.

"기왕 왕이 될 거라면, 그런 분이 되어 주었으면 하네……."

"……거, 사적 감정?"

"엇, 응?! 아, 아니야, 아냐, 전혀 아냐! 기자는 공평! 보도는 평등!"

혼잣말에 꼬투리 잡힌 쇼티는 황급히 부정했다. 하지만 당황하게 만든 룰루랄라는 어디 부는 바람이라는 양 모르는 척 그림을 그리는 작업에 몰두하고 있었다.

그 모습에 쇼티는 한숨짓고 모자를 깊이 눌러 썼다.

"아무튼, 취재한 내용을 정리할게. 크루쉬 님을 둘러싼 세평에서 생긴 오해…… 그런 풍문과 현실의 격차를 해소하는 것도 우리의 역할이니까."

"……응."

쇼티가 코 밑을 손가락으로 문지르며 역설하자 룰루랄라가 그림을 건넸다. 받아든 그림을 본 쇼티는 "오." 하고 눈썹을 올렸다.

과연 룰루랄라, 삽화를 그리는 천재, 독자에게 보여 주고 싶은 것을 그려 준다.

──그것은 둘이 다가붙어 손을 마주 잡은 아름다운 주종의 모습이었다.

"응, 이건 좋은 한 장이야. 과연 대단해, 룰루랄라!"

"……쁜 여자아이끼리라, 좋아?"

"그런 눈으로 보지 않았고, 페리스 경은 남성이거든?!"

뭔가 애먼 눈총을 사고 기자 정신이 왜곡당해 석연치 않지만, 취재 내용과 삽화의 완성도에는 아무 불만도 없다. ──단, 아직 취재는 첫걸음이다.

"아직 앞길은 멀어……. 특히, 다음 취재 대상도 경계는 빠트릴 수 없어."

"……또?"

"어이없다는 투로 말하지 말고! 정말로 그렇단 말이야! ……왜냐하면, 다음 취재 대상은 이 나라 출신이 아닌, 다른 나라에서 온 후보자니까."

쇼티의 설명에 룰루랄라가 "……른 나라." 하고 금시초문이라는 표정을 지었다. 일단 사전 설명을 했기에 금시초문일 리가 없을 텐데, 그 부분은 됐다.

다만 이번만큼은 룰루랄라도 단단히 위기의식을 공유해 주어야 한다.

"다음 취재 대상인 아나스타시아 호신 님은, 카라라기 도시국가에서 큰 힘을 가진 호신 상회의 회장이야. 카라라기에서 제일가는 유력자 중 한 명…… 그런 사람이 구태여 나라를 넘어서 루그니카 왕국의 왕좌를 쟁탈하다니…… 냄새가 나지 않아?"

"……대로, 목욕했어."

"룰루랄라 냄새가 아니고! 애초에 룰루랄라가 냄새가 났으면 크루쉬 님을 찾아뵈었을 때 무지무지 무례를 저지른 셈이거든!"

애초에 그림 염료 때문에 코가 멀쩡하지 않을 가능성이 있는 룰루랄라에게 물은 것이 잘못이었다. 수상쩍은 냄새를 맡는 후각은 쇼티가 갈고닦아야 할 감각이다.

그것이 단짝 간의 역할 분담, 쇼티가 짊어질 역할이므로.

"지금까지는, 타국의 간섭이라고 하면 남쪽의 볼라키아 제국뿐이었어. 실제로 왕선이 시작되기 전, 비밀리에 현인회의 대표가 제국과 불가침 조약을 맺었다는 이야기도 있지."

경계할 대상은 남쪽 제국이라고 누구나 믿고 있었다. 거기에 와서 왕선 후보자가 된 아나스타시아는 서쪽에서 온 자객, 예상 밖의 위협이라고 할 수 있는 것이 아닐까.

그리고──.

"그 아나스타시아 님의 지지를 표명한『가장 뛰어난 기사』, 율리우스 유클리우스. 그 남자에게도 여러 가지로 수상쩍은 냄새를 느끼지 않을 수 없어."

"……사람도, 목욕 안 했어?"

" '가장 뛰어나다' 는 소리 듣는 사람이 목욕을 안 한다면 너무너무 실망스럽지! 만약 음흉하다고 해도 목욕은 하길 바라는 마음이야!"

물론 꿍꿍이속은 없는 것이 제일이다.

하지만 기사단에서도 신뢰가 두텁다는 장래 유망한 인재가, 무슨 목적으로 타국의 유력자를 국왕 자리에 앉히려고 하는지, 그 진의는 모르겠다.

유클리우스 가문은 대대로 이어지는 기사 집안으로, 루그니카 왕국이 그 가문을 경시했다는 기록도 찾을 수 없었다. 그렇다면 떠올릴 수 있는 가능성은 하나뿐――.

"기사 율리우스가 터무니없는 야심가거나, 매국노……."

"……능성 둘인데."

"그랬으면 싫다는 이야기니까, 하나나 똑같지. ……어쨌든 간에, 무엇을 꾸미고 있는지. 그것을 이번 취재로 실마리나마 잡고 싶어."

쇼티는 주먹을 꽉 쥐어 결의를 새로이 했다.

크루쉬 대상의 돌격 취재를 거쳐 쇼티 안에는 자신감과 새로운 사명감 같은 것이 눈뜨고 있었다. 그것은 왕선의 진실을 소상히 밝히는 것.

크루쉬를 가리키는 세평이 실제 됨됨이와 크게 어긋났던 것은 말할 필요도 없다. 이래서는 차기 왕을 결정하려고 해도 지침이 미덥지 못하리라.

그렇다면『친룡보문』이 책임지고 현혹되지 않는 지침을.

"──아니지,『친룡보문』이 아니라 우리가 책임지는 거야."

"……게 나왔네."

"그야 그렇지! 우리는 이미 달리기 시작했어. 그렇다면 어딘가에 도착할 때까지 계속 달릴 수밖에 없어. 해 주겠다고. 그러기 위해서……."

쇼티는 취재용 가방에서 새 그림첩을 꺼내어 룰루랄라에게 건넸다. 그녀는 콧방울을 벌름거리고 눈을 빛내며 받아 들었다.

룰루랄라도 기합이 충분, 쇼티도 사명감이 꽉 찬 상태다.

이 기세로──.

"──아나스타시아 님이 무엇을 꾸미고, 어떤 계획을 숨기고 있든 관계없어. 듣기 좋은 말에 속지 않고 그 본심을 캐내겠어!"

5

"내 목적? 그기야 당연히 루그니카 왕국을 손에 넣는 기 아이 긋나?"

"으에에아?!"

탁자에 두 팔을 얹고 턱을 괸 여성의 말에 쇼티의 눈이 휘둥그레졌다.

해사하게, 온화한 분위기를 띤 여성이다. 어딘가 고귀한 고양이가 연상되는 장난스러운 표정과 직전에 꺼낸 그녀의 말이 쇼티의 결의를 정면으로 쳐부수었다.

설마 상대의 뱃속을 폭로하려는 결사행을 함박웃음으로 긍정받을 줄이야.

　"뭐꼬, 뭐꼬? 반응이 윽수로 거창하네. 보람이 느껴진다 아이가."

　"아나스타시아 님, 장난은 적당히. 방금 표현은 다소 부적절하지 않습니까."

　"아고고, 혼나 부렀네. 내 기사님은 고지식하다니께네."

　그렇게 말하고 살짝 혀를 내민 것이, '예쁘다'는 문자에 옷을 입힌 듯한 여성── 대상회인 호신 상회의 젊은 회장, 아나스타시아 호신, 바로 그 사람이었다.

　물결치는 연보랏빛 머리카락을 길게 기르고 따뜻한 햇살 속에서도 복슬복슬한 모피 옷을 입고 있다. 키는 작으며, 겉모습에서는 덧없는 인상을 받지만 그 연두색 눈동자에는 강한 반골심이 넘쳐 나서 보통내기가 아닌 인간성에 무심코 매혹된다.

　눈을 뗄 수 없어지는 매력은 그녀 자신의 귀여운 용모 때문이기도 하다. 크루쉬만 못하지 않은 미모를 가진 아나스타시아를 본 쇼티는 왕선 후보자의 선출 이유에 의문을 품었다.

　설마 후보자를 용모로 선별했을 리는 없다고 생각하지만.

　"응? 와, 내 얼굴 빤히 보며 고민하나? 무슨 문제 있으믄 말해 본나."

　"아뇨, 아나스타시아 님도 크루쉬 님도 아름다우셔서, 어떻게 된 일인가 해서요."

　"엄마야."

입에 손을 짚고 눈이 동그래진 아나스타시아. 그녀의 반응에 쇼티는 "으아." 하고 또다시 부주의한 발언을 한 자신의 나쁜 버릇을 심히 저주했다.

　그러나 쇼티의 말에 아나스타시아는 웃고 그녀 옆에 앉은 인물은 수긍했다.

　"과연, 나도 같은 의견이야. 아나스타시아 님은 뛰어난 지성과 상재를 지니셨지만, 한 여성으로서도 대단히 매력적이시지."

　"고로코롬 성실하게 답변하믄 기껏 분위기를 누그러뜨려 준 기자 분의 배려가 허사가 되지 않긋나. 글치?"

　"음……. 그건 미안하군. 내 쪽에서 신경을 써야 했었어."

　"네?! 아, 으음, 저, 저야말로 알아보기 힘들게 해서 죄송합니다! 하하하……."

　흐름상 사죄를 받는 바람에 쇼티는 모자를 매만지면서 쓴웃음과 함께 둘러댔다.

　그것 말고 자신이 대체 무엇을 할 수 있으랴. ──제2의 왕선 후보자 주종, 아나스타시아와 그 기사 율리우스 유클리우스를 앞두고서.

　──왕선 후보자 취재 행각은 당초 예상보다 훨씬 순조롭게 진행되고 있다.

　수수께끼의 베일에 싸인 왕선 후보자는 이런 취재를 당연히 꺼려할 것이다. 그런 쇼티의 선입관을 비웃듯이 취재 신청은 잇달아 흔쾌히 수락받았다.

　물론 이다음 세 사람과의 교섭이 크게 난항할 가능성은 충분히 있지만.

"지금은, 이 행운을 최대한으로 활용해야……!"

다행히 왕도에 거래 상담을 하러 와 있던 아나스타시아는 취재에 응해 주었고 첫째 기사인 율리우스도 동석시켰다. 쇼티로서는 만만세인 상태다.

덧붙여 두 사람을 앞두고 콧김을 씩씩대며 그림첩에 매달린 룰루랄라도 분명히 자신과 같은 의견일 것이다.

"그건 그렇고, 이렇게 탁 트인 곳에서 취재라니…… 괜찮으신 가요?"

"음~ 내 가게에서 맞이해도 별 상관없지만도, 그라믄 기자 분들이 긴장하지 않긋나? 내한티 유리한 기사를 쓰라는 협박으로 여겨도 싫고."

그렇게 말하면서 미소 지은 아나스타시아가 왕도의 길에 눈길을 돌렸다.

바로 눈앞에 사람들이 오가는 이 장소는 큰길에 인접한 찻집의 테라스석이다. 이렇게 사람의 이목이 닿는 곳에서 하는 취재는 아나스타시아의 희망이었다.

쇼티에게 바라지 않는 기사를 강요할 의도는 없다는 의사 표시다.

그, 구태여 남의 이목이 많은 곳에서 취재를 수락한 방식은 정도를 걷는 크루쉬에게는 없는 만만찮은 기질이 느껴져서 아나스타시아의 빈틈없는 면의 일부를 안 기분이었다.

"그런데 그렇다면, 왕국을 손에 넣겠다는 발언의 진의는……."

"내 본심은 딱히 숨기지 않고 다른 후보자캉 현인회 사람들 앞에서도 말한 적이 있는디? ……그리고 좀 과격한 소리를 들려주믄 그 아가 이쪽 볼까 싶었제."

"그 아이…… 아, 룰루랄라 말씀입니까?!"

아나스타시아의 시선이 닿는 곳, 의자 위에서 버릇없이 무릎을 안고 있는 룰루랄라가 취재 내용은 거들떠보지도 않으며 붓을 놀리는 모습이 있다.

그래도 이것이 룰루랄라의 일에 착수하는 최선의 자세이기는 하다.

"사실 룰루랄라는 이 자세가 제일 일을 잘하는 상태라서…… 만약 불쾌하지만 않다면 이대로 놔두어 주셨으면……."

"불쾌하구마이."

"룰루랄라! 지금 당장 나랑 같이 사과하자! 사과를…… 목 뻣뻣해!!"

"──라고 말하믄 우짤 기고? 하고 뒷말을 이으려 했는디, 하도 잽싸니 말 붙일 겨를도 없는 기 본나."

반사적으로 룰루랄라의 목을 잡고 고개를 숙이게 하려 했지만 심상치 않은 목의 힘에 저지되어 실패. 초조해하는 쇼티의 모습에 아나스타시아는 쓴웃음 지었다.

어쨌든──.

"그건 그렇고, 그 소녀의 집중력은 대단한 수준이군. 쇼티 님, 그 소녀의 일하는 모습을 잠시 구경할 수 있을까? 실은 내 남동생도 그림을 그리고 있어서 말이야."

"동생 분께서……. 아, 룰루랄라라면 말만 걸지 않으면 괜찮을 거라 생각합니다."

"역시 말을 건네면 집중력이 흐트러지나."

"아뇨, 말 걸어도 무시당해서 마음이 피폐해져요."

일에 필요하다고는 해도 몇 시간을 넘어 며칠 단위로 무시당하면 꽤 힘들다.

쇼티의 대답을 룰루랄라의 직업의식으로 간주했는지 율리우스는 "명심하지." 하고 룰루랄라 뒤로 돌아가 말없이 일하는 모습을 견학하기 시작했다.

그것을 순수한 호기심이라 받아들여도 될지, 혹은 주군인 아나스타시아를 깎아내릴 가능성을 우려한 견제라 여겨야 할지. 때때로 "과연……." 하고 감탄의 한숨을 흘리는 것도 쇼티를 방심시키기 위한 연기일지도 모른다.

"상상력이 풍부한 아네. 차라리 작가라도 되는 편이 낫지 않궂나?"

"무슨 말씀을. 저는 기자, 들은 이야기와 본 것을 있는 그대로 전하는 것이 직업입니다. 엉뚱한 발상이나 공상을 머리에 그리는 작가에는 적성이 없어요."

"그래? 마, 본인이 고래 말한다믄 그런 셈 쳐 두까."

의미심장한 대꾸에 쇼티는 일거수일투족이 희롱당하는 기분에 젖었다. 이대로 그녀의 술수에 빠지면 마음 놓고 취재하기에도 마땅치 않다.

이것을 보면, 왕국을 손에 넣는다는 발언도 쇼티를 농락하기 위한 방편일까.

"와 거짓말이라 생각하나? 거짓말 안 했다카이."

"어…….."

"모처럼 용기 내서 취재를 신청해 주었다 안 카나? 그란디 내가 거짓말이나 겉치레로 둘러대믄 그기야말로 기자 분들의 기개에 실례 아이가."

"———."

눈앞에서 두 손을 맞대고 자신을 바라보는 아나스타시아의 말에 쇼티는 숨을 집어삼켰다.

여전히 휘말리고 있다. 하지만 새빨간 거짓말이라는 생각도 들지 않았으며, 그 사실 자체가 쇼티에게는 놀랍고 감동스럽기도 했다.

크루쉬는 쌓아 올린 길의 도중이라고, 자신의 미숙함을 이야기하여 쇼티를 혹하게 했다. 아나스타시아는 그것과는 다른, 뭔가 장대한 것을 보는 감동을 쇼티에게 주었다.

그녀의 이야기를 더 듣고 싶다고, 개인적으로도 기자로서도 동하게 하는 매력이다.

"그, 그럼, 오늘은 적나라하게 질문에 답변을 주실 수 있다는……!"

"적나라하다 카니 좀 창피하데이? 그리고 기껏 기회가 생겼으니 좋은 기사 써 주었으믄 카고……. 그러니까네, 내도 약소하나마 솜씨 좀 부려 봤제."

"솜씨요? 대체 뭘……."

하시려는 거냐는 쇼티의 질문은 도중에 막혔다.

당당하고 높은 발소리가 유달리 선명하게 들렸기 때문이다.

──때로 존재감이라는 것은 사람의 발소리에도 적용하는 법임을 쇼티는 처음으로 알게 되었다.

물론 그 감개는 발소리 주인의 모습이 보이자 완전히 저 너머로 사라졌다.

"──소녀를 불러내다니, 심히 건방지구나, 암여우."

형용하기 어려운 열기에 고막이 지져진 쇼티는 무심코 목을 푸들거렸다.

길 위에 나타나 가게 앞의 일행을 들여다보는 미모와 그 입술에서 나온 목소리는 청중의 마음을 사로잡는 마성에 넘치고 있으며, 실제로 쇼티는 사로잡혔다.

경직된 쇼티의 모습에 그 미모는 고운 눈썹을 찌푸리고 말했다.

"뭐지, 어린 것. 소녀의 얼굴을 빤히 쳐다보다니 무례하다."

"으에으?! 죄, 죄송합니다……! 그럴 생각은…….."

"볼 테면 당당히 보아라. 소녀의 미모에 다른 이가 홀리는 건당연한 일이니라."

붉은 눈을 가진 화려한 미녀가 그렇게 말하고 손에 든 부채로자신을 가리켰다.

눈부신 주황색 머리카락을 보석으로 꾸미고, 아름답고 풍만한몸을 핏빛의 드레스로 감싼 폭력적인 미모의 소유자. 그 용모의특징과 두른 절대자의 분위기── 그것이 이 미녀의 정체를 쇼티에게 불타는 냄새와 함께 가르쳐 주었다.

그리고——.

"소개하굿데이, 기자 분들. ——내캉 똑같은, 왕선 후보자인 공주님."

스스럼없는 아나스타시아의 말에 쇼티는 '알고 있습니다' 하고 마음속으로 대답하는 것이 고작이었다.

"＿＿＿."

그렇게, 쇼티의 마음이 소리와 함께 말라붙고 금이 가는 착각 중일 때도 룰루랄라가 정신없이 붓을 놀려 그림 그리는 묘화 소리만이 쉼 없이 울려 퍼지고 있어서.

——자기 세계에 몰두할 수 있는 룰루랄라가 지금만큼은 진지하게 부럽기 짝이 없었다.

6

"이, 이번에는 대단히 좋은 날을 잡아 모여 주신 여러분께 무어라 감사의 말씀을 드려야 할지 골머리를 썩이는 바람에 눈이 깜빡거릴 지경입니다, 네……!"

열심히 쥐어짜 낸 인사의 말, 후반부에 쇼티의 진심에서 우러나온 말이 섞였지만 그 정도의 실례로 그치면 애교 수준이다.

『친룡보문』관계자로서 백전연마인 모건 편집장이라도 이 상황에 처하면 긴장감과 무관할 수 없으리라. 하물며 쇼티는 아직 새내기 기자.

물론 그 점을 변명으로 삼지 않을 마음가짐으로 세운 기획이지만──.

"──이 기자님, 반응이 재미있네. 공주도 그런 생각 안 드나?"

"이 어린 것에게 귀여운 맛이 있는 것은 인정하지만 너와 같은 의견이라니 신물이 나는군."

"시상에, 야박혀라. 태도가 그 모냥일 끼야 예상했지만도."

그렇게 말한 아나스타시아가 입가에 손을 짚고서 웃자, 맞은 편에 앉아 있는 미녀가 불만스럽게 눈을 가늘게 뜨고 작은 콧방귀와 함께 풍만한 가슴을 출렁였다.

두 사람의 대치를 앞두고 쇼티는 자신의 마음가짐이 요란하게 부서지는 것을 느꼈다.

당연한 노릇이다. 아나스타시아와 대치한 미녀, 그녀의 이름은 프리실라 바리에르──. 루그니카 왕국의 왕위를 다투는, 잘 아는 왕선 후보자 중 한 명이다.

즉, 이 자리에는 두 왕선 후보자가 얼굴을 맞대고 있는 셈이다.

그것도──.

"저, 저에게 상담 없이, 갑작스럽게, 충격적인……."

"미안하다. 아나스타시아 님의 기책이지만, 뒤통수를 치는 꼴이 되고 말았어. 쇼티 님과 룰루랄라 양에게는 뭐라고 사과할 말이 없군."

"기사 율리우스에게 사과받는 것도 황송해서……! 저기, 룰루랄라. 룰루랄라?"

주군을 대신해 율리우스가 사과하지만, 그조차도 황송하다는 것이 본심이다.

격한 동요에 시달린 쇼티는 최소한 이 마음의 고통을 나누고 싶어 단짝에게 기대었다. 하지만 룰루랄라는 말이 아니라 그림 첩에서 오려 낸 한 폭의 그림으로 응답했다.

거기에 그려진 것은 거품을 물고 안면이 창백해진 쇼티였다.

"즐겨 주는 모양이라 참 잘됐네!"

"내도 보자. 와, 잘 그린데이. 이거, 오늘 기념으로 나가 받아도 상관없긋나?"

"그, 그러세요……. 이런 꼴의 제 얼굴이라도 괜찮으시면."

예상 밖의 고평가에 쇼티는 아나스타시아에게 그림을 헌상했다.

자신의 당황한 표정이 아나스타시아의 수중에 남는다는 것도 묘한 기분이지만 룰루랄라의 그림을 마음에 들어 하는 것은 단짝으로서 자랑스럽다.

어쨌든──.

"그거지? 소위 합동 인터뷰를 한다는 말이야. 이거 참, 칼럼 취재하고 공주는 분명히 궁합이 좋지 않을 테니 그쪽이 아니래서 안심했지 뭐야."

그렇게 웃으며 어깨를 으쓱인 것은 프리실라의 뒷자리에 앉은 기묘한 풍모의 남성이었다.

이미 소개는 받았지만 아나스타시아와 프리실라의 미모와는 다른 이유로 인상적인 외견이었다. 율리우스 같은 미형이라는 것도 아니다.

칠흑의 투구로 얼굴을 가리고 산적풍 행색을 한 알이라는 인물이다. 아나스타시아를 섬기는 율리우스와 마찬가지로 프리실라의 기사──. 다만 주종 본인들은 부정하고 있다.

"나는 공주의 광대야. 옛날부터 기사라는 것이 싫었거든. 어이쿠, 딱히『가장 뛰어난 기사』양반을 헐뜯는 건 아니라고? 개념상의 이야기야."

"도발했다고는 생각하지 않고말고. 공교롭게도 나는 기사를 좋아하지만. 이것도 알 님이 말하는 개념상의 이야기다."

서로 주군 뒤에 대기하며 율리우스와 알이 말을 주고받았다.

쇼티가 보기로, 주군끼리는 꽤 불꽃이 튀기는 인상이지만 이 두 사람은 그렇지만도 않은 모양이다.

"그 점이 감지덕지……. 기사 두 분까지 험악했으면, 내 심장이 못 버텨……!"

솔직히 아나스타시아가 뒤통수를 친 거나 다름없는 상황이지만 최저한 그 정도의 배려는 해 주었을지도 모르겠다.

"──왕선 후보자의 취재에 선행한 것과 다른 취향을 시도하는 것은 이해가 된다."

팔짱을 낀 프리실라는 그런 쇼티의 속마음을 아랑곳하지 않고 조용히 말문을 열었다.

그녀는 가느다란 팔로 자신의 가슴을 과시하며 이 자리의 전원을 순서대로 둘러보았다. 쇼티, 룰루랄라, 알과 율리우스, 마지막으로 아나스타시아를 보고서 말을 뒤잇는다.

"다만 왜 이렇게 모았는지는 모르겠구나. 암여우, 어이하여 소녀와 너를 합동으로 했지?"

"음~ 그라게. 확실히 다른 두 사람이라도 같은 일은 가능했을 끼라 본데이. 펠트 씨든 에밀리아 씨든 제안하면 거절은 안 했을 끼다. 근디."

"_____."

"공주가 내 제안의 의도를 제일 잘 알 끼다 싶었다 안 카나."

아나스타시아는 세운 손가락을 입술에 대고서 해사하게 미소지었다. 그 답변에 프리실라는 잠시 생각에 잠기고, 그 침묵에 쇼티는 긴장으로 뻣뻣해지는 뺨을 애써 풀었다.

──이 역경을 어떻게든 호기로 바꾸어라, 쇼티 메이건.

"──뭐, 됐다. 잔재주를 부리는 것을 비열하다, 악하다고 부정하는 이도 있지만 소녀는 그런 머리가 굳은 놈들하고는 다르지. 암여우의 꿍꿍이에도 그만한 의미는 있을 게야."

"오오, 굉장해. 공주가 꺾였어. 그쪽 상회주님도 제법이잖아."

프리실라가 추궁의 손길을 늦추자 알이 휘파람을 불며 아나스타시아를 칭찬했다. 그 반응에 아나스타시아가 "고맙데이." 하고 대답하고, 율리우스가 자기 가슴에 손을 짚었다.

"수락해 주셔서 감사의 말씀을 드립니다. 그러면 쇼티 님. 다소 예정과 달라졌다 싶지만 취재를 속행해 줄 수 있을까?"

"네? 아, 네! 네, 맡겨 주세요! 처음에야 놀라고 긴장해서 엉거주춤했습니다만 여기서 물러나서야 기자 정신이 썩다가 터져 버리죠! 잘 부탁합니다!"

"그래그래, 잘 부탁하재이."

"열정이란 어린이의 미덕이니라. 열심히 힘써 보아라."

양쪽 진영의 흔쾌한 수락에 쇼티도 비로소 취재 태세에 마음을 일으켜 세웠다.

 그런 심경에 이르면 물어볼 질문도 금세 떠오른다. 우선 뒤늦게 참가한 프리실라에게 앞서 아나스타시아에게 했던 질문을.

 "그러면 먼저 프리실라 님께. 이미 아나스타시아 님께도 여쭌 내용인데요, 직설적으로, 프리실라 님께서는 왕이 되어 무엇을 하실 요량이신지요."

 "호오, 암여우는 무어라 대답했나."

 "내 대답은 성 때와 같데이. 공주가 까묵지 않았다믄 말이지만도."

 "너 자신이 이해타산을 추종한다면, 그 호언장담이 바뀔 여지가 없겠지."

 아나스타시아가 손사래를 치자 프리실라는 가슴에서 뽑은 부채를 펼쳤다.

 프리실라의 대꾸로 짐작컨대, 아무래도 아나스타시아가 성에서 주장했다는 참가 이유──루그니카 왕국을 손에 넣겠다는 선언은 사실인 모양이었다.

 의심하지는 않았지만 그래도 얼마나 장대한 탐욕이냐고 벌어진 입이 다물리지 않는다.

 "아나스타시아 님의 장대한 생각에는 놀랐습니다만, 프리실라 님께서는 무엇을. 왕선 후보자 여러분께서 어떤 마음으로 왕선에 임하시는지, 국민도 알고 싶어 합니다."

 왕선 개시가 선언되어 차기 왕을 결정하기 위한 싸움은 이미 시작되었다.

그러나 쇼티를 포함한 왕국민 대다수는 왕선에 참가하는 후보자들의 마음가짐이나 됨됨이, 왕국의 미래를 어떻게 이끌 생각인지도 만족스럽게 알지 못한다.

정보는 쉽게 변천하여 그 모습을 바꾸고, 색과 향조차도 덧칠되고 만다.

이렇게 취재를 위해서 접촉한 왕선 후보자는 세 명——. 이미 전원이 사전 평판과 인품에 차이가 커서 쇼티는 자기 자신을 크게 부끄러워하는 중이었다.

프리실라는 비극과 비운에 채색된 덧없는 아가씨가 아니다.

붉은 화염과 선혈 양쪽을 연상케 하는 적색을 두른, 장려한 기질과 마성을 지닌 파격적인 존재였다.

그런 그녀가 머리에 그리는 왕국의 미래, 그것은 과연——.

"——아무것도 하지 않는다."

"네?"

어떠한 답변이 돌아올지 대비하던 쇼티의 어안이 벙벙해졌다.

무심코 사고가 정지한 머릿속에 프리실라의 답변이 거듭거듭 메아리쳤다.

"아, 아무것도 하지 않는다? 아무것도 하지 않는다 함은……."

"말 그대로 받아들여도 상관없다. 소녀는 특별히 왕국도 민초도 어쩌려는 생각이 없다. 이 세상 모든 것은, 처음부터 소녀 것이다."

"_____."

"구태여 자연의 조화를 어지럽히려는 생각은 없노라. 물론 손질은 하지. 가지도 친다. 하나 세상은 있는 그대로가 아름답다. ──이 세계는 소녀에게, 편리하게 만들어졌다. 따라서 소녀가 옥좌에 있으면 번영 또한 함께한다."

턱을 괴면서 담담히 꺼내는 프리실라의 답변이 쇼티의 뇌에 스며들었다.

그것은 너무나도 황당한 논리이고, 웃어넘기는 것이 당연한 농으로 느껴졌다. 왜냐하면 그런 오만한 발상, 정녕 왕국의 정점이라 해도 품을 턱이 없는 공상이다.

그러나 농으로 느껴지는 그 말이 쇼티에게는 농으로 들리지 않았다.

그 말을 웃어넘기지 못하는 것은 프리실라가 두렵기 때문이 아니다. 그녀가 꺼낸 말이 거짓이 아니라고, 쇼티의 영혼이 받아들였기 때문이다.

"여전히 공주의 논리는 무섭다이. ……그기 참말이라믄, 내 말곤 아무도 공주에게 거역할 이유가 없어진다 아이가."

"그렇겠지. 다른 자들이 바라는 것이야 대놓고 말해 왕좌에 앉지 않아도 이루어질 일이다. 하나 네 탐욕만은 타협할 여지가 없다. ──따라서 너는, 소녀의 적이다."

"엄마야, 고평가. 고맙데이. 내도 공주는 적이라 생각하니께네."

속이 없는 순한 표정임에도 아나스타시아의 반격도 역시 날이 서 있었다.

왕선 후보자끼리, 동시 취재라는 기습 같은 기획이었기에 다소나마 화목한 이야기를 들을 수 있을 줄 알았더니 그런 기대는 잘라 내는 전개다.

"하지만 그렇기 때문에 치고 들어갈 가치가 있어……!"

방금 프리실라의 발언도 잘못 전해지지 않게 말을 고를 필요가 있다. 하지만 어디까지나 맞고 틀리는 문제이지, 진실을 각색할 필요는 없다.

틀림없는 왕선 후보자의 발언, 그 진의를 남김없이 전할 뿐이다.

"다른 후보자에 대해서 어떤 인상을 품고 계십니까?"

"현재 가장 기대받는 쪽은 크루쉬 씨굿제? 입지를 봐도 탄탄하다 싶은디, 그 방침이 얼마나 지지받을지가 문제다카이."

"빈민가의 계집애는 호언장담의 화신이더군. 그치는 뜻만이 비대하게 커져 자기 발밑도 보지 못하는 어리석은 자의 극치니라. 어리석은 채로만 남는다면 눈여겨 볼 구석도 없지."

쇼티의 질문에 아나스타시아와 프리실라가 논변했다.

상대의 주장에 참견하지 않는 것은 거기에 이의를 제기할 여지가 없다는 증거일까. 머리 회전이 빠른 두 사람의 답변을 쇼티는 필사적으로 머릿속에 기록했다.

방금 한 말은 크루쉬와 펠트가 상대한 답변이다. 그렇다면──.

"──다섯 번째의, 에밀리아 님에 대해서는 어찌 생각하십니까?"

"" ──논외.""

깊이 파고들 각오로 던진 질문은 짤막한 한마디에 도로 푹 들어갔다.

그 짧은 말에 실린 힘에 숨을 집어삼키고 머쓱해진 쇼티는 입을 뻐끔거리다가 다시 물었다.

"그, 그 말씀은, 어떤 생각에서?"

"말할 필요도 없지만도, 에밀리아 씨는 애초에 출신이 발목을 잡고 있다 아이가. 은발에 남보랏빛 눈을 가진 하프엘프……. 있으믄 안 되는 특징의 총집합이데이."

"본인의 자질을 따지고 말고 할 계제가 아니지. 그 본질이야 어쨌든, 민초 대다수는 무지몽매한 법이다. 보고 싶은 것, 듣고 싶은 것밖에 판단이 불가능하다."

논변에 차이는 있어도 두 사람이 하는 말의 핵심은 동일하다.

왕선 후보자 중 마지막 한 명, 에밀리아를 둘러싼 상황은 엄혹하여 이미 그녀 자신의 자세를 물을 판국이 아니다.

그리고 그것은 다름 아닌 쇼티 본인도 품고 있던 감각이었다.

"에밀리아 님께는, 아나스타시아 님과 크루쉬 님과 마찬가지로 3대 마수였던 백경의 토벌과 대죄주교의 토벌에 공헌하셨다는 이야기도 있었습니다만……."

"그기도 엄밀히는 에밀리아 씨 본인이 아이라 기사 아의 공훈인 기라. 그리고 그걸로 벗어던질 수 있을 만큼 『질투의 마녀』가 낸 상처는 얕지 않데이. 안 그러나, 율리우스."

"서글픈 일이기는 합니다만."

아나스타시아가 화살을 돌리자 율리우스가 속눈썹이 긴 눈을 내리깔고 고개를 저었다.

"백경 일도 대죄주교와의 싸움도, 듣는 이의 마음에 얼마나 감명을 주었을지는 모릅니다. 다만 아나스타시아 님의 말씀대로 과도하게 기대할 수는 없겠지요."

"딱한 노릇이야. 그만큼 했는데도 평가를 못 받아서야 무엇 때문에 도전했는지 알 일이 아니지. 일부러 져 보려고 하는 건가?"

"알 님, 그런 식으로 말하면……."

"좋지 않다고? 체면 차려 말하면 그렇겠지. 그런데 나랑 댁이 하는 말이 그렇게 다른가? 공주님들도 같은 의견이지?"

율리우스는 미간에 주름을 새기고, 알은 왠지 위악적으로 행동한다. 그는 외팔── 오른손으로 투구 이음매를 만지작거려 찰칵찰칵 금속음을 냈다.

그 메마른 소리가 에밀리아 앞에 놓인 바꿀 수 없는 현실을 표현하는 것 같게도 느껴져서 쇼티도 왠지 침울한 기분에 젖었다.

그러나──.

"모든 일에 승패는 따라다니지. 하나 그자의 승리 조건은 그자의 것. 외부에서 함부로 어림잡을 일이 아니다."

"공주?"

"왕선에서, 그 반마가 대립 후보로 논할 가치가 없는 작자인 것은 확실하다. 그 사실을 알지 못할 만큼 관계자 전부가 어리석을까? 소녀는 그리 생각지 못하겠구나."

시종인 알의 의견을, 주인인 프리실라가 덮어 썼다.

아무리 그래도 그런 말을 들으니 알도 "왜 이래." 하고 갸우뚱했다.

"설마 뒤에서 찔릴 줄은 몰랐구만. 공주는 나랑 같은 의견이던 것 아니야?"

"과정은 같아도 귀결이 다르다. 그 반마의 마음가짐도, 같은 말을 할 수 있겠지."

"그럼 공주는 그 아이가 임금님이 되고 싶어 하지 않는다 이거야? 다른 골인 지점을 설정하고 있다는 거냐고."

"그렇지 않으면 조리가 맞지 않는다. 물론——."

살짝 열기를 더한 알의 어조에는 어딘지 필사적인 빛깔이 섞여 있었다.

그 점에 쇼티는 의아해하지만 참견할 겨를이 없다. 다만 그것은 쇼티의 경우다. ——프리실라에 필적할 큰 그릇은 그렇지 않다.

"——'지금 그대로 남았을 경우'라는 전제가 필요하긋제."

"흥."

아나스타시아가 그렇게 말을 잇자 프리실라는 눈을 가늘게 뜨고 콧방귀를 뀌었다.

헛짚었다고 내뱉지 않은 모습을 보면 같은 의견이었던 모양이다. 이는 곧 두 사람이 에밀리아에게 품은 공통 인식을 의미했다.

"재미나고 기대되지 않나? 처음부터 대패 확정인 승부인디, 그카도 에밀리아 씨 쪽은 도전해 왔데이. 이 상황을 뒤집을 공산이 있다. 고로코롬 말하는 것 같단 기분은 안 드나?"

"머릿수만 채우겠다고 참전한 게 진실이라면 소녀의 눈에 들 가치도 없지. 자신에게 가치가 있음을 증명하려 들면 저절로 이 눈에 들어올 게야."

미소와 조롱. 상반되는 두 사람의 반응이지만 쇼티는 묘한 감명을 받았다.

어째선지 아나스타시아와 프리실라 두 사람의 화제에 오른 상대에게 보내는 감정이 양쪽 모두 기대 쪽으로 여겨졌기 때문이다.

"쯧, 어~째 발판 노릇이나 한 기분. 기왕이면 기분이 아니라 진짜로 공주에게 밟히는 편이 그나마 낫다 싶구만."

"알 님, 피차 기자 앞이지 않나. 기사라면 발언에는 주의하는 편이 좋소."

"충고 감사요. 그런데 말했잖아? 나는 기사가 아니고, 되고 싶은 생각도 없어."

"아쉽군. 진심으로 말이오."

눈을 감은 율리우스의 대꾸에 알은 투구 이음매를 찰칵거리며 익살을 떨었다. 그 몸짓 뒷면 어디에도 아까 보인 필사적 기색은 보이지 않았다.

어쩌면 그것도 쇼티가 잘못 보았나 착각할 정도였지만──.

"귀중한 말씀, 감사합니다. 나머지는…… 마지막 대립 후보, 눈앞의 상대를 어떻게 생각하시는지 들려주셨으면……!"

"……용기가 어마어마하네, 기자 양반."

밑져야 본전으로 던진 쇼티의 질문에 알이 진심에서 우러나온 감탄을 흘렸다. 무심코 율리우스도 쓴웃음 지을 질문이었지만, 이 말을 묻지 않을 수는 없으리라.

양쪽 다 눈앞에 본인이 있다. 겉치레 없는 본심을 토로할 절호의 기회.

실제로 아나스타시아와 프리실라도, 받을 만한 질문이라 고려하고 있었으리라.

아나스타시아와 프리실라는 서로 눈을 마주하더니, 동시에 입을 열었다.

그리고——.

"——날려 버릴 끼다."

"——손수 꺾으리라."

현재 최대의 칭찬으로도 간주할 만한 적의를 교환한 것이었다.

7

"수, 수, 수, 수명이 줄었어……."

"……고했어."

의자에 흐느적 기대며 얼굴이 흙빛이 된 쇼티를 룰루랄라가 위로했다.

의자 위에 무릎을 안고서 웬일로 쇼티를 염려한 룰루랄라. 그녀도 쇼티가 얼마나 마음고생하며 취재를 완수했는지 조금은 이해해 준 것이리라.

실제로 기적적인 대담이었음은 룰루랄라의 넘칠 듯한 창작 의욕에도 드러나 있었다.

아나스타시아와 프리실라를 다양한 각도에서 그린 삽화들은 모건 편집장도 수긍할 수준으로, 여태까지 중에 가장 많은 수라고 할 수 있다. 개중에는 시종인 율리우스와 알을 오려낸 것도 있어 취재 기록으로서 토를 달 수 없는 결과물이었다.

"다만 편중이 심해서…… 이제 와서 하는 말이지만 룰루랄라는 의외로 얼굴을 밝히더라."

"……건, 오해."

"왕선 후보 두 분과 기사 율리우스, 그리고 알 경의 장수를 비교하면 설득력 없거든! 그렇다기보다 알 경은 한 장밖에 안 그렸잖아!"

"……음, 떨리는 것밖에, 그리지 않아. 쇼티도, 말했었어."

쇼티의 추궁을 룰루랄라가 『친룡보문』의 사훈을 얄밉게 구사해서 회피했다. 그렇게 말하면 쇼티도 세게 나갈 수는 없다.

딱 한 장, 알에게도 룰루랄라의 마음이 떨리게 하는 순간이 있었다는 뜻이 된다.

"……지한 느낌이라서, 그렸어."

"알 경이 진지……. 그, 렇구나. 확실히 진지한 기색이었어."

룰루랄라가 오려낸 알의 한 장은 프리실라와 의견이 갈라진 한 순간이었다.

정확히, 다른 후보자── 에밀리아에 대한 소견을 질문했을 때였지만, 알의 답변에는 쇼티도 걸리는 느낌을 받았었다.

"──이 취재가 끝나거든 다음에는 왕선 후보자의 기사에 관해 캐어 보아도 될 것 같네. 에밀리아의 님의 진영, 그 기사도 흥미롭고."

"……지만, 다음 분이 중요."

다 그린 소재에서 다음 소재로, 벌써부터 마음이 옮겨간 룰루랄라. 그녀의 타산적인 자세에 쇼티는 쓴웃음 지었다.

"역시 룰루랄라는 얼굴을 밝히는 것 같아. 다음 취재 대상에 집착하고 있네."

"……음, 취재 상대는?"

"알고 있으면서 낯짝 두껍게! ……아니, 혹시 룰루랄라가 집착하는 것은 기사님 쪽이니까 설마 진짜로 까먹었어?!"

"……지 않았을 뿐."

"아, 그렇구나……가 되진 않지! 듣지 않은 것도 문제라고!"

수중에서 펜을 놀리며 취재 내용의 신선도가 떨어지기 전에 정리하던 쇼티는 믿음직한 단짝의 미덥지 못한 기억력에 한탄했다.

하지만 생각지도 못한 모양새로 프리실라의 취재도 동시에 마친 까닭에 이야기를 들은 왕선 후보자는 세 명이 되었다. 남은 사람은 두 명, 그리고 다음 취재 대상은──.

"──펠트 님, 그분도 이색적인 경력을 가졌어. 에밀리아 님의 그늘에 가려져 있지만."

"……색!"

"회화하고는 관계없는, 드물다는 의미로 이색 말이야! ……사실 펠트 님은, 왕도의 빈민가에서 자란 고아야. ──즉, 우리와 똑같아, 룰루랄라."

무릎 위에 그림첩을 안고 있는 룰루랄라, 그녀의 눈을 응시하며 쇼티가 설명했다.

쇼티도 룰루랄라도, 지금이야 『친룡보문』의 기자와 보도 화가로 일하고 있지만 원래는 부모에게 버림받아 빈민가에서 쓰레기를 뒤지던 고아 중 한 명이었다.

　대개의 고아는 그 환경에서 빠져나오지 못한 채 악행에 손을 물들이거나 아니면 악인의 먹잇감이 되어 목숨을 잃게 된다. 다행히 쇼티와 룰루랄라는 그렇게 되지 않고 끝났다.

　각각, 지닌 재능과 정열을 인정받아 현재의 입장을 쟁취한 것이다.

　펠트도 똑같다 할 수 있다. ──단, 그녀의 현 상황은 상상의 범주 밖에 있는 경지다.

　"펠트 님께는 그것 말고도 진위 불명의 다양한 소문이 떠돌고 있지. 그에 관해서도 질문하고 싶고…… 그래도 가장 주목을 모으는 것은 그분의 기사야!"

　"……성!"

　"맞아! 『검성』 라인하르트 반 아스트레아! ……그가 첫째 기사로서 펠트 님을 지탱하겠다고 표명한 영향은 절대적이야."

　『친룡보문』의 독자이기도 한 국민 대다수에게 왕성에서 살게 될 왕선 후보자는 구름 위의 존재다. 그것은 왕이 건재했을 적의 왕족에 대해서도 다를 바가 없다.

　따라서 민초가 관심을 보내는 유명인이라면 이름을 들을 기회가 많은 상대 쪽이 된다. 그 점에서 당대 『검성』인 라인하르트가 가진 영향력은 왕국 으뜸이라 할 수 있을 것이다.

　왕도의 주민조차도 국왕보다 『검성』을 향한 관심 쪽이 더 강하다. 왕족을 구경할 기회도, 왕성을 우러러볼 수도 없는 왕도 밖의 백성이라면 그 차이는 역력하다.

"당연히 펠트 님도 왕선에서 이기기 위해서, 이 기사 라인하르트의 영향력을 팍팍 이용해 나갈 테지. 『검성』의 위광에 대중의 눈이 멀어……. 그렇기에!"

"……렇기에?"

"우리는 그 위광에 굴하지 않고, 진정으로 펠트 님의 그릇을 파악해 보자!"

주먹을 쥔 쇼티의 결의에 룰루랄라가 어디까지 이해했는지 의욕이 없는 표정과 느릿한 동작으로 그림첩을 들었다.

지금까지 거친 취재가 다행히 잘 돌아가기는 했으나 취재 계획대로 진행되었다고는 도저히 말하기 어렵다. 결과적으로 잘되었을 뿐이다. 그렇기에 지금부터 만회할 것이다.

설령 『검성』이 아무리 눈부시더라도, 쇼티의 강철 같은 기자 정신은 두려워하지 않겠다고——.

8

"——잘 오셨습니다, 아스트레아령에. 환영하겠습니다, 기자 두 분."

쇼티와 룰루랄라를 마중해 준 것은 불꽃 같은 청년이었다.

타오르는 듯이 눈부신 붉은 머리와 맑은 하늘을 눈동자에 가둔 뜻밖의 미청년이다. 이전, 룰루랄라가 그를 그린 한 폭의 완성도에 홀딱 반했었으나 그 피사체 본인이 취재하러 온 두 사람을 웃으며 맞아 주었다.

『기사 중의 기사』의 마중──. 단, 그 복장은 기사다운 면과 동떨어져 있었다.

"기, 기사 라인하르트……이시, 죠?"

"네, 그렇습니다. 일부러 왕도에서 왕림해 주시느라 고생 많았습니다."

긴장을 잊고 놀란 마음에 더듬거리는 쇼티의 말에 청년── 라인하르트가 끄덕였다.

그 복장은 근위대 소속이나 기사라는 입장을 표시하는 제복을 벗고, 하얀 셔츠와 검은 바지의 마을 사람 같은 가벼운 행색이었다. 목에 수건을 걸치고 미소 지은 그는 『검성』의 대명사인 『용검(龍劍)』조차도 허리에 차고 있지 않았다. 잘 보니 옆에 세워 두고 있는 판국이다.

그것은 바꿔 말해, 그가 『검성』다운 행동을 방기했다는 증표였다.

그 증거로, 두 사람을 맞이한 그가 직전까지 하던 행위는──.

"……거, 정원 손질?"

"아아, 맞아요. 지금, 저택의 정원과 화단은 제가 손을 보고 있거든요. 오늘 아침, 겨우 봉오리가 열린 참이라……."

"……삐."

갸웃한 룰루랄라의 의문에 라인하르트가 화단을 손으로 가리키며 대답했다. 기분 탓인지 으쓱거리는 라인하르트, 그 배후에 있는 화단은 참 으리으리했다.

흐드러지게 핀 것은 빨갛고 하얀, 그리고 노란 꽃잎을 단 꽃들이었다. 눈길을 끄는 것은 알록달록한 꽃이 핀 화단이지만 정성껏 손질된 정원수도 문외한 눈에는 전문가의 솜씨로 보였다.

과연, 『검성』씩이나 되면 정원수의 가지치기에 필요한 가위질도 뛰어난 법──.

"아니아니아니! 무심코 감탄했지만 보통 『검성』더러 정원 손질하라 시키나?!"

"……성에게, 불만?"

"그렇게 겁 없는 짓 하지 않고, 할 수도 없지만!"

『검성』을 낭비한다 느껴지는 사용법에 쇼티는 정신을 못 차리며 항의를 하고 말았다. 곧장 룰루랄라의 특기인 뒤통수치기에 당해 허겁지겁 이성을 되찾았다.

그런 두 사람의 대화에 작게 웃은 라인하르트는 작업용 장갑을 벗고 말했다.

"과연, 『검성』에게 정원 손질은 어울리지 않나. 너라면 어떻게 해야 된다 생각하는데?"

"그야, 기사 라인하르트는 왕국에서 모르는 사람이 없을 정도의 유명인이니, 같이 각지를 돌며 얼굴과 이름을 내세워서 유력 귀족의 지원을 얻는 것이 상식적……!"

"──그렇다 합니다. 펠트 님."

라인하르트 본인에게 라인하르트의 효과적 이용 방법에 대해 질문받은 쇼티가 번뜩 떠오르는 방책을 읊었다. 하지만 그 뒤에 이어진 라인하르트의 말은 아닌 밤중에 홍두깨였다.

무심코 쇼티는 "호에?" 하고 얼빠진 소리를 내며 라인하르트의 의미심장한 시선을 따라갔다. ──시선이 가닿은 방향은, 쇼티와 룰루랄라 뒤에 서 있던 인물 쪽이었다.

가장 가까운 마을에서 두 사람을 맞이해 아스트레아 저택까지 길안내를 해 준 몸종 소녀. 그 후의에 기대어 오는 길에 이것저것 말을 나누며 저택을 방문했고.

그, 눈부신 금빛 머리카락에 검은 리본, 굳은 의지가 서린 붉은 눈과, 입가로 엿보이는 덧니가 특징적인 소녀를, 라인하르트는, 방금, 뭐라고 불렀는가──.

"어, 아, 으, 엥……?"

"오~ 오~ 혼란에 빠졌네, 빠졌어. 하핫, 보라고, 얘 얼굴."

참다못한 소녀가 입을 삐끔거리며 눈이 휘둥그레진 쇼티를 손가락질하며 웃었다. 그 몸짓에 룰루랄라도 쇼티 쪽을 보고 말했다.

"……미있어."

"하나도! 재미없거든?!"

무자비하기 그지없는 룰루랄라의 발언에 쇼티가 목청 높여 받아쳤다. 그 모습에 소녀는 지나치게 웃어서 눈꼬리에 눈물을 매달았다. 거기서 라인하르트가 한숨지으며 끼어들었다.

"펠트 님, 슬슬 고약한 장난도 접어 주시죠. 더 하면 쇼티 님과 룰루랄라 씨가 질려 버릴 테니까요."

"알았다, 알았어. 나 참, 조금은 말귀를 알아먹게 된 줄 알았는데, 잔소리 많은 건 똑같잖아."

"유연해지기는 했다 생각 중입니다. 그러니까 마중 나가시는 걸 막지 않았고요."

"감시로 프람과 그라시스를 딸려 보냈잖아. 아직 충분히 딱딱하거든."

옅게 쓴웃음 지은 라인하르트의 말에 소녀가 혀를 밀어 응수했다. ──아니, 이제 소녀라는 현실도피는 통하지 않는다. 라인하르트를 성의 없이 대하며, 또한 경의를 받는 입장.

무엇보다 잘못 들을 여지 없을 만큼 몇 번이고 불린 그 이름은 ──.

"──뵙게 되어 영광입니다, 펠트 님!"

"헷, 귀가 근지러워지는 인사 고맙다, 야."

간신히 놀란 마음을 억제하고 예의를 차린 쇼티의 인사에 펠트는 귀를 긁으면서 대답했다.

언뜻 보면 평범한 마을 소녀로만 보이는 그녀가 바로 네 번째 왕선 후보자다.

또다시 기선을 제압당한 취재, 그러나 동시에 취재와 비교하면 이쯤은──.

"……거, 줄게."

"룰루랄라?!"

긴장감에 숨을 집어삼킨 쇼티 옆, 갑자기 룰루랄라가 그림첩의 한 장을 펠트에게 내밀었다. 펠트는 그것을 "앙?" 하고 눈썹을 세우고 받아서 그림을 보았다.

그리고──.

"푸핫! 아하핫! 이거 봐라, 라인하르트!"

"이건…… 후."

빵 터진 펠트가 부르자 뒤에서 그림을 들여다본 라인하르트가 숨죽여 웃었다.

주종의 반응에 쇼티는 입을 뻐금거리다가 물었다.

"기사 라인하르트까지…… 룰루랄라?! 대체, 뭘 드린 거야?!"

"파하하하하하!"

폭소하는 펠트와 웃음을 끝내 참지 못한 라인하르트.

두 사람과 룰루랄라 사이에 시선을 오락가락하던 쇼티에게 라인하르트가 웃음기를 띠며 문제의 한 장을 보여 주었다. 그려져 있던 것은 다름 아닌 쇼티다.

눈을 부릅뜨고 입을 벌린, 망연자실하게 펠트를 바라보던 얼빠진 낯짝의 쇼티.

"……거, 역작."

"에잇, 늘 고맙다!"

자랑하듯 그림붓을 세운 룰루랄라의 말에 쇼티가 자포자기하듯 외쳤다.

9

"다시 인사를, 오늘은 시간을 내 주셔서 감사합니다……."

"불만스러운 낯짝이기는. 뭐, 아까 웃게 해 준 만큼 신경 쓰지 않지만."

"감사합니다……."

아스트레아 저택의 응접실로 안내되어 환대를 받는 쇼티의 대꾸가 뻣뻣해졌다.

그것은 직전의 사건 때문에 펠트에게 거북한 느낌을 받아서다. 물론 왕선 후보자를 상대하는 긴장감은 있지만 지금까지 만난 세 사람과 비교하면 압박감은 훨씬 희박하다.

"——뭐야?"

"아, 아뇨, 아무것도 아닙니다."

"그런 식으로 남의 얼굴 빤히 봐 놓고, 아무것도 아니긴 뭐가 아냐."

앞으로 몸을 기울이며 쇼티의 얼굴을 들여다보는 펠트. 쇼티는 그녀의 눈초리에 뺨을 굳히며 희미한 낙담을 품었다.

왕위를 뜻하는 왕선 후보자라면, 보통 사람과 다른 왕자의 풍격—— 국가의 정점에 서는 이로서의 자질이 적지 않게 있어야만 한다 여겨진다.

예를 들어 펠트는 사용인으로 분하고 쇼티와 룰루랄라를 마중나왔지만, 만약 그 세 사람이 같은 짓을 해도 쇼티나 룰루랄라를 완전히 속이지는 못했을 것이다.

그만큼 다른 왕선 후보자에게는 숨기지 못할 왕의 품격이 느껴졌다.

——공교롭게도 펠트에게는 그 점이 느껴지지 않는다.

그녀의 내력을 감안하면 그 자질을 닦을 기회는 없는 거나 다름없다. 그것을 어쩔 수 없다고 말하면 그뿐이지만, 그저 유감스럽다는 생각이 들지 않을 수 없었다.

그녀는 아직 지금까지 만난 세 사람과 어깨를 나란히 하며 경합할 만한 준비가 되지 않았다.

그리되면 현시점에서 펠트와 에밀리아의 낙선은 거의 확정이며, 왕좌를 두고 경합하는 것은 크루쉬와 아나스타시아, 프리실라인 셈이다.

이 순간도 포함해 마지막 두 사람의 취재는 절차상 지나는 과정에 불과하다는 이야기다.

"──내 품평을 끝내기에는 아직 좀 이르지 않나?"

"어."

"아니, 보면 다 알거든. 대놓고 실망한 표정이나 짓긴."

입술을 삐죽인 펠트가 시선에 날을 세우자 쇼티는 쩔쩔맸다.

취재 대상의 속내를 말하게 유도하는 것이 기자 역할이건만, 그렇게 노골적인 태도로 신용을 잃다니 언어도단이다.

"──웃."

반사적으로 사죄가 입을 뚫고 나오려 했으나 쇼티는 생각을 붙잡았다.

이제 와서 겉을 꾸며 봐야 무의미하다. 오히려 꺼낸 화제에 편승한다.

"사람을 보는 그 안목은, 빈민가에서의 생활로 기른 것입니까?"

"헤에? 갑자기 묻기 힘든 걸 물어보잖아. 하지만 난 그런 눈을 하는 녀석 쪽이 좋더라."

"송구합니다."

"그래서, 빈민가 생활이 나를 굳세게 만들었냐고? 그래, 그럴 걸."

자신의 과거에 스스럼없이 들어섰는데도 펠트는 화내지 않았다. 그러기는커녕 쇼티의 뻔뻔함을 호의적으로 받아준 눈치다.

꼰 다리 위에 턱을 괸 펠트의 시선이 창밖으로 돌아갔다. ——먼 하늘 아래, 아득히 떨어진 곳에 그녀가 자란 왕도가 있다.

붉은 눈에 스치는 복잡한 감정, 고향을 생각하는 펠트의 옆얼굴에 쇼티는 고개를 숙이고 말했다.

"……왕도를, 빈민가를 그리워하고 계시는군요."

"아? 딱히 전혀? 빈민가 생각은 떠올리고 싶지도 않아. 좋아하지도 않는데."

"어랍쇼?!"

"분위기에 너무 휩쓸린 거 아냐? 떨어져 봐도 애틋한 기분 하나 없어. 떨어져서 속 시원한 것이 빈민가란 곳이지. ——너희도 똑같지 않아?"

거칠게 머리를 벅벅 긁던 펠트가 입술을 뒤틀고 내뱉었다. 그 말에 쇼티도 "그건 그렇습니다만." 하고 대답하려다가 숨을 죽였다.

"방금 말씀을 보면, 저와 룰루랄라가 빈민가 출신이란 걸……."

"간파했다, 같은 거창한 얘기가 아냐. 빈민가 생활하며 사람을 관찰하는 버릇이 붙었다는 건 네 말이 맞아. 애당초 나는 얼치기 품속에서 푼돈 빼내는 게 직업이었거든."

"저기, 저와 룰루랄라는 일단 기자인데요……."

"그러니까 솔직하게 얘기해 주고 있잖아. 거짓말로든 대충으로든 떠들어도 된다면 애초에 취재를 왜 받겠어. 멋대로 쓰면 되잖아."

과거의 범죄 행위에 대한 펠트의 당당한 고백에 쇼티가 머쓱해졌다.

틀림없이 이 사실은 펠트의 왕선에 나쁜 영향을 끼친다. 다만 같은 빈민가 출신인 쇼티는 그녀가 자진해 범죄에 가담했다고는 생각할 수 없었다.

필요에 쫓겨서, 살기 위해서 악행에 손을 물들인다. 그것은 쇼티와 룰루랄라에게도 있을 수 있던 미래이며, 실제로 펠트 또한 지금까지 하고 있는 게 아니다.

부득이한 사정까지 들추고서, 사실이니 뭐 어떠냐고 자기 일을 뽐낼 수 있을까——.

"사실은 적어 두겠습니다. 기사로 만들지는 나중에……어라? 제 펜은……."

"이거 말이냐? 꽤 좋은 것 쓰고 있잖아. 그럭저럭 비싸게 팔리겠다 싶은데?"

"현역에서 은퇴하셨던 게?!"

낄낄 웃는 펠트가 어느 틈에 슬쩍한 쇼티의 애용 펜을 여봐란 듯이 흔들었다. 그 깔끔한 솜씨에 감탄해야 할지, 어이가 없어야 할지.

"——펠트 님, 쇼티 님 쪽이 곤란해하십니다."

그때 응접실 입구를 열고 모습을 드러낸 라인하르트가 끼어들었다.

은 쟁반을 들고 김이 나는 컵을 가져온 라인하르트는 그것을 펠트와 쇼티, 룰루랄라 사이의 탁자에 놓으면서 말했다.

"구태여 숨기려 하시지 않는 태도는 펠트 님의 미덕이라고는 생각합니다만, 일부러 내색하며 퍼트릴 필요도 없지 않겠습니까. 자, 펜을."

"켁, 또 설교질이냐. 애초에 나는 말이야……."

"롬 님과 에조의 지시입니다."

"윽……."

덧붙인 한마디가 효과적이었는지, 펠트의 표정에서 여유가 사라졌다. 그녀는 즉시 분한 내색으로 쇼티의 펜을 라인하르트에게 넘겼다.

그 모습에 쓴웃음 짓다가 고개를 돌린 라인하르트가 쇼티에게 펜을 반납했다.

"받으십시오. 그리고 차도 드셔 주셨으면. 제 연습 겸이기는 합니다만……."

"아, 아뇨, 아뇨. 당치도 않지요! 『검성』이 타 주신 차! 아주 귀중한 기회입니다, 네. 가지고 돌아가서 증발하는 과정을 지켜보고 싶을 만큼!"

"……바보?"

"분위기를 풀려는 농담이야!"

룰루랄라의 한마디에 받아치자 쇼티의 이성이 돌아왔다. 역시 큰소리를 지르는 것은 정신 안정에 안성맞춤이다.

어쨌든 너무 여러 번 외칠 수만도 없다고, 쇼티는 작게 헛기침하고 말을 돌렸다.

　"기사 라인하르트의 도착을 기다리지 못하고 멋대로 대화를 시작해서 실례했습니다."

　"아아, 걱정 마시길. 내용은 다 들렸으니까요."

　"그랬습니까. 그렇다면 안심…… 네? 여기서 하던 대화를? 주방에 있었는데?"

　"아~ 관둬, 관둬. 이 녀석이 하는 말을 일일이 진담으로 들으면, 아무리 지나도 얘기가 진행되지 않고 끝도 없어. 오늘은 나도 이다음에 볼 일이 있다고."

　라인하르트가 던진 한마디에 흥미가 샘솟지만 다음 예정이 있다고 펠트가 말하니 오래 대화할 수도 없다. 왕선을 향한, 펠트의 기개를 알아야 한다.

　아까 대화를 나누기 전, 쇼티의 눈에 그녀는 역량 부족으로 보였지만 그녀 본인은 단념하기에는 이르다고 대답했다. 그렇다면 미래에 무엇을 보고 있는가.

　"——펠트 님께서는, 이 나라의 왕이 되어 무엇을 하실 요량이십니까?"

　"이 나라의, 보이지 않는 관례라는 걸 때려 부술 요량이시다."

　"……네?"

　지체 없이 돌아온 답변에 쇼티가 수첩에 기록하는 작업을 일단 멈추었다. ——방금, 펠트는 무엇을 부수겠다고 선언을 했는가.

　"이 나라의, 보이지 않는 관례…… 말입니까?"

"당연해진 부조리나, 내가 보고 듣고 말을 해 봤는데 마음에 들지 않는다 싶은 것 전부 말이야. 빈민가도 그 마음에 들지 않는 것 중 하나지."

"_____."

"그러는 것이, 그렇게 된 것이, 그렇게 생각하는 것이 당연하다는 풍조 말이야. 빈민가의 가난뱅이 생활이 힘든 건 당연해. 그런데 윗자리에서 태어났을 뿐인 녀석들이 영원히 승자고 아래쪽에서 태어났을 뿐인 녀석들이 영원히 패자라는 것도 마음에 안 들어."

말뜻을 다 소화하기 전에 펠트의 입에서 잇따라 나오는 의견. 쇼티는 그것을 조금씩 소화하면서 펠트의 진의에 다가가려 했다.

말의 껍데기만 취하자면, 그것은 빈민가에서 나고 자란 고아가 그 외 다른 곳에서 태어난 상대를 시기하며 밉살맞다는 어두운 충동을 입에 담았을 뿐인 한 장면이다.

하지만 펠트의 눈과 음성에는 더 크고, 무거우며, 단단한 의지가 어려 있었다.

"어차피 너도 나한테 별 기대 안 하지?"

"_____웃."

"헷, 아무 소리나 주워섬기면 말이 싸지지. 섣불리 둘러대지 않은 것은 내가 보기에 좋은 판단이었어. 실제로 나한테 기대하는 녀석은 거의 없어. 그야 그렇지. 난 빈민가 출신의 계집애야. 다른 후보자와 비교해서 멀쩡하지 못하지."

거기서 펠트는 말을 끊고 "아니." 하고 고개를 저었다.

"아무리 그래도 반마 언니보다야 낫겠지만, 그런 차원의 얘기야. 아무도 나한테 기대하는 녀석은 없어. ——그렇다면 잃을 것도 없잖아."

"그것이, 보이지 않는 관례에 덤비는 이유라는?"

"누군가가 패지 않으면 열 받는 놈 코피도 흐르지 않는다고. 기왕이면 내가 처음에 패 주겠어. 모처럼 내가 그 표를 손에 넣었잖아. 누군가가 내 뒤를 따를지는, 해 봐야 알지."

난폭하고 괄괄한 뒷골목의 방식을 말하며 펠트가 결론을 내렸다.

펠트의 주장은 어처구니없으며 구체성이 결여되었으나, 같은 빈민가 출신인 쇼티에게는 쓰라리도록 이해가 되었다. 듣고 있었다면 아마 룰루랄라에게도.

그와 동시에 쇼티는 펠트가 지닌 어느 가능성에 다다랐다.

취재 전에 느낀, 승산이 없다고 짐작된 펠트에 대한 실망과 낙담——. 여전히 펠트에게는 다른 후보자들에게 느껴지던 왕자의 품격이 느껴지지 않는다.

하지만 아무것도 가지지 못한 무력한 소녀로 보이느냐 묻는다면, 그렇지는 않다.

——펠트에게는 도전자의 각오, 바꾸어 나가려는 변혁자의 의지가 느껴졌다.

이미 완성되어 날 때부터 광채를 뿜고 있는 재인(才人)들과 다르게 펠트의 그릇은 아직 빚어지는 과정 중에 있다.

어쩌면 그 그릇은 왕선이 결말을 맞아도 완성되지 않을 수 있

다. 하지만 만약 그녀의 그릇이 완성되고 사람들 눈에 닿는다면
────.

"────보이지 않는 무언가가 부서질 날이 온다. 그런 기대가 들지 않습니까?"

"기사, 라인하르트……."

쇼티가 이른 생각과 같은 결론을 라인하르트가 선수 쳐서 말했다.

바라보니 라인하르트는 파란 눈으로 쇼티와 룰루랄라를 보다가 자기 앞에 있는 펠트 쪽으로 눈길을 돌렸다.

"실제로 펠트 님께서는 지금도 다양한 것을 시험하시는 중입니다. 예를 들어 저도 펠트 님께서 부수려는 대상의 일환일 테지요."

"……성을, 부숴?"

"그렇게 대단한 것도 아냐. 라인하르트, 묘한 소리 하지 마라."

"하지만 펠트 님께서 처음에 부수려 하시던 것이 저라는 사실은, 가능하면 숨김없이 널리 퍼졌으면 하는 일이라서요."

"식겁하겠네. 뭔 소리 하냐, 너."

미소 짓는 라인하르트의 시선은 다정하며, 응수하는 펠트의 목소리는 정말로 험악하다.

여기까지 보는 한, 기묘하기 그지없는 주종 관계를 맺은 두 사람이다. 여태까지 왕선 후보자와 기사의 관계는 자잘한 차이는 있어도 저마다 양호하다는 공통점이 있었다.

그러나 펠트와 라인하르트 두 사람에게는 좀처럼 양호한 관계라고 단언하지 못할 거리가 느껴졌다. 험악한 것도 불화가 있는

것도 아니지만, 강풍 속에 있는 듯한 긴장감이.

"쇼티 님, 제가 정원이나 화단 손질을 하고 있는 것도 펠트 님의 분부를 지키고 있기 때문이에요."

"그, 그런 건가요?"

"네. 꽃이라도 키워 보라시더군요. 공교롭게도 저에게는 『원예의 가호』가 있기에, 시행착오라고 할 만큼 어려운 도전을 하는 것은 아닙니다만……."

거기서 말을 끊은 라인하르트가 자신의 손바닥을 보았다.

작업용 장갑을 끼고 정원 손질을 하던 손이다. 급사 노릇을 하기 위해 씻은 그 손에 흙은 보이지 않지만, 그의 눈은 작업의 흔적을 후련하게 느끼는 것 같았다.

쇼티에게는 『검성』 라인하르트를 낭비한다고밖에 느껴지지 않던 정원 손질이.

"실제로 제 심정이 바뀐 느낌이 들더군요. 어쩌면 세계의 변혁이란, 이렇게 작은 일의 축적에서 이루어질지도 모르겠어요."

"호들갑스러운 녀석이네. ……화단 가지고 살짝 칭찬했더니 아주 날아오르셔."

"그야 기뻐하지요. 펠트 님께서 해 주신 말씀인데요."

턱을 괸 펠트의 투덜거림에 라인하르트가 주저 없이 대답했다.

듣던 쇼티도 놀랄 한마디였기에 펠트 또한 예외가 아니었다. 그녀는 쓸쓸한 표정을 짓고 그 얼굴을 남에게 보인 것을 후회하듯 쇼티를 노려보았다.

"저를 노려보신들!"

"젠장, 진짜로 의미 있는 거 맞겠지, 이 취재. 그냥 내가 꿀꿀해 지기만 할 뿐이라면 수지가 맞지 않는 데에도 한도란 게 있거든."

"걱정하시지 않아도 『친룡보문』의 발행 부수는 왕도에서도 손 꼽힙니다. 롬 님이나 에조의 전략은 틀리지 않다고 봅니다."

"야! 아까 이 바보가 한 말은 절대 쓰지 마라!"

날카로운 덧니를 보이며 라인하르트더러 바보라 하는 펠트.

『검성』에게 정원 손질을 시키고, 급사 흉내를 내게 하며, 급기 야 바보라 하기까지, 대체 펠트는 라인하르트를 뭐라고 여기고 있단 말인가.

"펠트 님은, 기사 라인하르트를 뭐라고……."

"아앙? 웬 잠꼬대야. ──이 녀석은 라인하르트다."

"──아."

"그 이상도 이하도 아니야. 말귀를 들어먹지 않는 주제에 잔소 리는 많아. 나에게는 두통거리다 이거지."

팔짱을 끼고 콧숨을 크게 뿜는 펠트. 그녀의 답변에 뒤에 대기 한 라인하르트는 아무 말 없이 그저 희미하게 눈꼬리가 부드러 워졌다.

쇼티는 라인하르트의 반응도 제쳐 두고서 자기 자신을 돌아보 고, 자신 또한 펠트가 말한 '보이지 않는 관례'에 물든 한 사람 이었음을 깨우쳤다.

왕국에 만연한 신분 격차, 귀족가와 빈민가, 귀족과 평민과 빈 민이라는 틀, 그것들이 만들어 내는 편견 및 선입관에 대해 알고 있는 줄 알았었다.

하지만 왕선 후보자의 취재를 거듭하는 중에 쇼티는 자신이 결코 영리하지도, 박식하지도 않음을 통감하고만 있을 뿐이었다.

　끝내는 같은 빈민가 출신인 펠트에게도 같은 기분을 느낀 상황이다.

　──쇼티를 비롯한 사람들이 가진 『검성』 라인하르트 반 아스트레아에 대한 환상도, 펠트에게는 마음에 들지 않으니까 부수려고 하는 것 중 하나라고.

　"펠트 님, 왕선의 앞날을 어떻게 생각하십니까?"

　"────."

　붉은 눈을 가늘게 뜬 펠트가 물음을 던진 쇼티를 쳐다보았다.

　쇼티는 등을 곧게 펴고 그 시선을 정면으로 받아냈다. 여기에 이르러 펠트에게 품은 첫 실망은 이미 사라지고 남은 것은 묘한 기대감뿐이었다.

　이 빈민가 출신의 고아가 도대체 어떤 미래를 가리킬지 하는, 그런 기대가.

　그것이 라인하르트가 펠트를 선택한 결정적인 요소일지도 모른다고.

　"뭐, 다른 녀석들은 대단한 양반들이라고 봐. 처음에 성에서 얼굴을 봤을 때는 내가 하나도 아는 게 없어서 어떤 녀석들인지 몰랐지만……."

　빈민가에서 나고 자란 펠트가 정상적인 교육을 받기 시작한 것은 왕선 참가를 표명하고 아스트레아 저택에서 생활할 것을 결단한 뒤다.

처음에는 읽고 쓰기조차 못 했던 쇼티에게도 공감 가는 바가 있다. 아는 게 당연한 일을 모른다는 도랑을 메워야만 같은 무대에 설 수 있다.

펠트는 분한 마음을 거듭하면서, 그에 꺾이지 않은 채 싸우고 있다.

"현재, 우세한 것은 월등하게 공작이고 버금가는 것이 상인쯤 되겠지. 고래 사냥에 참가했어도 반마 언니 쪽은 힘들 테니까. 그 빨간 여자는 모르겠지만……."

"————."

"나랑 그게 그거거나, 상대 쪽이 평판으론 앞서고 있어. 앞날은 어둡고, 이것을 꼴랑 3년 만에 메울 수 있을지가 내가 승부할 부분이겠지."

자신의 현황을 옳게 파악한, 정확한 분석이라고 쇼티는 감탄했다.

전황 파악은 곧, 그녀가 승부를 팽개치지 않았다는 증거이며, 이기기 위해서 최선을 다할 것을 스스로 결심했다는 증명이다.

그러나 전도는 다난하다. 그것은 틀림없이 그녀도 자각한 대로.

"어떻게 싸워 나갈지, 정하신 바는 있으신가요?"

"아무튼 어설프게 다른 녀석들 흉내나 내 봤자 못 이겨. 나는 나밖에 못 하는 일을 해야. 그러니까……."

"그러니까?"

"일단 암흑사회 놈들을 싸그리 다 꼬드기고 있는 중이야. 이다음에 있다는 볼일도 그쪽 간부들하고의 회합이거든."

"예상을 초월한 대답이네?!"

뻔뻔한 웃음과 함께 펠트가 예상 밖의 대답을 내던지자 쇼티가 절규했다.

쇼티의 반응에 펠트는 "와하하하." 하고 즐거운 내색이고, 그녀 뒤에 선 라인하르트는 이마에 손을 짚고 있다. 하지만 얼굴을 가리고 싶은 것은 쇼티 쪽이었다.

왕선 후보자 중 한 명이 암흑사회와 유착하여 왕선의 승리를 노리고 있다니.

"너, 너무 특종이라 아무도 믿어 주지 않을 것 같아⋯⋯!"

모건 편집장에게 보여 주어도 기사를 날조했다고 여길지 모를 내용이었다. 설마 거기까지 생각해서 공공연히 고백했다고는 생각하지 않지만.

"⎯⎯⎯."

머리를 감싸 쥔 쇼티 옆, 룰루랄라는 묵묵히 그림첩에 붓을 놀리고 있다.

그 흥미는 라인하르트로부터 떨어지지 않는다⎯⎯고 생각했더니, 펠트의 삽화도 착실하게 여러 장을 그리고 있다. 비로소 그녀에게도 보도 화가라는 자각이 싹터서 취재 대상은 모두 그려 두어야 한다는 철칙을 이해해 주었는가.

유감스럽지만 그게 아니다. 펠트의 자세가, 룰루랄라의 안목에 들었기 때문이다.

쇼티가 펠트에 대한 인식을 고쳤듯이 룰루랄라에게도 같은 현상이 발생했다. 그녀가 그림을 그린 사실과, 그 그림의 완성도가 펠트의 큰 그릇의 편린을 가리키는 증명이라 할 수 있으리라.

　나머지는──.

　"그래서? 내가 왜 왕선에 참가했고, 뭘 할 셈인가……. 그 밖에 묻고 싶은 건?"

　"……다른 분들께도 여쭈었는데요, 펠트 님께서는 다른 왕선 후보자 분들에게는 어떤 인상을 품고 계십니까?"

　"다른 녀석들이라. 그야 아까도 말했잖아. 대단한 녀석들이라 생각한다고."

　냉정히, 얕볼 수 없는 자기 분석을 마쳐 둔 펠트다.

　아마도 다른 후보자에 대해서도 들을 가치가 있는 평가를 내렸을 가능성이 높다. 이 자리에 동석하고 있지 않지만 그녀에게 귀띔한 참모 역의 우수함도 있을 것이다.

　가능하다면 펠트 진영 사람들에게도 이야기를 듣고 싶다.

　어쨌든 생각에 잠겼던 펠트는 "그렇지." 하고 뺨을 긁고 말했다.

　"많이 얘기해 본 것은 아니지만, 공작은 만만찮다 싶지. 성에서 나를 보았을 때, 딱 혼자만 평가질을 하지 않았어. 원래부터 최유력 후보라고 그러던데 방심이 없더라. ……뭐, 나를 쳐다보던 이유는 그게 다가 아닌가 보지만."

　"과연, 크루쉬 님께서……. 그러면, 아나스타시아 님과 프리실라 님은?"

　"상인…… 아나스타시아는 눈썰미가 좋아. 요전에 빚을 졌는데 그게 어떻게 영향이 갈지. 다만 가격 이상의 가치가 있었다고는 생각해. 거기 거래에서 섣불리 욕심 부리지 않을 거란 신용은 있지. 그리고, 그 빨간 여자는…….”

거기서 말을 끊은 펠트가 진심으로 싫은 듯 콧잔등에 주름을 잡았다.

“좋냐 나쁘냐 안 따지고 반드시 때려눕힐 거다.”

“엄청 개인적 감상이다! ……프리실라 님께서는, 뭐랄까, 강렬한 분이셨으니까요.”

“헷, 뭐든 말하기 나름이네. 그리고――.”

펠트는 혀를 내밀었다가 마지막 인물―― 에밀리아에 대한 평에 살짝 뜸을 들였다.

답을 내는 데에 시간이 걸리고 있다. 다만 프리실라 때와 달리 적개심은 적다. 하프엘프에 대한 악의와도 다른 인상 같았다.

그것이 무엇인지, 몸을 내밀며 기대하는 쇼티에게 펠트는 웃으며 대답했다.

“반마 언니는 그거야. 직접 그 눈으로 보고 와. 다른 녀석들 중 어느 얼굴을 보는 것보다 확실하게, 소문은 믿을 게 못 된다는 걸 알 수 있을걸.”

“괘, 괜히 더 궁금하게……?!”

“뭐, 나는 싫어하지 않아. 그 언니에게도 빚이 있거든.”

펠트는 머리 뒤에 깍지를 끼고 자신의 에밀리아 평을 속에 감추었다. 적어도 그녀와 관계가 있었음을 엿볼 만한 발언, 그것만은 단단히 염두에 두었다.

직접 보고 오라는 펠트의 지적에 쇼티는 긴장이 감도는 기분이었다.

이 기획을 세웠을 당초부터 심정적으로 가장 난관이라 여겼던 에밀리아 진영──드디어 마지막인 그녀만을 남기고 다른 왕선 후보자의 취재는 끝난 것이다.

그리고──.

"……그렸어."

말과 함께 룰루랄라가 또 한 장, 소리를 내며 그림첩 페이지를 찢었다.

다시 내민 삽화를 펠트가 "보자, 보자." 하고 유쾌하게 받았다. 아까 쇼티의 그림 때문에 재미가 들린 것이리라.

이번에는 어떤 웃음을 제공해 줄까 펠트가 기대감에 눈을 빛내고──.

"으익."

"이것은……."

펠트가 얼굴을 구기고 뒤에서 그림을 엿본 라인하르트가 눈을 크게 떴다가 웃었다.

어떤 그림이 그려져 있는지 쇼티도 몰래 엿보고서 납득했다.

거기에 그려진 것은 소파에 으스대며 앉아 있는 펠트와, 그 뒤에서 부드러운 표정을 지은 라인하르트──좌충우돌하는 주종의, 주종다운 한때를 오려낸 것이었기 때문이다.

10

——뜬금없는 발상과 기세에서 시작된 왕선 후보자의 취재 행각.

쇼티의 심신에 절대적인 부담을 가하면서 진행된 이 취재도 드디어 끝마무리에 접어들었다.

마침내 도전하는 마지막 왕선 후보자이자, 이 기획 최대의 장벽으로 간주되는 인물이다.

『질투의 마녀』라 불리며 세계를 멸망시킬 뻔했던 최악의 재앙—— 그 재래라고 소문이 자자한 용모를 가진 에밀리아는 향락적이고 사악한 행동을 불사하는 마녀라 들었다.

물론 선입관 및 사전 정보가 믿을 게 못 됨은 지금까지 해 온 취재로 쇼티도 충분하고도 남을 만큼 통감했다. 그래도 어떻게 하기 어려운 것이 『질투의 마녀』의 풍문이다.

그림 말고 관심이 없는 룰루랄라도 역시 『질투의 마녀』의 이름을 들으면 벌벌 떠니까 왕국민—— 아니, 전 세계 사람들에게 찌든 공포는 확고부동하다.

따라서 왕선에서도 압도적인 불리를 짊어진 상태로 도전하는 셈인 그녀는, 대체 어떤 마음과 목적을 품고 루그니카의 왕좌를 뜻하는가.

그것을 묻기 위해 쇼티와 룰루랄라 두 사람은 메이더스령으로 가서——.

"──내 이름은 나츠키 스바루! 질풍신뢰이자 불요불굴의 안내자!"

그렇게 외치고 손가락을 척 세워 오른손으로는 하늘을 가리키고, 왼손을 허리에 붙이며 선 소년.

짧은 흑발에 흉악한 눈매를 띤 인물의 마중을 받은 쇼티는 대체 어디 풍습의 환영을 받았는지 알지 못해 눈이 휘둥그레지고 말았다.

따라서 눈앞의 소년이 밝힌 이름에 반응하는 게 늦었다. ──이 시대를 사는 보도 기자로서 결코 그냥 넘겨서는 안 될 이름이었는데.

"──────."

정신이 까마득해진 쇼티, 그 모습이 있는 곳은 승합용차 정류소였다.

루그니카 왕국의 5대 도시 중 하나인 『공업도시』 코스툴. 목적지인 로즈월 L. 메이더스 변경백의 저택은 그 대도시에서 가깝기에 도시를 중계 지점으로 저택에 가서, 거기서 문제의 에밀리아 취재를 감행할 예정이었다.

시작부터 생각지 못한 형태로 기선을 제압당한 쇼티지만──.

"저, 나츠키 스바루 님이라고 말씀하셨죠?"

"어? 아, 맞아, 맞아. 내가 나츠키 스바루 맞아. 일단 두 사람이 취재하러 와 준 에밀리아땅……아니, 에밀리아 님의 기사를 하고 있는데……."

"역시! 그 백경이나 『나태』의 토벌에 협력하신 분이시죠?!"

"우오우?!"

무심코 쇼티의 몸이 앞으로 쏠리자 그 기세에 소년——— 스바루가 몸을 젖혔다. 하지만 쇼티의 흥분은 수그러지지 않고 콧구멍을 벌름거리며 따라붙었다.

"소문은 많이 들었습니다! 저, 이야기를 들을 수 없을까요?!"

"아, 아니, 물론 나야 그럴 생각으로 왔지만, 이번에는 내 이야기보다 에밀리아땅 이야기를……."

"들은 이야기로는, 진영의 울타리를 넘어 협력을 요청하고 멋지게 대적의 토벌을 성공했다던데요! 그만한 신뢰와 교섭 능력은 어디서…… 아얏!"

콧김을 씩씩대며 거리를 좁히고 호기심이 시키는 대로 돌진하던 쇼티가 뒤통수를 얻어맞았다. 쳐다보니 그림첩을 쳐든 룰루랄라가 한 짓이었다.

그녀는 동그란 눈의 꼬리를 내리고 쇼티를 때린 그림첩을 보여 주었다.

"아프다 싶었더니 모서리로?!"

"……무, 흥분했어. 곤란해하잖아."

드물기 그지없는 룰루랄라의 질책에 눈을 끔뻑이던 쇼티는 자신이 저지른 짓에 생각에 미쳐 급히 앞을 돌아보았다. 그러자 쓴웃음 짓는 스바루가 있었다.

곧바로 목덜미부터 열이 확 치솟으며 얼굴이 화끈해졌다.

"크, 큰 실례를……! 까맣게, 까맣게 이성을 잊는 바람에!"

"아~ 괜찮아, 괜찮아. 솔직히 압도당했지만 도리어 각오가 느껴졌다고 할지."

"요, 용서해 주시는 것인가요? 가, 감사합니다! 기사 나츠키……."

땅바닥에 엎드려 빌 기세로 사과하던 쇼티가 스바루의 온화한 말에 감동했다. 그리고 재차 허리를 깊이 숙이고 손을 잡으려던 순간──.

"──너, 당장 스바루에게서 떨어지는 것이야!!"

"잠깐──?!"

옆에서 튀어나온 카랑카랑한 목소리와 보이지 않는 충격파에 얻어맞아 쇼티의 몸이 훨훨 하늘을 날았다. 그 광경에 화들짝 놀란 스바루가 돌아보자 작은 인영이 그쪽에 서 있었다.

"참 내, 한시도 방심할 겨를이 없어. 진짜 스바루는 베티가 없었으면 목숨이 얼마나 있어도 모자란 것이야."

"베, 베아코, 너……."

"흐흥. 아무래도 놀라고 고마워서 말도 못 하나 봐. 말을 못 하겠으면 최소한 행동과 태도로 베티에 대한 마음을 표명하는 것이야."

그렇게 말하면서 어쩔 줄 모르는 스바루에게 두 손을 내미는 드레스 차림의 소녀. 긴 머리카락을 화려하게 꼰 그녀에게 스바루는 떨리는 팔을 뻗고── 그 붉은 뺨을 꼬집었다.

"후캬?! 무, 무슨 생각이야, 스바루! 방금 구해 준 베티에게 이런 처사라니 용서 못하는 것이야!"

"이 바보! 확실히 내 목숨이 둥실둥실 솜털처럼 미덥지 못한 건 사실이지만, 그래도 지금은 설레발이라고! 저건 취재 스태프 두 분!"

"……어라라라? 인 것이야."

볼을 꼬집힌 채로, 소녀가 스바루 너머로 날아간 쇼티를 쳐다보았다.

속수무책으로 날아간 쇼티는 생울타리에 처박혔고, 룰루랄라가 튀어나온 다리를 잡아당기는 중이었다. 그 자리에 스바루도 황급히 달려가서 말했다.

"꽤, 괜찮아? 쇼티 씨! 미안해! 내 베아코가 엉뚱한 착각을!"

"무, 문제없어요, 문제없어요……. 어딘가에 머리부터 처박히는 일은 『친룡보문』의 기자라면 자주 있는 일이라…….."

"그건 그거대로 엄청난 소리네! 아무튼…… 영차."

힘이 없는 룰루랄라를 대신해 스바루가 쇼티의 몸을 생울타리에서 뽑아냈다. 눈을 가리는 긴 앞머리에 이파리가 붙어서 잎투성이가 된 쇼티.

"자, 베아코, 설레발친 것을 사과해. 미안하다 그래야지."

"하, 하지만 헷갈리는 짓을 하던 이 꼬맹이에게도 잘못이 있다고 생각하는 것이야…….."

"말귀 어두운 소리 하지 말려무나!"

쇼티 앞에서 고집을 부리는 소녀를 스바루가 꾸짖었다. 그러나 더더욱 완강하게 고개를 돌리는 소녀를 보자 쇼티는 "차, 참으세요." 하고 중재했다.

"너무 신경 쓰지 마시고요! 보세요, 저는 아무렇지 않잖아요."

"아니, 꼭 사과시킬 거야! 이것도 교육이거든! 어서, 베아코!"

"으그그그······ 베티는 절대 사과하지 않을래······!"

머리를 눌리는 소녀가 기어코 사과를 시키려는 스바루에게 저항했다. 부녀 같은 흐뭇한 대화지만 쇼티는 혼자 노는 기분이다. 손을 쓰는 것도 머뭇거려져 막막해하고 있으려니──.

"──나츠키 씨도 베아트리스도, 손님 앞에서 뭐 하세요."

어이없는 느낌이 서린 부드러운 목소리와 함께 교착 상태이던 분위기가 멈춰졌다.

일진일퇴의 공방을 펼치던 스바루와 소녀가 그 목소리에 고개를 돌리더니 "오." 하고 표정을 바꾸었다. ──시선이 닿는 곳에 서 있던 사람은 회색 머리카락과 녹색 복장이 특징적인 청년이었다.

부드러워 보이는 분위기의 청년이 등장하자 베아트리스라고 불린 소녀가 눈을 내리깔았다.

"윽, 그렇지 않은 것이야. 여기에는 부득이한 사정이란 것이······."

"그 사정이란 게, 둘이서 잎투성이인 손님을 내버려 둘 정도의 이유인지?"

"따박따박 인정머리 없는 남자인 것이야! 홱."

담백한 지적에 베아트리스가 뚱한 표정으로 고개를 돌렸다. 그녀의 머리를 토닥토닥 어루만지던 스바루도 겸연쩍은 표정이다. 그 솜씨에 쇼티는 감탄했다.

청년이 나타나자마자 스바루와 베아트리스가 나란히 얌전해졌다.

"두 사람이 폐를 끼쳐서 죄송합니다. 제가 똑바로 말을 해 두겠습니다."

"으, 으음, 감사, 합니다? 저, 당신은?"

"저는 오토 스웬이라고 합니다. 뭐, 뒤에 있는 두 사람과 한 식구……겠네요."

자부심과 본의 아닌 기색이 뒤섞인 표정으로 어깨를 으쓱하는 청년── 오토. 그 뒤에서 스바루와 베아트리스가 "왜 그래~." 하고 사이좋게 삐쳐 있다.

하지만 쇼티를 덮친 격진은 그런 두 사람의 모습을 알아채지 못하게 했다.

"오, 오토 스웬 님, 이라고요?"

"──? 네, 그렇습니다만……."

"히이익?! 죄, 죄송합니다!"

갸웃한 오토의 되물음에 쇼티는 허둥지둥 무릎을 꿇었다. 그리고 옆에서 멀뚱히 서 있는 룰루랄라의 소매를 끌고 똑같이 무릎을 꿇렸다.

"룰루랄라! 룰루랄라, 무릎 꿇어! 심기를 상하게 하면 머리부터 뜯어 먹힐 거야!"

"안 뜯어 먹는데 말이죠! 제 얘기가 어떤 식으로 전해지고 있는 거예요?!"

"고, 고향 픽타트에서 권력자를 협박했다가 지명수배되고, 기네브 산에 둥지 튼 산적을 전멸시킨 데다가, 변경백의 저택을 불태워 임금 인상 교섭을 한 무투파 내정관님……."

"말은 하기 나름이라지만, 이런 소리까지 듣는 건 너무하지 않습니까!"

오토가 언성을 높이지만 그 평판들을 부정하지 않는다. 즉, 짚이는 데가 있다는 뜻이다. 실물을 볼 때까지 쇼티도 미심쩍다고 여기던 정보였다.

하지만 이 남자가 백경과 『나태』의 토벌에 성공한 나츠키 스바루를 봉쇄하고 완전히 길들인 것은 사실이다.

"모, 목숨만은 봐주십사……."

"야야, 오토, 너, 설마……."

"안 가져가거든요?! 아니 그보다 나츠키 씨까지 장난치지 말고 오해 푸는 것 좀 거들어요! 수습이 안 되잖아요, 이거!"

움츠리며 떠는 쇼티를 끼고 스바루와 오토가 입씨름하고 있다. 그런 세 사람의 모습에 한숨을 지은 베아트리스는 문득 쪼그려 앉은 룰루랄라의 손 주변을 눈치챘다.

땅에 무릎을 꿇은 룰루랄라는 거기서 맹렬한 속도로 붓을 움직이고 있다. 붓이 가리키는 대상이 자신임을 깨닫자 베아트리스가 머리카락을 쓸어 올리고는 말했다.

"열심히 베티의 장려함을 빼놓은 곳 없이 그리도록 해."

"……엽게는 그릴게."

그리고 붓을 놀리는 룰루랄라의 대답에 만족스럽게 끄덕였다.

11

──그런, 초장부터 돌부리에 걸리는 장면은 있었으나.

"다시 인사를. 잘 와 주셨어, 두 분. 환영할게."

용차 정류소를 떠나자, 스바루가 격식 차린 환영 인사로서 손을 내밀었다.

요구받은 악수에 쭈뼛쭈뼛 응하면서 쇼티는 스바루의 털털함에 놀라기만 할 따름이었다. 새로운 역사의 영웅이라는 장대한 사전 평판과는 동떨어졌다.

항상 손을 잡고 있는 베아트리스와의 관계도 전혀 의미를 알 수 없었다.

"이거 참, 취재 신청받았다고 들었을 때는 무지무지 텐션이 올랐지 뭐야. 역시 선거 활동이란 건 이미지 전략…… 광고가 승패를 가르는 법이지."

"텐션…… 이미지……?"

"아아, 나츠키 씨가 가끔 입에 담는 조어예요. 나츠키어라고 해도 되겠네요. 본인은 고향의 말이라고 주장하고 있습니다만……."

"뭐, 기분이나 생각이란 의미야. 쓱 들어 넘겨도 상관없어."

웃으면서 대답하는 스바루는 환영하는 모습을 봐도 알 수 있듯이 취재에 꽤 긍정적인 인상을 품고 있는 모양이다. 그 점은 내정관인 오토도 같은 의견인지 쇼티와 룰루랄라에 대한 적개심은 느껴지지 않았다.

"그래도 설마 마중을…… 그것도 중진 분들이 와 주시다니."

"사실은 에밀리아땅 본인이 오고 싶어 했지만 대뜸 본인이 등장하면 둘이 식겁할까 싶어서 진영 내에서 스톱이 걸렸거든."

"보, 본인께서요?!"

쇼티로서는 왕선 후보자의 첫째 기사인 스바루가 마중 나온 것만으로도 충분히 놀라웠는데, 그 이상일 가능성이 있었다고 듣자 놀람을 금할 길 없다.

"아, 역시 식겁하겠지. 에밀리아땅은 하나도 무서운 상대가 아니지만."

"그래도 권위나 지위에 조아리는 것이 인간인 법이지. 그쪽에 관한 생각이 스바루도 에밀리아도 아직 부족한 것이야."

"그에 관해서는 저도 같은 의견이네요. 이번 일로 배워 주셨으면 좋겠는데요."

오토가 못 말린다는 듯이 미간을 손가락으로 주무르며 애수를 듬뿍 담아 중얼거렸다.

오토의 말도 그렇지만 스바루와 베아트리스의 언동에도 주목이 간다. 진영 내 관계자이기에 당연하다면 당연할지도 모르지만──.

"세 분이 보시기에, 에밀리아 님은 어떤 분이신가요?"

그 질문은 어떻게 보면 꽤 불성실한 것이었다. 안내 도중, 저택에 도착하기 전의 잡담으로 던지기에는 지나치게 핵심에 접근했다.

"————."

아니나 다를까 침묵한 세 사람에게서 따끔한 대답이 오겠거니 하고 쇼티는 숨을 집어삼켰다.

"——뭐, 천사지. 귀엽고 열심히 노력해서, 얌전히 말해도 천사."

"으에?"

그러나 한순간의 사색을 거친 스바루의 입에서 나온 것은 그런 답변이었다.

"스바루…… 기자 애송이가 어이없어하고 있는 것이야. 그런 이야기가 아니라고 봐."

"아니, 그렇다고는 생각해도 말이지. 그러면 베아코라면 뭐라 대답할 건데?"

"뻔한 것이야. 에밀리아는 한도 끝도 없는 낙관주의에다 멍텅구리지."

"베아코 머릿속의 에밀리아땅은 좀 지나치게 맹하지 않아?"

스바루의 소매를 잡아당긴 베아트리스의 의견도 에밀리아의 사전 평판에 맞지 않는 내용이었다. 그 점에 쇼티가 곤혹스러워하고 있으려니, 오토가 "아~." 하고 손가락으로 뺨을 긁으며 끼어들었다.

"쇼티 씨의 질문 취지는 이해해요. 세간에서 에밀리아 님이 어떤 평가를 받고 있는지는 대강 파악하고 있으니까요."

"히익! 화내지 말아 주세요."

"화내지 않는데 말이죠?! 아무튼! 미리 받은 인상 대다수는 헛

것이에요. 이번에는, 그 점을 알아 달라는 의도로 마련한 기회고요."

스바루만큼 적극적이지는 않지만, 이 취재에 대한 기대감은 같은 의견인 듯한 오토. 그의 말에 스바루도 "그렇지." 하고 끄덕였다.

"진짜 에밀리아땅을 알아주기 위해서도, 이쯤에서 훌쩍 이미지 업을 꾀해야 돼. 그런 이유로 좋은 기사 부탁하자고, 쇼티 씨."

"저, 저는 어디까지나, 이 눈으로 보고, 이 귀로 들은 것을 기사로 씁니다. 설령 무투파 내정관님께 협박받을지언정 청탁은 결코······."

"협박 안 했거든요! 으으······. 왕선이 끝날 즈음에 제 평판은 어떻게 될까요."

"생각해 봤자 헛일은 생각할수록 헛일인 것이야."

이 세상의 무상함을 한탄하는 오토에게 이 세상의 무상함을 설파하는 베아트리스.

그런 대화를 흘깃거리며 쇼티가 세 사람에게 강하게 감지한 것이 있다. 그것은 세 사람 모두 에밀리아에 대한 호감과 그 처지에 불만을 품고 있다는 점.

은발에 남보랏빛 눈을 가진 하프엘프, 그런 그녀를 둘러싼 환경에 대한 반발이었다.

그들이 품은 분노, 만약 그것이 정당한 것이라면──.

"──진짜, 에밀리아 님."

사전 평판과 실상의 차이, 이번 기획 중에 이토록 쇼티가 통감한 것은 없다.

크루쉬에게도 아나스타시아에게도 프리실라에게도, 펠트에게도 인상의 격변이 있었다. 그렇다면 에밀리아에게도 같은 현상이 일어날 것인가.

그렇게 생각하며 불안과 기대가 깊어지면 깊어질수록——.

"어서, 본인을 만나 뵙고 싶네요."

"……렇게, 겁냈는데."

주먹을 쥔 쇼티의 중얼거림은 오랜 관계인 룰루랄라에게만 들렸다. 그녀에게는 그리 중얼거린 쇼티가 어떻게 비쳤을지.

붓을 움직이기 시작한 이상, 룰루랄라의 흥미를 끈 것은 확실했다.

그렇게 스바루 일행의 안내에 따라 쇼티와 룰루랄라는 에밀리아가 기다리는 변경백의 저택으로 향한다. 그러나 가는 도중에 일이 있었다.

"——오오? 이 자식들, 딱 좋을 때 지나가잖아."

갑자기 거친 목소리가 들렸나 싶더니 수풀에서 힘차게 인영이 뛰쳐나왔다.

그것은 금빛 머리카락과 날카로운 송곳니를 드러낸 사나운 분위기의 인물이었다. 느닷없는 그 출현에 눈이 동그래진 쇼티가 "어." 하고 숨을 집어삼켰다.

"우와아, 산적이다!"

"이건, 터무니없는 일이 생겼어……. 이 세상의 종말인 것이야……."

"에엑?! 이렇게 큰 도시 근처의 가도에서?!"

순간, 상황을 따라가지 못한 쇼티를 아랑곳하지 않고 얼굴이 해쓱해진 스바루와 베아트리스가 얼싸안고 그 자리에 비실비실 주저앉았다.

주저 앉은 둘의 모습을 본 금발의 산적은 "헷." 하고 흡족하게 코웃음을 쳤다.

"아무래도 상황을 이해하나 본데. 아픈 맛을 보고 싶지 않으면 얌전히 내놓을 거 다 내놓아."

"히이익, 목숨만은, 목숨만은 제발……."

산적은 벌벌 떠는 스바루 일행을 내려다보며 잔학하게 입술을 핥았다. 반사적으로 룰루랄라를 등 뒤로 감싼 쇼티는 구원을 바라며 오토를 돌아보았다.

그때였다.

"──그만해, 악당."

갑자기 울려 퍼진 은방울 같은 음성에 그 자리의 분위기가 완전히 쏠렸다.

무슨 일인가 눈을 부릅뜬 쇼티 앞에서 산적이 "아앙?" 하고 언짢게 고개를 돌렸다. 그리고 부스럭부스럭 수풀이 흔들리는 소리 뒤에 새로운 인물이 나타났다.

반짝이는 은빛 머리카락에 보석 같은 남보랏빛 눈, 한 번 보면 잊지 못할 외견을 가진 아름다운 소녀──. 쇼티도 그 모습에 무심코 호흡을 잊었다.

그런 일동의 시선을 받으며 소녀는 산적에게 손가락을 척 들이

댔다.

"이 이상 악행을 저지르는 것은 두고 볼 수 없어. 스바루 쪽에게서 떨어져."

"핫! 거침없이 말하잖아. 너, 어디 사는 누구…… 서! 설마!"

"그래, 그 설마가 맞아. 나는…… 나는……."

"──?"

긴장하는 산적 앞에서 당당하던 소녀의 기세가 급속히 쭈그러들었다. 그녀는 고운 눈썹을 모으며 손가락을 들이댄 자세 그대로 굳었다.

그리고 살그머니 스바루에게 접근해서 물었다.

"……스바루, 스바루, 다음에는 뭐라고 말하는 거였어?"

"……거기선 '루그니카 왕국의 차기 왕위 후보자, 에밀리아!'야, 에밀리아땅."

"……아, 그렇지. 응, 알았어. 으음."

주저앉아 있는 스바루와 소곤소곤 말을 나눈 뒤, 소녀는 마음을 다잡은 듯이 원래 위치로 돌아와 가볍게 헛기침하고 말을 이었다.

"나는 루그니카 왕국의 차기 왕위 후보자, 에밀리아. ──달을 대신해 벌을 주겠어!"

"끄, 끄아아아아! 일 났군, 왕선 후보자 에밀리아 님이 상대라면 이젠 무리야!"

소녀의 선언을 듣고 두려움을 느낀 산적이 그 자리에 엎드렸다. 그 모습을 본 소녀는 깊이 끄덕이더니 멍하니 있는 쇼티와 룰루랄라를 쳐다보고 말했다.

"이로써 하나 해결됐네. 다들, 어디 다친 곳은 없어?"

그렇게 미소 짓는 소녀——아니, 조금 전의 자기소개가 사실이라면 그 정체는 의심할 여지가 없다. 무엇보다 그녀의 내력은 특징적인 외모를 봐도 명백했다.

"에, 에밀리아 님, 이신가요?"

"——! 응, 맞아. 우연히, 엄—청 우연히 지나가던 길이었는데……."

소녀——에밀리아가 가슴을 펴고 대답했다. 그러나 그렇게 대답한 직후, 에밀리아는 "으윽." 하고 배를 잡고 웅크렸다.

그러자마자 스바루가 "에밀리아땅?!" 하고 허둥지둥 에밀리아 쪽으로 달려갔다.

"갑자기 왜 그래, 괜찮아?!"

"으, 으응, 괜찮아. 단지 거짓말을 했더니 갑자기 배가 쿡쿡 아파서……."

"이건…… 분명히 적성에 없는 짓을 시켜서 그래. 스바루, 더 이상은……."

"바보, 포기하지 마! 기껏 여기까지 했잖아. 끝까지 마무리를 지어야……."

에밀리아를 둘러싸고 스바루와 베아트리스가 안절부절못하며 쩔쩔맨다. 전부 다 들려서 쇼티는 무슨 반응을 하면 될지 진심으로 고민했다.

그러나 그런 쇼티의 생각에 최적의 해답을 내 준 것이——.

"——아니, 허접한 데에도 정도가 있잖아요, 이 촌극!!"

참다못해 소리 지른 오토 스웬이었다.

그는 이 자리 전원의 놀람을 사면서 성큼성큼 스바루에게 다가 갔다.

"나츠키 씨! 이 작전은 기각했었죠?! 왜 강행하는 건데요!"

"버리기에는 아까운 의견이었잖아! 저렇게 양아치에게 시비 걸렸을 때, 지나가던 에밀리아땅이 바람처럼 나타나 구해 준다! 나랑 에밀리아땅이 만난 순간의 재현이라고!"

"저기, 스바루. 나, 이런 식으로 스바루를 구한 기억은 없는 데……."

"에밀리아 님 본인부터 이러잖아요! 꿈속 이야기를 하는 건 그 만두시죠?"

"확실히 에밀리아땅과의 만남은 꿈같은 사건이었지만, 꿈이 아니거든?!"

오토가 스바루의 멱살을 잡고 흔들고 에밀리아가 옆에서 참견 했다.

여전히 쇼티의 방치 상태는 지속 중이지만 한 가지 알아낸 점 이 있었다. 그것은 직전에 스바루 일행에게 들은 에밀리아의 인 물상이다.

"둘 다, 싸우면 안 돼! 오토, 스바루도 열심히 생각해 본 결과니 까 그렇게 너무 화내지 말아 줘!"

스바루를 앞뒤로 흔드는 오토 옆에서 언성을 높이는 에밀리 아. 그 열심인 옆얼굴에서 차갑고 잔혹한 『마녀』의 친족이라는 인상은 털끝만큼도 느껴지지 않았다.

눈앞의 일에 희롱당하는, 어디에나 있는 평범한 소녀라는 인상이다.

"여어, 베아트리스…… 이거, 혹시 실패했나?"

"말할 필요도 없는 것이야. 애초에 에밀리아더러 거짓말을 하라는 것이 무모한 계획이었어. 아니나 다를까, 계획은 뒤죽박죽인 것이야."

"쳇. 『너무 반죽한 갓초르네』라는 뜻이냐."

조아리고 있던 머리를 들고 금발을 긁으면서 산적── 아니, 산적 역인 소년이 투덜거렸다. 그 옆에서 베아트리스가 한숨짓고, 짧은 팔로 팔짱을 낀 모습을 보아도.

"저기, 여러분은 같은 진영 분들……이시죠?"

"이제 와서 숨겨 봤자 별수 없겠지. 오냐. 이 어르신은 『최강의 방패』 가필 틴젤이다. 산적 출신이 아니니까 기억해 둬."

날카로운 이를 딱딱 부딪치며 소년── 가필이 당당히 이름을 밝혔다.

양아치 연기는 대단한 수준이었지만 두른 패기가 비범했기에 쇼티로서도 자신의 인상이 틀리지 않아서 안심했다.

어쨌든 이것은 에밀리아 진영이 계획한 장대한 인상 조작──.

"……히려, 촌극."

"쉿──! 쉿해, 룰루랄라! 나도 말하려다 말았으니까!"

룰루랄라의 솔직한 토로에 조마조마한 기분과 함께 쇼티는 힐끔 돌아보았다. 그러자 마침 에밀리아 진영 쪽도 언쟁이 일단락

된 모양이다.

옷이 흐트러진 스바루가 땅바닥에 던져지고 에밀리아가 무릎을 빌려준 참이었다. 오토가 그것을 흘겨보며 모자 위치를 고치고는 쇼티에게 머리를 숙였다.

"저기, 음, 볼썽사나운 모습을 보여드렸습니다. 이에 관해서는……."

"아니! 저기, 아무것도 못 봤습니다! ……라고 하는 건 역시 무리니까, 뭔가 반응은 해야겠다 싶기는 한데요……."

"하긴요. 저로선 이제 곤혹감을 드려 죄송하단 말씀밖에."

오늘 몇 번째일까. 미간을 손가락으로 주무르며 오토가 크게 한탄했다.

아직 짧은 시간 동안만 함께했는데도 이 진영에서 그의 위치 비슷한 것을 쇼티도 짐작이 갔다. 그를 둘러싼 다양한 무용담 같은 풍문도 주변 사람 때문에 언성을 높이는 와중에 퍼진 것일지도 모른다.

"그렇다 해도, 수배자나 산적 괴멸은 사실이지만요……!"

"오토 형도 말이야, 대장과 에밀리아 님도 반성하고 있잖아. 슬슬 귀 따갑게 말하는 것도 그만두면 되지 않아?"

"맘대로 정리를……. 애초에 장단을 맞춰 준 가필도 나중에 설교감이에요."

"크아, 긁어 부스럼……."

이를 드러내고 실언을 후회하는 표정의 가필. 역시 이 진영에서 오토의 입장은 감독자나, 자문 같은 축으로 보면 될 듯하다.

그리고 그런 인상을 굳힌 쇼티 속에서 아직도 인상이 굳어지지 않은 것이──.

　"저기, 여러 가지로 혼란을 주어서 미안해. 아무도 악의는 없는데……."

　"어, 아, 네. 그건 저, 알 듯한, 기분이에요."

　"정말? 다행이다. 엄─청 안심했어."

　에밀리아가 미소와 함께 안도한 듯이 가슴을 쓸어내렸다.

　본인과 직접 만나서 대화를 나누어 보고 싶다고 생각한 것은 불과 몇 분 전. 이렇게 실물을 앞에 두고 쇼티의 마음은 크게 동요되었다고 할 수 있다.

　고향 숲을 얼리고, 변덕으로 메이더스령에도 눈을 내렸다는 현대에 되살아난 『마녀』──. 그런 사전 평판을 받던 당사자는, 어떤가.

　"얘기한 거랑 같아. ……한도 끝도 없이 멍텅구리인 것이야."

　쇼티 옆으로 온 베아트리스가 입술을 삐죽이며 말했다.

　그 의견으로는, 조금 전의 인물 평가보다 얼빠진 요소가 많아지지만 쇼티도 그 말에는 이견이 떠오르지 않았다.

　"──?"

　자기 이야기를 하고 있는데 이상하다는 듯이 갸우뚱하는 에밀리아.

　그녀가 두른 태평한 분위기에 전염되자 더더욱 그런 생각이 들었다.

"손님, 오해하지 말아 줘. 람은 그 촌극을 하지 말라고 말렸어. 그러니까 에밀리아 님과 바루스의 독단이야."

몹시 냉랭한 어조로 다짐을 받은 것은 홍차를 가져온 메이드 여성이었다.

가도에서 벌어진 촌극이 정리되고 다시 에밀리아가 머무르는 저택으로 안내받은 쇼티와 룰루랄라. 응접실로 안내된 두 사람에게 차를 가져온 것이 이 분홍 머리 메이드였다.

처음 한마디는, 메이드가 인사도 대충 하며 두 사람에게 던진 말이었다.

일개 메이드 같지 않은 위압감이 있어 쇼티는 섣불리 무슨 대꾸를 하지 못했다. 룰루랄라의 붓이 멈추지 않고 메이드를 그리고 있는 것이 그녀가 단순한 저택의 사용인이란 그릇에 머무르지 않는다는 증거일 것이다.

"괴, 굉장히 날이 선 메이드 분이었지……. 에밀리아 님이 저러니까 저쪽 메이드 분이 훨씬 더 마녀인 줄 알았어."

"……렸어."

"아, 다 그렸어? 역시나 빠르구나. ……대단한 위압감이네."

방에서 나간 메이드를 그린 한 장은 그녀의 단려한 용모는 물론이거니와 문장으로는 다 표현하지 못할 그 압박감까지도 명료하게 베껴 놓았다. 이번 삽화로서 사용될 가능성은 낮겠지만 순수하게 남겨 둘 만한 역량의 한 장이다.

그런 식으로 쇼티와 룰루랄라가 환대의 한때를 만끽하고 있으려니.

　"오래 기다리게 해서 미안해. 스바루도 제대로 옷 갈아입고 왔으니까."

　말하면서 응접실에 에밀리아가 모습을 보였다. 그녀는 뒤에 옷을 갈아입은 스바루와 손을 잡고 있는 베아트리스 두 사람을 대동하고 있다.

　왕선 후보자와 그 첫째 기사가 나란히 선 이상적인 조합이다.

　"단지 베아트리스 님은……."

　"우, 베티와 스바루는 일심동체 관계야. 둘의 인연은 아무도 끊을래야 끊을 수 없는 특별한 것이야."

　"실제로 그래. 농담 없이, 베아코하고 너무 떨어지면 나는 터져서 죽거든. 아, 이건 오프 더 레코드로 부탁해. 일단 내 약점……이 될지도 몰라서."

　"오, 오프 더…… 말하지 말라는 말씀이군요. 알겠습니다."

　훌쩍 끌어당겨진 베아트리스가 소파에 앉은 스바루 무릎 위에 올라탔다. 옆에 앉은 에밀리아도 둘의 모습에 별말이 없는 것을 보니 늘 하는 행동인 모양이다.

　쇼티 쪽도 그것이 평소와 같다면 뭐라 할 이유가 없다. 스바루의 어조는 가볍지만 거짓말이나 농담 종류가 아님은 들으면서 알 수 있었다.

　그 사실을 받아들인 쇼티는, 자리는 마련된 김에 다시금 에밀리아 진영에 머리를 숙였다.

"이번에 취재를 받아주셔서 새삼 감사합니다. 이미 다른 왕선 후보자 분께는 말씀을 들었기에……."

"네, 들었습니다. 그러니까 우리가 마지막이란 뜻이구나?"

"네. 취재 순서에 다른 뜻은 없으니 오해받고 싶지 않습니다만 ——."

지금까지 경위를 설명하려던 쇼티의 말이 중단되었다.

그것은 눈앞의 광경에 어안이 벙벙했기 때문이다.

"——우선 이야기를 들으러 와 주어서 고마워. 나도 제대로 이 야기를 들으려 해 주는 사람과 대화하는 건 기쁘니까 잘 부탁드 리겠습니다."

"————."

맞은편 앉은 에밀리아가 그렇게 말하고 깊이 머리를 숙였던 것 이다.

그 옆에서는 스바루도 에밀리아를 간하기는커녕 똑같이 머리 를 숙이고 있다.

다른 왕선 후보자들도 비교적 긍정적으로, 호의적으로 쇼티의 취재를 받아주었다. 하지만 감사와 함께 머리까지 숙인 것은 이 번이 처음이다.

그것은 에밀리아 진영의 의리나 예의범절의 증명이라기보다 는, 그녀들이 처한 열악한 상황과 깊은 선입관을 뚜렷하게 증명 한다고 할 수 있다.

이렇게 정당한 취재를 받을 수 있는 것이 에밀리아에게는 예외 적이라는 일인 것이다.

"에밀리아 님은……."

"응, 왜?"

"에밀리아 님은, 어째서 왕선에 임하시는 겁니까?"

정신이 드니 입을 비집듯이 쇼티는 질문하고 있었다.

그것은 직전의, 정중하게 예의를 다해 취재를 수락해 준 에밀리아에 대해서 너무나 솔직하고 실례되는 물음이었을지도 모른다.

쇼티의 질문 의도는 고민할 필요도 없이 명백하리라. ——에밀리아가, 하프엘프인 그녀가 처한 상황은 너무나도 열악하다.

왕선의 후보자라고 해도 패색이 농후함은 누가 봐도 명백하다. 실제로 이렇게 젊고 실적이 없는 풋내기의 취재에도 예의를 다해 머리를 숙여야만 하는 처지.

승산이라곤 거의 없다. 그런데도 어째서 도전하는가.

쇼티의 물음에는 그런 의도가 어른거렸을 터다.

그러나——.

"——처음에는 별로 깊게 생각하진 않았어."

그렇게 개답하는 에밀리아는 화는커녕 입술에 미소조차 띠고 있었다.

숨을 집어삼킨 쇼티 앞에서 에밀리아는 살며시 가슴에 손을 짚으며 방금 막 입에 담은 '처음'을 돌아보듯이 남보랏빛 눈에 눈웃음을 지었다.

"숲에서 살던 나를, 로즈월이 맞으러 왔어. 왕선에 대해서도, 임금님이 없어졌다는 것도, 그때 처음 듣고서…… 처음에는 그렇게 큰 역할을 내가 맡을 수 있을지 알 수 없어서, 그저 이기적인 이유로 받아들였을 뿐인데."

"이기적인 이유, 라고요?"

"가족 문제로, 조금. 왕국이나 주위를 위한 게 전혀 아니었어."

에밀리아가 살짝 혀를 내밀고 부끄러워하듯 대답했다. 그 솔직하기 그지없는 대답은 듣는 사람에 따라서는 명확하게 그녀의 왕선에 악영향을 초래할 것이다.

이미 찌를 틈이 없을 만큼, 그녀에게는 찔러야 할 이유가 너무 많은데도.

하지만 그것은 생각이 짧은 사람의 견해다. 방금 그녀의 말에는 뒷부분이 더 있다.

"즉, 지금은 다른 생각을 가지셨다는?"

"응. ……옆에 있는 스바루와 베아트리스, 그 밖에도 람하고 오토, 가필과 프레데리카, 페트라하고 류즈 씨, 로즈월도 그렇지. 이런 나에게 기대하며 이 미덥지 못한 등을 밀어주는 사람들이 있으니까."

대답하면서 에밀리아가 가슴에 짚었던 손가락을 움직였다. 그때 비로소 쇼티는 에밀리아가 만지고 있는 것이 목에 걸린 결정석임을 깨달았다.

금이 가고 빛을 잃은 결정석을 보듬듯이 만지고 있음을.

"모두가 친절히 대해 주고 내 나름대로 많은 것을 공부해서, 당신들이 걱정해 주는 것처럼 힘든 입장인 것은 알고 있어. 그래도."

"_____."

"그래도 그 사실을 포기하는 이유로 삼고 싶지 않아. 내가 어떻게 태어나고, 어떻게 자라고, 어떻게 생각하는지, 그것을 똑바로 봐 줄 수 있게 노력하고 싶어.”

“───────.”

“나나 나 말고 다른 사람이, 자신이 아닌 누군가 때문에 하고 싶은 일이나 되고 싶은 것이 불가능하다는 말을 듣지 않게 하고 싶어. 지금은 그렇게 생각해.”

남보랏빛 눈이 곧게, 쇼티를 응시하며 말을 끝맺었다.

에밀리아가 서투른 말솜씨로 이른 결의에, 쇼티는 눈을 크게 떴다. 그와 동시에 쇼티는 자기 마음속의 편견을 부끄러워했다.

가능한 한 공평하게, 선입관이 없는 시각으로 그녀와 접하고 싶다 생각했음에도 불구하고, 쇼티는 굳어진 생각에서 탈피하지 못했다.

하프엘프이며 은발에 남보랏빛 눈을 가진 에밀리아는 쇼티가 상상하는 것 이상의 편견과 선입관, 믿기 어려운 장애물에 시달리며 살아왔을 것이다. 그러나 에밀리아는 그런 자기 사정을 필요 이상으로 한탄하지 않으며 잘근잘근 곱씹었다.

곱씹어서 고개를 들 이유로 삼은 것이다. ──자신 말고, 이유 없는 비판에 시달리며 비슷한 괴로움을 맛보는 이들 편이 되어 싸우겠다며.

사람이 사람을 틀에 끼워 맞추고 업신여기기 위한 조건은 얼마든지 있다.

예전 세계를 멸망시킬 뻔한 『질투의 마녀』, 그와 똑 닮은 특징을 가졌다는 호들갑스러운 조건이 아니라도 된다. 사연 있는 땅에 태어난 사람이나, 범죄자 부모를 둔 사람, 단순히 가난한 출신일 뿐이라도 쉽게 '약자'라는 낙인이 찍힌다.

그리고 인간은 '약자'에 대해서 놀랍도록 잔혹해질 수 있기 마련이다.

빈민가 태생인 쇼티도 그런 사실은 잘 알고 있건만.

"그러면, 에밀리아 님께서는 이렇게 말씀하시는 건가요? 저희를 구원해 주겠다고."

그것은 '약자'의 대표 행세를 하는 쇼티의 치사한 물음이었다.

한순간 전까지 왕선에 도전하는 에밀리아와 무관한 타인 행세를 하던 쇼티가, 그녀가 내건 구원의 깃발에 맨 먼저 달려들려는 파렴치한 행위다.

만약 에밀리아가 가슴을 펴고 그것을 긍정한다면 어땠을까.

어찌 되었든 그 경우의 답은 알 수 없다. 왜냐하면——.

"나는 누군가의 도움이 될 수 있으면 되어 주고 싶어. 하지만 누군가를 구할 수 있다고 큰 약속은 할 수 없고, 말하면 안 된다고 생각해."

"————."

"무언가를 원하는 사람이 두 명 있으면, 그게 나눌 수 있는 거라면 좋겠지만 그렇지 않을 때는 어느 한쪽밖에 손에 넣지 못하잖아? 양쪽 다 구해 줄 수는 없어."

"그러면, 저희는 어떻게, 구원받으면 되죠?"

"으음……. 반드시 구해 줄 수는, 없어. 하지만 원한다는 말조차 하지 못하거나, 그 경쟁에 끼지 못하는 건 이상하다고 봐. 그러니까, 그렇게 두지는 않아."

"_____."

"응, 그러네. 나는 분명히 가능성을 남기고 싶은 거야. 누구에게라도, 공평히."

매달리는 것만 같은 쇼티의 말에 에밀리아가 확인하듯이 끄덕였다.

한 차례 자기 안에서 정리되어 배출된 말. 그 말을 취소하려는 짓은 하지 않은 채 그녀는 쇼티의 물음에 똑바른 답변을 돌려주었다.

그 말에 쇼티는 조용히 에밀리아에 대한 인상을 새로 고쳐 썼다. 그리고 끄덕인 에밀리아 옆에서는——.

"에, 에밀리아땅, 어엿이 다 커서……."

"아닛! 스바루! 베티의 드레스 소매로 눈물을 닦으면 어떡해!"

"바보야, 닦은 것은 눈물이 아니라고. 콧물……이라윽?!"

"더더욱 안좋은 것이야!!"

감격에 겨워 눈시울과 코를 드레스로 닦던 스바루에게 베아트리스가 박치기를 갈겼다.

분위기를 망치는 첫째 기사와 그 시중꾼이지만 마침 다행이다. 에밀리아에게 이 이야기를 들었으면 그 첫째 기사에게도 듣고 싶은 것이 있었다.

"나츠키 스바루 님, 에밀리아 님의 첫째 기사가 된 것은 어째서입니까? 당신도 에밀리아 님의 현재 생각에 공감해서 그러신 것일까요."

"나? ……계기를 돌아보면, 흑심이네."

"흐, 흑심……?"

스바루가 켕기는 내색도 없이 손가락을 세우며 대답했다. 생각지도 못한 대답에 쇼티가 눈을 동그랗게 뜨고, 베아트리스가 못 말리겠다며 고개를 저었다.

하지만 그러는 베아트리스도 스바루의 말을 정정하거나 막지 않았다.

"가도에서 슬쩍 보였지만, 나는 그런 방식으로 에밀리아땅에게 첫눈에 반했거든. 그리고 에밀리아땅의 힘이 되고 싶은 한 마음으로 발발 뛰어다니는 중에……."

"현재 입장이 되었다고요? 하, 하지만, 스바루 님은 백경과 『나태』를 토벌하셨죠?"

"그것도 좋아하는 아이에게 멋있어 보이려는 행동의 일환이었지."

스바루는 뺨을 손가락으로 긁으며 쑥스럽게 웃었다. 거기에는 거짓이 느껴지지 않으며 농담의 기색도 보이지 않았다. 즉, 스바루가 첫째 기사가 되어 지금까지 수도 없이 역사적인 공적을 세운 것은, 전부 에밀리아에게 품은 연심이 원동력──.

"에밀리아 님의 외견에 놀라시지 않았나요?"

"아니, 귀여워서 놀랐다고. 지금도 아침에 마음의 준비 없이 보면 깜짝 놀라."

"아유, 또 그렇게 장난치지."

말하면서 에밀리아가 손을 뻗어 스바루의 귀를 가볍게 잡아당겼다. 스바루가 "아파, 아파." 하고 쓴웃음 짓자 에밀리아는 살며시 볼을 붉히면서 말을 덧붙였다.

"방금 장난, 기사에는 쓰지 말아 줘. 스바루, 금세 까불어 버리거든."

"연적의 견제라는 의미로는, 쓰이는 편이 나을 듯한 기분이 들어……. 아니, 하지만 이번에는 에밀리아땅의 이미지 업이 목적이니 나랑 노닥거리는 것은 좋지가 않나?"

"노닥거리지 않았습니다. 그리고 나, 스바루를 구한 적도 없다고 생각하고……."

"그 일에 관해서는, 자세히 설명하면 내 심장이 난리 나서……."

귀를 잡힌 채로 스바루가 변명하자 에밀리아가 입술을 삐죽였다. 그런 두 사람의 대화를 스바루 무릎 위의 베아트리스가 어이없다는 표정으로 지켜보고 있었다.

독기가 쏙 빠질 법한 그 분위기와 정반대로 쇼티는 충격에 강타당한 와중이었다. 그와 동시에 쇼티는 답답한 마음에 주먹을 꽉 세게 쥐었다.

지금 이 자리에 에밀리아의 이야기를 들을 수 있어 다행이었다고 생각하는 반면, 이렇게도 생각했다.

──어째서 이 자리에 있는 것이 자신이었느냐고.

"_____."

진지하게 자기 마음을 설명한 에밀리아, 그녀의 말은 분명히 쇼티의 가슴에 울렸다. 훌륭한 결의, 생각, 각오라고 과정 없이 수긍이 간다.

하지만 그것은 어디까지나 에밀리아와 직접 말을 나누고, 그녀의 목소리와 시선을 이 몸에 받아낸 쇼티가 느낀 충격이다.

그와 같은 충격을 『친룡보문』의 독자에게도 주는 것은 웬만한 일이 아니다.

그리고 그것은 에밀리아의 책임이 아니라 쇼티의 역부족이 원인이다.

만약 쇼티의 문장이 이 눈으로 본 것을 기사를 읽은 모든 사람에게 남김없이 전할 만큼 문재가 뛰어났으면 이런 고뇌는 품지 않아도 되었다.

그러나 아쉽게도 현재 쇼티의 문장에 그만한 힘은 없다. 쇼티 말고, 말마따나 현역 시절의 모건 편집장이라면 가능했을지도 모른다.

자신의 역부족 때문에 정확한 정보를 전할 수 없다. 그것이야말로 기자로서 가장 두려워할 사태라고 할 수 있으리라. 바야흐로 기자 생명을 좌우하는 사태다.

그렇다면 쇼티 메이건은 무엇을 할 수 있을까.

자신의 역량 부족을 자각했음에도 여전히 눈앞에 전해야만 하는 진실을 품은 『친룡보문』의 기자는, 무엇을──.

"──아."

남모르게 인생의 기로에 서 있던 쇼티는 구원을 바라듯이 자기 옆을, 붓에 심혼을 담은 룰루랄라 쪽을 보고 있었다.

여전히 취재는 팽개치고 삽화를 그리고 있는 룰루랄라. 그것이 그녀가 일에 착수하는 요령이며, 쇼티도 그녀의 지원이나 위로를 기대하지는 않았다.

단지 룰루랄라는 진지하게, 눈앞의 광경과 마주 보며 붓을 쉼 없이 움직이고 있다.

그, 선명하게 그려진 삽화를 흘끔 본 쇼티는 숨을 집어삼켰다.

그리고 충동적으로 룰루랄라의 무릎에서 그림첩을 탈취했다.

"……으!"

"미안, 룰루랄라! 보여 줘!"

갑자기 자신의 반신이 뜯긴 듯한 충격을 받는 룰루랄라. 물어 뜯을 양 화내는 그녀의 이마를 밀어내며 쇼티는 이 취재가 시작된 후의── 아니, 스바루 일행과 정류소에서 조우한 후에 그려진, 십여 장의 그림을 훑어보았다.

거기에 그려진 그림 하나하나를 보고, 쇼티는 "아아, 역시." 하고 중얼거렸다.

"에밀리아 님의 이 표정이야."

쇼티는 삽화 중 한 장을 들고 눈꼬리를 내리며 끄덕였다.

그리고 여전히 팔을 쭉쭉 뻗으며 자신의 작업 도구를 되찾으려는 룰루랄라 쪽으로 돌아서서 그 자그마한 몸을 정면으로 끌어안았다.

"……으이."

"룰루랄라, 고마워, 고마워! 네 덕분이야! 덕분에 광명이 보였어! 역시 네가 없으면 나는 아주 대책 없이 틀려 먹은 놈이야!"

눈이 동그래져 굳은 룰루랄라에게 쇼티는 정면으로 감사를 전했다.

그녀 덕분에 돌파구가 보였다. 자신의 역부족을 호되게 저주하는 처지가 된 것은 변함없지만 룰루랄라라는 짝이 있었던 것은 하늘에 감사하고 싶다.

쇼티 메이건이 기자로서 무엇을 해야 할지 비로소 알았다.

"에밀리아 님, 스바루 경! 부디, 두 분의…… 아니, 두 분만이 아니라, 여러분에 대해서 여러 가지로 말씀을 들려주세요!"

"우리? 왕선에 대해서가 아니라?"

돌아본 쇼티의 힘찬 말에 에밀리아가 갸웃했다. 스바루와 무릎 위의 베아트리스도 비슷하게 갸우뚱하고 있어서, 그 흐뭇한 양상에도 쇼티는 웃음을 참으며 "네!" 하고 힘차게 끄덕였다.

에밀리아가, 그녀가 내거는 이상과 신념은 알 수 있었다.

그러니까 나머지는 그것을 쇼티 말고 다른 사람들도 알 수 있도록——.

"——우선, 여러분을 좋아하게 만들어 주세요!"

13

"——쇼티! 쇼티! 쇼티 메이건은 자리에 있나!!"

요란한 목소리와 호쾌한 발소리가 거칠게 작업실의 문을 벌컥 열었다.

그러자마자 실내의 자료가 바람에 휘날리고 그 안에 빠져 있던 쇼티가 벌떡 일어났다. 일어나서 주변을 둘러보았다가 입구에 선 매부리코의 키 큰 남자를 보고 깜짝 놀랐다.

"우와아, 모건 편집장님! 네! 네네네! 쇼티 메이건, 여기에 분명히 있어요, 있습니다, 일어났어요!"

"암, 그래, 『친룡보문』 편집장 모건 프란츠다! 그리고 이 멍청이! 당연히 일어나 있어야지! 시업종은 쳤어! 지금은 일하는 중이다!"

"으히에, 죄송해요!"

신장 차이가 있기에 수직으로 꽂히는 고함에 쇼티가 모자째로 머리를 감쌌다. 그 머릿속에서 졸음을 허둥지둥 내쫓고 오늘 할 일을 정리하려다가——.

"어라? 죄송합니다! 오늘은 제가 어디로 취재 가는 거였죠?!"

"멍청아! 오늘 네 업무는 쉬는 일이다! 큰일 하나 끝낸 뒤에는 쉬어야 해. 왜냐하면."

눈이 휘둥그레진 쇼티의 안면에 모건이 뭔가를 내밀었다. 콧잔등이 힘껏 눌려서 몸을 젖히며 물러난 쇼티의 시야에 그것이 끼어들었다.

"이, 이, 이, 이건……."

"물론 『친룡보문』이다! 그리고 말을 더 보태면 기사고말고! 뭐가 실려 있지?"

"제가 쓴, 왕선 기사가!!"

반사적으로 모건의 손에서 『친룡보문』—— 자신이 쓴 기사가 실린 게재지를 빼앗은 쇼티는 눈을 빛내며 숨을 집어삼키다가 무릎부터 허물어졌다.

"바쁘게도 움직이는군, 쇼티 메이건!"

"그, 그, 그, 그치만…… 겨우, 겨우 제 기사가……."

"에잇, 그 정도 가지고 주저앉지 마라! 우리 『친룡보문』의 신조는!"

"──! 그것은 마음이 떨리는 기사가 아니면 게재하지 않는 것입니다!"

매부리코가 새빨개진 모건의 말에 쇼티는 조건반사적으로 대답했다. 덤으로 그 자리에서 벌떡 일어나 등을 곧게 펴고 직립까지 하고서.

쇼티의 반응에 모건은 매부리코를 매만지며 큼직하게 끄덕였다.

"──좋은 기사였다."

"아……."

"각 왕선 후보자의 주장을 언급하면서, 여태까지는 깊이 파고들지 않았던 그 사람들의 인품에 착목한 내용이 신선해. 왕선의 동향을 주의 깊게 알고 싶은 이들에게는 부족한 감이 있을지 모르겠지만……."

거기서 말을 끊은 모건은 쇼티의 굳은 어깨를 힘차게 두드렸다.

"그런 독자도 마지막 한 문장에 전율할 거다! 왕선 후보자의 더 많은 정보는, 다음 회 이후에 기대하라는! ……즉, 계속하겠다는 말이로군?"

"네, 넵, 그럴 생각입니다! 아니 그게, 편집장님 허가가 있으면 말입니다만…… 으캬!"

"멍청아! 약한 소리 하지 마! 누가 이 시도에 어깃장을 놓을 수 있겠냐!"

감정이 복받친 모건이 어깨를 후려치자 쇼티의 왜소한 몸이 훨훨 날아갔다. 쇼티는 그대로 자료 더미에 박혔지만 모건은 눈길도 주지 않았다.

"잘했다, 쇼티. 잘 물고 늘어졌어! 실제로 왕선 후보 분들에게서도 예의 있는 감사문을 받았다. 앞으로도 그분들 취재는 너에게 맡기마!"

"고, 고맙습니다……. 하지만 편집장님, 이 취재는…….

"음…… 그렇군, 알고 있고말고. 너와 룰루랄라에게 맡기기로 하마!"

직전의 말을 정정한 모건이 기사를 방의 벽에 내리치듯 붙였다. 그리고 기사를 한 번 더 보았다가 방구석으로 시선을 돌렸다.

"좋은 삽화다. 역시 너희를 거둔 건 잘한 짓이었어!"

그 말만 남기고 모건 편집장은 성큼성큼 큰 발소리와 함께 방에서 나갔다.

폭풍 같은, 실로 보도 기자들의 총책임자에 어울리는 관록이라고 감탄할 인품이다.

"나 원 참, 못 당하겠어……. 아, 룰루랄라, 고마워."

"……히, 괜찮아."

자료에 파묻힌 쇼티를 룰루랄라가 악전고투하면서도 겨우 끄집어냈다. 그렇게 둘이서 산더미에서 기어 나오자 나란히 벽에 붙여진 기사를 올려다보았다.

──다섯 왕선 후보자를 둘러싸고 보고 들은 일을 정리한 쇼티

의 취재 기사. 거기에는 룰루랄라가 그린 삽화에서 엄선된 것이 게재되었다.

부드럽게 미소 짓는 크루쉬와, 나란히 선 아나스타시아와 프리실라 두 사람.『검성』을 거느린 펠트 등 의욕작뿐이지만 가장 쇼티의 마음에 드는 것은──.

"……거, 반향이 있었대."

"응, 그렇구나. 응, 그렇겠지. 그렇게 되어서 다행이야."

옆에 선 룰루랄라의 말에 쇼티는 자랑스러운 기분으로 웃었다.

가장 반향이 있었던 한 장──. 그것은 에밀리아와 스바루, 그 뒤에 모여 준 그녀 진영 사람들을 한꺼번에 그린 집합화였다.

모두가 부드럽게 웃으며 온화한 분위기가 전해지는 한 장──. 쇼티는 회화의 가치를 알지 못하지만 이것이 에누리 없는 명화라고는 단언할 수 있다.

이것은 그만큼 좋은 한 폭이었다.

"……째서, 이거?"

"그건, 내가 역부족이었기 때문이야."

"──?"

"내 문장력으로는 에밀리아 님의 각오와 결의, 전하고 싶은 일 전부를 전할 수 없었어. 그것을 받아들이려면 읽는 쪽의 마음에 방해꾼이 많았거든."

선입관과 편견, 에밀리아의 인생에서 여태까지도 방해해 온 많은 것들은 그녀 본인이 아니라 그녀를 이야기하는 문장에조차 나쁜 영향을 주려고 든다.

서글프지만 쇼티의 문장에는 그것을 씻어낼 만한 힘이 없었다.

그렇기에 쇼티는 생각을 강구했다. ──어떡해야 그 방해꾼을 치울 수 있을지.

"그 촌극은 정말로 처참했어. 하지만 나는 그것 때문에 어깨 힘이 빠졌지."

"……극."

"그런 촌극을 성실하게 하고, 그 뒤에도 계속 진지한…… 그런, 『질투의 마녀』와는 전혀 다른 사람이 에밀리아 님이라고, 그 부분이 출발점이라고 생각했거든."

"──────."

쇼티가 품고 있던, 『질투의 마녀』와 비슷한 존재라는 에밀리아에 대한 편견. 그것을 맨 처음 깨트린 것이 가도에서 보여 주었던 그 서투른 촌극이었다.

에밀리아에 관해 나도는 선입관을 씻어내기 위해서 진영 내에서 대화하고 계획한 것이, 그 허접하고 어설픈 촌극──. 하지만 그것이 중요했다.

그런 짓을 성실하게 한다. 그런 민낯의 에밀리아야말로 왕선과 무관해질 수 없는 왕국의 많은 사람들이 알아야 할 사실이다.

공평을 요구한 에밀리아, 그녀의 주장을 전면적으로 받아들이고 긍정하는 것은 아니다.

선입관과 편견, 그런 것이 도움이 되는 상황도 있다. 판단을 어긋나게 하는 것과 비슷한 만큼 판단을 머뭇거리지 않게 하는 데에는 가치가 있기 마련이다.

그렇기에 전면적으로 에밀리아 편을 드는 것이 아니다. 단지 그녀의 주장에도 귀를 기울일 가치가 있다고 공평성을 호소하는 것이 쇼티가 추구하는 기자 모습의 해답.

그 때문에 우선 에밀리아가 『질투의 마녀』와는 다른 사람임을 알린다.

"그러니까 이번 기사는 후보자 분들의 목표와, 그 인품을 언급하는 방향이야. 물론 이후 추적 취재로는 더 깊은 곳에 파고들겠지만."

"……하겠단 소리?"

"맞아. 룰루랄라도 피사체에 어울리는 분들뿐이라 기쁜 게 아니었어?"

어깨를 으쓱인 쇼티의 말에 룰루랄라는 무표정으로 침묵했다. 감정이 잘 보이지 않는 옆얼굴이지만 확고한 정열의 한 자락을 발견한 쇼티는 웃었다.

오래 알고 지낸 상대다. ──빈민가 시절부터 벌써 10년 이상의 관계다.

룰루랄라가 없었으면 쇼티는 감히 『친룡보문』의 기자가 되지 못했을 테고, 더 가난한 생활을 보내거나 혹은 진즉에 죽었다.

아무 특이한 점 없는 하얀 돌로 벽에 큰 그림을 그리던 룰루랄라──. 그 그림의 박력에 홀려서, 여기서 그녀가 끝나도록 놔둘 수는 없다고 사명감에 쫓기던 것이 원동력.

어쩌면 그것은 연심을 이유로 바삐 뛰어다니는 스바루와 비슷한 열량일지도 모른다.

이렇게 기자가 되어 보니 세상에는 쇼티의 등에 불을 붙여 발발 뛰어다니게 만들 만한 아까운 것이 너무 많다. 그러니까——.

"이제 시작이니, 앞으로 더 함께 힘내자, 룰루랄라."

"……쩔 수 없지."

"그래, 어쩔 수 없어. 네가 없으면 나는 아직 수습 기자니까."

어깨를 축 늘어뜨린 룰루랄라의 대답에 쇼티는 모자 위치를 고치며 웃었다.

그렇다. 이제 시작이다.

다행히 왕선 후보자들의 추적 취재는 이번 기사의 반향이 좋았기에 당사자들에게도 신청하기 쉽다. 특히 에밀리아 진영에게서는 좋은 감촉을 받았었다.

첫째 기사인 스바루가 『친룡보문』의 가치에 착목해 준 덕이 크다.

스바루는 이번에 에밀리아에 관한 기사 속에서도 크게 활약해 주었다. 그것은 그의 역사에 남을 공적들도 그렇지만, 가장 큰 것은——.

"그건 그렇고, 이렇게 반향이 있을 줄 몰랐네, 『여아 사역자』."

"……떻게 생각할지, 의문."

"화, 화내지는 않을 거라 생각하는데 말이지?"

왕선 후보자의 첫째 기사들은 누구나 화려한 공적과 함께 직함을 지니고 있다. 그러므로 스바루에게도 그만한 이름을 마련하고 싶다며 여러모로 고민한 끝에 나온 의견이다.

여기에는 스바루와 베아트리스의 관계—— 그녀의 협력이 없으면 기사로서의 소임을 다할 수 없다고 단언한 것이 큰 이유다.

그러므로 쇼티가 『여아 사역자』라고 명명한 결과, 어마어마한 반향이 있었다.

아마도 이후 나츠키 스바루와 『여아 사역자』라는 이름은 떼려야 뗼 수 없는 관계가 될 것이다.

"어, 어쩌지, 이것 때문에 취재가 거절당하면⋯⋯."

"⋯⋯제 와서, 늦었어."

"아니, 그렇긴 한데! 이제 와서 남에게 양보하기 싫은 일감이고⋯⋯."

냉정하게 생각하면 생각할수록 자신이 위험한 짓을 했다는 느낌이라 핏기가 가셨다. 창백한 얼굴로 고민하기 시작하는 쇼티를 본 룰루랄라가 붓을 들었다.

그리고 또 여느 때처럼 룰루랄라가 쇼티의 동요한 모습을 그리기 시작했다.

"또 룰루랄라는 그런 식으로⋯⋯. 애초에 너는 자기 흥미가 가는 것밖에 그리지 않는주의이면서, 왜 나는 몇 장씩 그리는 거야?!"

"⋯⋯째서일까."

"몰라! 자기가 그려진 그림을 여러 장 가지고 있는 거 이상한 기분이거든?!"

갸우뚱하는 변덕쟁이 단짝의 태도에 쇼티가 소리를 꽥 질렀다.

그사이에도 그녀의 붓은 멈추지 않는다. 애초에 아까 문제도 해결되지 않았다.

"아아, 어쩌지⋯⋯. 역시 사죄용 선물이라도 들고 가는 편이

나을까? 하지만 화내지 않았으면 긁어 부스럼이고……. 우와
아, 앞날이 무서워!"

"……심히 해."

"룰루랄라도 남의 일이 아니거든?!"

작게 손을 흔드는 룰루랄라. 그 모습을 본 쇼티가 비명처럼 외
쳤다.

그런 둘의 배후, 산더미처럼 쌓인 자료에는 쇼티가 적은 취재
내용이 정리되지 않은 채로 남아 있었고, 그것이 천천히 기울기
시작했다.

앞으로 루그니카 왕국은 물론, 이웃 나라도 끌어들이며 난리
가 나는 왕선. 그 중핵에 있는 왕선 후보자들에게 처음으로 돌격
취재를 감행한 이로서, 쇼티와 룰루랄라 두 사람의 이름은 오래
오래 남게 되지만——.

"와아악——?!"

"……뀨우."

무너지는 자료 더미에 짓눌려서 사이좋게 사내에서 조난하는
두 사람에게는 당분간 연이 먼, 또 다른 이야기——.

여담이지만 이 기사가 게재된 『친룡보문』은 역대 1위의 매상
을 달성하여 왕선 후보자들의 속보를 왕국민 대다수가 목을 빼
고 기다리게 되었다.

《끝》

『Sword Identity』

1

"──총회의를 시작하겠다."

묵직하게, 위험 있는 선언이 회의장에 울려 퍼졌다.

그다지 크지는 않았지만 그 목소리에는 팽팽한 분위기를 가르고 한자리에 모인 이들의 고막을 세게 두드리는 힘이 있었다. 당연한 일이다.

그 목소리의 주인이야말로 다름 아닌 한 나라의 정점, 약육강식의 규정이 살아 있는 제국의 우두머리── 신성 볼라키아 제국 제77대 황제, 빈센트 볼라키아이므로.

윤기 있는 흑발과 늠름하고 날카로운 눈매의 눈, 호리호리한 몸을 지나치게 화려하지 않은 장식으로 꾸민 복장으로 감싼 미장부다. 검은 눈에 이지적인 빛이 맴돌고 드넓은 제국 구석구석까지 사려를 뻗치는 지모의 소유자, 그리 칭송받는 현제(賢帝)다.

저 황제의 통치로 볼라키아 제국은 건국 이후로 첫 평온한 시대를 맞이했다.

다툼이 끊이지 않는 볼라키아 제국에서 그가 황제 자리에 앉은 뒤의 7년 동안은, 사상 가장 안정적인 밤이 이어진 나날로 민초의 화제가 되고 있었다.

단, 위정자로서 뛰어난 수완이 있다고 해서 그 성질이 유화적이라는 것을 의미하진 않는다. ——현재의 황제도 역대 볼라키아 황제와 다르지 않게 냉혹하다.

그 사실이 널리 알려졌음은 회의장의 분위기를 보아도 짐작이 가능하다.

"———."

총회의를 위해서 회의장에 모인 『장(將)』들, 강국 볼라키아의 '무(武)'를 다양한 형식으로 책임지는 그들의 표정은 심각하며 결코 긴장을 풀지 않겠다는 진지 그 자체였다.

『장』들은 알고 있는 것이다. ——타인, 그것도 황제의 눈앞에서 나약한 언행을 보이면 그것이 치명적인 빌미가 되는 것을.

따라서 모인 이장(二將) 이하의 『장』들은 모두 그 얼굴에 긴장이 깔려 있다.

"——바로 시작하겠습니다만, 오늘은 의제가 산더미처럼 쌓였군요."

살벌한 긴장감이 팽팽한 회의장에서 빈센트의 말에 뒤이은 것은 왠지 모르게 느긋한 인상의 갈라진 목소리였다.

넓은 회의장 중앙에 놓인 긴 탁자, 그 상석에는 황제가 앉아 있고 황제에 버금가는 지위에 있는 이들부터 상석에 가까운 자리를 순서대로 메워 가는 것이 통례다.

그리고 그 느긋한 목소리를 낸 인물이 앉은 곳은 황제의 좌우

옆자리 중 오른쪽—— 치샤 골드라는 이름으로 알려진 하얀 머리카락에 하얀 얼굴, 온몸을 하얀 복장으로 감싼 하양 일색의 마인은 그런 위치에 놓인 인간이다.

그 뛰어난 지모로 황제의 치세로 공헌하는 치샤는 빈센트의 신뢰가 두터운 참모역이며, 동시에 볼라키아 제국에서 무의 정점인 『구신장(九神將)』 중 한 명이기도 하다.

볼라키아 제국에서 『장』 제도의 최고위, 일장(一將) 자리를 받은 아홉 명 가운데 한 명이라는 뜻이다. 당연히 총회의에는 다른 『장』들도 부름받았지만——.

"먼저 첫 의제입니다만…… 일장의 출석률이 사상 최악이라 곤란하게 됐습니다."

치샤가 첫 의제를 그렇게 올릴 만큼 심각한 사태였다.

제국에서 가장 존중받아야 할 존재, 빈센트의 주위의 공석이 눈에 띄었다. 그 말은 즉 제국 일장——『구신장』의 출석이 부진하다는 증거였다.

"이게 무슨 일인가! 장병들의 규범이 되어야 할 우리가 이래서야 『장』들에게 면목이 없지 않나!"

"나, 시간 엄수. 당연한 일."

한쪽은 사납게, 한쪽은 기계적으로 유감의 뜻을 표명했다. 각각 치샤 말고 공석을 메운 일장 두 명—— 고즈 랄폰과 모그로 하가네.

입지전적인 군인인 고즈와 강철인이라 불리는 특수한 출신인 모그로는 둘 다 황제를 향한 충성심이 높아서 치샤와 마찬가지로 총회의에 출석하는 것을 당연한 의무라 분별하고 있다.

하지만 현실적으로 이날의 총회의에 출석한 일장은 그들 세 사람뿐이었다.

"원정을 지휘하는 그루비는 몰라도, 오르바르트 옹은 어떻게 된 일이냐!"

"오르바르트 옹에겐 결석 통보를 받았지요. ……하지만 그 두 사람을 처음부터 생략한 것을 보아 고즈 일장도 이해가 있으신 모양입니다."

"세실스와 아라키아. 기대, 해 봤자, 헛수고."

부재중인 구성원들을 상대로 언성을 높이는 고즈의 식견 있는 지적에 치샤가 쓴웃음 지으니, 모그로가 짤막하고도 지당한 소견으로 긍정했다.

강자가 존중받는 볼라키아 제국에서 『구신장』으로 선출되는 조건은 단순명쾌. 그자가 무용이 뛰어난 실력자라는 것 이상의 조건은 없다. 그 때문에 타국과 비교해도 비길 데 없는 전력을 지닌 제국군이었지만 윗줄로 감에 따라 규율이 풀어지는 경향이 있었다.

고즈가 출석을 기대하지 않은 2명── 세실스 세그문트와 아라키아, 각각 『구신장』의 서열 제1위와 제2위가 생략된 것도 그럴 만했다.

어쨌든──.

"각하의 시간을 얻어 열리는 총회의를, 다들 뭐라고 아는 거지……!"

"——여전히 빽빽 시끄럽게 아우성치는군."

"각하……!"

상석에 앉은 미장부—— 빈센트가 험상궂은 얼굴을 붉히며 성을 내는 고즈를 달랬다. 황제는 날카로운 눈매를 가늘게 좁히고 부재중인 『구신장』의 자리를 바라보았다.

"원래부터 이자들의 출석은 기대하지 않았다. 샤트란지 판에도 각각의 말에는 고정된 규칙이 있지 않나. 그 규칙을 무시하고 멋대로 움직이면 반면은 말을 움직이는 이의 의도를 무시하고 미쳐 날뛰지. 무엇보다——."

"——버릇이 좋기를 바랐으면 각하께서는 구신장 제도를 부활시키지 않으셨지요. 이 사람은 그리 해석하고 있습니다만."

말을 도중에 빼앗긴 빈센트가 "흥." 하고 작게 코웃음 쳤다.

황제의 말을 막는 불경을 겁 없이 단행한 것은 빈센트 옆자리—— 치샤와 반대쪽인 왼쪽을 차지한, 회색빛이 서린 머리카락을 단정히 다듬은 노령의 남자였다.

무관이 힘을 가진 제국에서, 문관의 몸임에도 황제에 버금가는 요직인 '재상'에 임명된 인물, 문관의 정점인 벨스테츠 폰달폰.

감겨 있는 것처럼 실눈 속에 갖가지 지략과 계산이 맴도는 제국의 현인, 그 한마디에 빈센트에 대한 충의가 두터운 고즈가 불만을 드러냈다.

"재상, 각하의 말씀을 가로막다니……."

"죄송합니다. 단지 각하께서도 정무 때문에 바쁘신 몸. 가능한 한 총회의를 신속히 진행하는 것도 충신의 책무라는 것이 이 사람의 모자란 생각입니다."

"귀공의 말은 우리가 각하의 뜻을 방해하고 있다는 것인가!"

"고즈 일장, 너무 흥분하지 마시길. 각하의 눈초리가 싸늘해지기만 하는군요."

"욱……."

주제넘은 벨스테츠의 언동에 고즈가 덤벼들었으나 노련한 재상은 쉽게 회피했다.

아쉽게도 고즈와 벨스테츠라면 설전을 벌이기에 격차가 크다. 입지전적인 군인으로서 장병의 신뢰가 두터운 고즈지만 진가가 발휘되는 곳은 역시 전장이다.

그리고 어디를 전장으로 삼을지는 당사자의 기질 나름──. 치샤도 굳이 따지자면 창을 휘두르기보다 머리를 굴리는 전장 쪽이 성미에 맞는다.

"세실스와 아라키아, 이제 와서, 무의미."

"네, 모그로 님의 말씀대로입니다. 제1위와 제2위 두 분이 결석하시는 것은 이미 고려한 바……. 그보다 총회의의 본론으로 진행해야 할 줄로 압니다만."

"……상관없다. 치샤, 시작해라."

결국 공박당한 고즈의 만회는 무산된 채로 총회의는 진행되었다.

치샤는 한숨을 뱉고 자신의 백금 갑옷의 완갑(腕甲)을 깨트릴 듯이 움켜쥔 고즈를 힐끔거리면서도 "그러면." 하고 본론에 들어가기로 했다.

매번 있는 일이지만 총회의가 시작되기 전부터 정신을 낭비하고 있다.

──이것도 현재의 신성 볼라키아 제국 수뇌진의 모습이었다.

2

── '정변' 이라는 말은, 볼라키아 제국의 역사서에 빈번하게 등장하는 단어다.

앞서 말한 대로 약육강식의 섭리를 수용하는 볼라키아에서는 원하는 것을 힘으로 손에 넣으려 굶주리는 것이 추천된다. 그것은 장병으로서 지위를 얻거나, 또는 사랑하는 사람을 약탈하거나, 또는 모은 재산을 쟁탈하는 등 얼마든지 예시가 있다.

물론 무력을 통한 모든 종류의 약탈을 허용하면 이미 무법지대다.

현재의 황제이자 현제로서 이름 높은 빈센트 볼라키아는 제국 전토에 법을 시행하여, 힘을 어떻게 가지고 어떻게 쓸지 철저히 분별하도록 토양을 다졌다.

그 결과, 강자와 약자 불문하고 많은 제국민이 이 은총에 덕을 보아 누구나 쉽게 죽지 않고 살기 쉬운 시대가 형성되는 풍토가 생겼다.

단, 그 시대를 부른 빈센트가 자비로운 황제냐고 물으면, 그것은 오해다.

「──국기에 검랑(劍狼)을 내걸었으나 늑대에도 우열이 있다. 개개의 차이 없이 무리는 성립되지 않는다. 하지만 무리를 와해시킬지도 모를 악질의 목을 치는 본보기도 또한 필요하다.」

그것이 바로 빈센트의 방침이며, 새로운 제국의 자세가 노리는 바다.

반면을 자신이 떠올리는 대로, 가지런히 갖추어 두는 것이 빈센트의 정치. 그러기 위해서라면 제국의 방식이나 낡은 관례를 뒤틀고 짓밟는 것도 불사한다.

어떤 의미로 가장 볼라키아 황제답지 않으며, 볼라키아다운 황제가 빈센트였다.

그런 빈센트가 황제 자리에 앉은 뒤로 7년──. 볼라키아 제국은 건국 이후 첫 평온한 시대를 맞이했다. 따라서 '정변'이라는 단어와도 거리가 멀다.

빈센트 볼라키아의 통치가 시작되고 '정변'이라고 불릴 만한 사태에 직면한 것은 황제 계승 직후를 제외하면 딱 한 번뿐이었다.

그것이──.

"──결원이 나온 구신장, 그 공석을 메울 필요가 있겠지요."

총회의가 진행되어 몇 가지 의제를 소화했을 즈음, 치샤는 그 화제를 언급했다.

그 즉시 회의장의 분위기가 싸늘히 식고 긴장감이 돌았다.

고즈의 미간에 바위 표면 같은 주름이 잡히고, 표정을 알 수 없는 모그로의 분위기도 변화했다. 자리가 없는 이장 이하의 『장』

들 사이에도 긴장감이 퍼진다. 그럴싸한 반응을 보이지 않은 것은 치샤를 제외하면 빈센트와 벨스테츠 둘뿐이었다.

──무관의 정점인 『구신장』의 결원은 결코 있어서는 안 될 사태다.

강한 것만이 『구신장』에게 요구되는 조건임은 패배가 용납되지 않는 입장이라는 뜻과 동일. 결원이 생겼다 함은 곧 패배해 죽었다는 뜻이다.

그리고 아홉 번째 석차였던 인물이 빠진 이유는 단순한 패사로 그치지 않았다.

"발로이 놈이, 바보 같은 짓만 하지 않았더라면."

굵은 팔로 팔짱을 낀 고즈가 씁쓸한 표정으로 중얼거렸다. 아무도 그의 말에 뒤잇지 않지만 나무라려는 기색이 없는 시점에서 속에 간직한 마음은 똑같음을 알 수 있다.

──발로이 테메글리프. 그 인물이야말로 빠진 제9위의 입장에 있던 일장이며, 볼라키아 제국에 일어난 최신 '정변'의 주요 인물 중 하나였다.

이웃 나라의 사자를 끌어들여 빈센트의 목숨을 노린 『구신장』의 모반. 그것이 바로 빈센트의 치세가 시작된 이후 첫 대정변의 실상이었다. 그 결과 빈센트가 빈사의 중상을 입긴 했으나 주범인 남자와 실행범인 발로이가 토벌되어 정변은 끝을 맞았다.

그것이 약 2개월 전에 있던 일이며, 그 이후로 『구신장』의 자리는 하나 빈 채로 남아 있었다.

이미 빈센트가 문제없이 정무로 복귀한 이상, 마냥 일장 자리에 공석을 놔둘 수도 없다. 그 때문에 나온 진언이었다.

"이쪽도 슬슬 다른 세 나라에게 압력을 가할 필요도 있다고 생각합니다만."

침묵이 내려앉은 회의장에 치샤가 다시 파문을 일으켰다.

사람들의 주목이 모인 곳은 당연하게도 빈센트 쪽이었다. 시선을 받은 빈센트가 진정한 의미로 빈 자리에 흘긋 눈길을 돌렸다.

발로이 테메글리프가 표표히 그 등을 맡기던 공석에.

"각하."

"상관없다. 죽은 자에게 매달릴 만큼 짐은 한가하지 않다. 속히 사람을 고르라."

"예. 재가해 주셔서 감사합니다."

한순간 그 검은 눈을 살짝 좁힌 것이 빈센트의 전별이다.

이어진 말을 받은 치샤는 황제의 판단에 묵례했다. 그리고 언짢게 팔짱을 끼고 있는 고즈 쪽을 돌아보았다.

"고즈 일장, 어떻습니까? 당신의 눈에 드는 『장』에 생각이 있으십니까?"

"음, 그렇군……. 군략이 뛰어난 자라면 몇 명 짐작이 있지만, 구신장 지위에 앉힐 만한 자라고 하면, 카프마 일루쿠스 이장 정도일까."

"카프마 이장 말입니까."

『장』들과 널리 교류가 있는 고즈가 꺼낸 이름은 당연하게도 치샤 역시 아는 이름이었다.

카프마 일루쿠스는 젊은 나이에 이장 자리로 치고 올라간 인재로, 다종다양한 종족이 사는 볼라키아 제국에서도 보기 드문 『충롱족(蟲籠族)』 출신자다.

충롱족은 체내에 '벌레'라고 불리는 기생체를 기르며 어릴 적부터 이를 사역하여 유사시에는 벌레의 능력을 빌리는 특수한 기술을 가지고 있다.

다만 문제가 있다고 치면——.

"카프마의 일족, 발로이와, 공모."

"모그로 일장의 말대로 그 사건 때문에 카프마 이장은 근신 중이던 것이 아닌지?"

이전 발로이가 일으킨 모반, 그 계획에 가담한 이들 중에는 충롱족도 포함되었으며, 더구나 그것은 카프마의 출신 부족이었다. 카프마 본인은 모반에 관계가 없었지만 일족 대다수가 참전한 일의 책임을 물어 그도 신병이 구류된 상태이다.

"그런 그 남자가 구신장 입장에 어울릴지, 의문을 던질 수밖에 없겠군요."

"그렇기에 더욱 놈에게 만회할 기회를 주어야 하지 않겠나! 놈 본인도 일족이 모반에 가담한 사태에 책임을 느끼고 있다! 이대로는 자진도 불가할 각오더군."

"흠⋯⋯."

"각하! 주제넘은 짓임은 알고서 한 말씀 올리겠습니다! 카프마 일루쿠스는 각하에 대한 충성심도 높으며 잃기에는 아까운 남자입니다! 부디 관대한 처분을!"

의자를 박차고 일어난 고즈가 탁자에 손을 짚고 몸을 내밀어

직소했다.

고즈 말고 다른 이가 했으면 불경하다 지적받을 자세지만, 고
즈 랄폰의 눈과 가슴에 켜진 불꽃은 충의 및 의분뿐이다.

"각하!"

"걸걸한 목소리로 소리치지 마라, 범부. 네 성량은 쓸데없이
크다. 그렇게까지 몸을 들이밀지 않아도 회의장뿐만 아니라 온
성에 울리고 있다."

따라서 빈센트도 목소리 크기 말고는 고즈를 나무라지 않았다.

빈센트의 지적에 고즈는 "죄송합니다!" 하고 큰 소리로 사죄
했다.

"하지만! 다시 생각해 주십시오! 구신장의 공석과, 충성심이
깊은 『장』의 미래, 두 가지 문제를 한꺼번에 해결할 수 있을 것
입니다!"

"──치샤."

"예. 이쪽의 의견을 읊자면 고즈 일장의 이야기는 괜찮지 않을
까 사료됩니다."

빈센트가 의견을 요구하자 치샤는 삐죽한 턱을 만지작거리면
서 대답했다.

주변 사정이 나쁘게 작용하고 있지만 카프마 일루쿠스의 무훈
은 치샤도 알고 있다. 고즈의 말대로 제국의 뛰어난 『장』을 잃는
것은 큰 타격일 뿐이다.

하물며 제국은 이미 발로이 테메글리프를 잃었다.

이전의 사건으로 루그니카 왕국과의 휴전 조약이야 체결했으

나, 그것도 3년이라는 기한부인데다가 이후 일은 아무도 모른다.

제국의 힘이 소모된 상황을 방치해도 될 유예 시간은 단 한순간도 없다.

"카프마 이장 본인의 생각도 있으리라 생각합니다만 구신장으로 승진을 타진받았는데 거절할 사람이 제국에 있을 것 같지는 않으니 말이지요."

"흥. 과연, 본의 아니게 자리를 채운 남자가 말하면 설득력이 다르군."

"……괜한 말씀을. 이쪽은 이미 포기하고 있습니다."

황제의 비꼼에 치샤가 어깨를 으쓱이고 조용히 자조했다.

만약 카프마에게 일장을 목표로 하는 마음이 없었으면 이런 타진을 받는 상황에 심히 동정을 보내겠다. 그러면서도 치샤는 동류가 늘어서 기뻐할 것이다.

치샤 본인부터 『구신장』이라는 과분한 감투를 받은 것을 짐으로 여기는 인물이다. 솔직히 자신은 무관보다 문관 쪽이 적성에 맞는다고도 생각한다.

어쨌든 치샤에게서도 긍정적인 의견이 나와 빈센트의 고민 중에 막히는 점도 제거되었다. 곧 지체 없이 카프마에게 타진하기로 이야기가 정리될 것 같았다.

그러나──.

"──각하, 이 사람도 추천드리고 싶은 인재가 있습니다."

"뭐라고?!"

벨스테츠가 그리 발언하여 회의장에 격진을 일으켰다.

실눈을 뜨며 속내를 숨기는 제국 재상의 발언에 옆에서 얻어맞은 거나 마찬가지인 고즈가 노해 눈을 부릅뜨며 벨스테츠를 노려보았다.

　"무슨 생각이지, 재상! 귀공, 문관이 무관의, 그것도 일장의 임명에 참견하는가!"

　"황공하게도 말씀드리자면, 이 사람의 직책은 재상…… . 제국이 더 나아지도록 분골쇄신할 의무를 지고 있습니다. 그러니 의견도 올리지요."

　"대담한 발언이군. 그만한 각오가 있어서 한 행동이라고 받아들이겠다."

　대노한 고즈가 냉정한 벨스테츠의 대응에 고요한 적의를 일으켰다. 그것은 사냥감을 앞둔 육식동물의 집중력이며, 『사자기사』고즈 랄폰의 투쟁심이 발현한 모습이다.

　이로써 회의장 분위기는 일촉즉발을 피할 수 없으리라고──.

　"그만두어라, 범부. 성난 네 목소리는 더더욱 시끄럽구나."

　하지만 그 대화에 다름 아닌 빈센트가 제동을 걸었다. 그 한마디에 고즈가 숨을 집어삼키자 빈센트는 시선을 벨스테츠에게 돌렸다.

　"벨스테츠, 추천하고 싶은 자가 있다고 했지. 말해 보아라."

　"각하! 재고를…… ."

　"그만두라고 짐은 말했다."

　거듭 입을 다물라는 말을 들은 고즈가 얼굴이 벌게진 채로 침묵했다.

그 대화를 듣던 벨스테츠는 수긍하고 대답했다.

"관대한 판단에 경의를."

"닥쳐라. 너에게도 세 번씩 말하진 않는다. 속히 말해라."

"예. 이 사람이 추천하는 인물 말입니다만, 이름을 마델린 에 샬트라고 합니다."

재촉받은 벨스테츠가 때를 기다리다 내놓은 이름에 빈센트가 슬며시 눈썹을 모았다. 빈센트치고는 보기 드물게 놀란 반응이 며, 다른 사람에게는 지나치게 작은 반응이다.

실제로 치샤도 고즈도, 열석한 많은 『장』들도 하나같이 의아 한 표정을 짓고 있었다.

왜냐하면──.

"나, 모르는 이름. 재상, 그것은 누구인가."

일동이 품은 의문을 대표해서 말수 적은 모그로가 물었다.

발언 기회가 적으며 말도 더듬거리는 모그로지만, 총회의에 대한 이해가 낮은 것은 결코 아니다. 냉정하게 전체적인 상황을 지켜보며 대화가 가능한, 일장 중에는 몇 없는 지자(智者) 중 하 나다.

모그로의 당연한 물음에 벨스테츠는 코밑에 기른 수염을 만지 며 대답했다.

"놀라시는 것도 당연하리라 봅니다. 마델린 에샬트…… 그 여 성은 제국병이 아닙니다. 군에 소속된 경험도, 집단을 이끈 실적 도 없으니까요."

"그건…… 아무리 그래도."

"――말할 여지도 없군!!"

밝혀진 사정에 치샤는 들어 본 적 없을 만하다고 납득하고, 빈센트로부터 침묵을 명령받은 고즈는 참다못해 노성을 터뜨렸다.

하지만 이번만큼은 아무도 고즈를 탓하지 못했다. 회의장에 있는 모든 『장』, 일장까지 포함해서 예외 없이 전원이 벨스테츠의 생각을 의문시하고 있었다.

종군 경험도 집단을 이끈 실적도 없다. 즉, 눈에 보이는 성과를 하나도 올리지 못한 인재라는 뜻이다. ――누가 그런 추천에 귀를 기울인다는 말인가.

"우리 제국병의 명예를 우롱하는 것인가!"

"당치도 않습니다. 말하지 않았습니까. 제국 재상으로서 나라의 미래를 고려해서 의견을 올린다고. 그 말에 거짓은 없습니다."

"무슨 입으로 그런 소리를……."

"잠깐."

이마에 핏대를 세우며 폭발 직전이던 고즈를 또다시 빈센트가 만류했다.

빈센트는 의자 팔걸이에 턱을 괴고 시험하는 눈빛으로 벨스테츠를 보았다. 그 시선을 받으며 벨스테츠는 "각하." 하고 겁 없는 목소리로 주군을 불렀다.

"거듭 말씀드리지만 이 사람에게 속일 의도나 구신장 지위를 경시할 생각은 없습니다. 마델린 에샬트는 반드시 각하의 의향에 맞는 인재라고 확신합니다."

"확신이라니 쉽게 장담하는군. 그자가 무엇을 할 수 있기에."

"──비룡을, 조종합니다."

"─────."

순간, 벨스테츠의 답변에 회의장의 공기가 얼어붙었다.

그것이 얼마나 목숨 아까운 줄 모르는 발언인지 옆에서 듣던 치샤조차도 숨을 집어삼켰다.

사나운 비룡을 따르게 하는 『비룡 조련』이라는 기술은 볼라키아만이 지닌 특별한 기술이다. 그 기술을 구사해서 비룡을 따르게 하려면 재능과 긴 절차탁마가 필요하며, 비룡기수가 될 수 있는 이는 극히 소수라서 중용된다. ──하지만 문제는 그 부분이 아니다.

문제는 모반을 일으킨 발로이 테메글리프 또한 비룡기수였다는 점이다.

죽은 발로이의 자리에 발로이와 같은 비룡기수를 추천한다.

그 의도의 유무에 불구하고 도발 행위로밖에 여겨지지 않는 진언이다. 『장』들의 입이 닫히고 빈센트마저 말을 잇지 못한 것도 당연하다고 할 수 있다.

무슨 생각을 하는 것이냐고 고즈가 노발대발하는 상황도 코앞 같았다.

하지만──.

"네가 하는 소리지. 단순히 비룡기수 대신에 비룡기수를 추천하는 것은 아닐 게야."

"예, 현명하신 통찰입니다. 물론 이 사람도 일개 비룡기수……
그것도 귀중한 기능입니다만, 그게 다인 자가 구신장이라는 지위를 책임질 수 있다고는 생각하지 않습니다. 그리고."

"뭐지."

"한 가지만 정정을. ──이 사람은 마델린 에샬트를, 비룡기수라고 설명한 것이 아닙니다. 비룡을 조종한다고 전해드렸습니다."

황제의 의문에 그리 대답한 재상이 진의를 엿볼 수 없는 웃음을 주름투성이 얼굴에 띠었다.

두 사람 사이에 팽팽해지는 긴장감은 총회의 때마다 늘 일어나는 일이다. 속에 꿍꿍이를 품은 방심 못할 상대, 그럼에도 벨스테츠가 재상 자리에 있는 것은 유능하다는 증거였다.

──능력이 있으면 등용하여 이를 이용해 반면을 구성한다.

결코 본인이 무용에 뛰어나지는 않은 빈센트가 검랑의 나라인 볼라키아 제국을 다스리는 절대적인 방법이 그것이었다.

따라서 이번에도 빈센트는 자신의 수완을 유감없이 휘둘렀다.

"──카프마 일루쿠스와 마델린 에샬트, 두 사람을 불러라."

"……이쪽이야 상관없습니다만, 괜찮으시겠습니까?"

"상관없다. 카프마의 역량은 파악하고 있다. 그렇다면 마델린이라는 자를 판단할 필요가 있지. 짐의 눈에 차지 않으면 그것은 벨스테츠가 망령이 났다는 의미다. 무능한 늙은이에게 자리를 내줄 만큼 짐은 자비롭지 않다. 알아들었으렷다?"

"잘 알고 있습니다, 각하."

냉엄한 눈빛을 받음에도 벨스테츠는 주눅 든 기색 하나 없이 묵례했다.

빈센트의 자비를 기대하는 것도, 가볍게 보고 있는 것도 아니리라. 자기 안목에 절대적인 확신이 있든 어쨌든――.

"비룡을 조종한다니…… 그래서 어쨌단 말이냐! 카프마도 벌레를 조종한다!"

"고즈, 그거, 중요하지 않아. 내 생각."

"비룡에 의지할 필요 없이 벌레라 해도 각하를 모셔다드릴 수 있다! 내 말이 틀린가, 모그로!"

"틀리지 않아. 다만 난 벌레, 싫다."

벨스테츠의 의견이 채용되어 심사가 꼬인 고즈를 모그로가 억제했다.

그 모습을 흘긋거린 치샤는 속으로 정무의 우선순위를 교체하고 장래를 따져 보았다.

"이제야 이전 모반 사건이 일단락 지어졌는데, 앞날이 훤하군요."

치샤는 고생할 예감에 어깨를 툭툭 두드리며 논의에 소기의 결론이 나온 것을 받아들였다.

나중에 고즈에게 한마디 붙이거나 벨스테츠의 의도를 탐색하는 등등의 행동도 필요하다. 그쪽 대처를 빈센트에게 기대하는 것은 오랜 관계의 충신으로서 불성실하기 짝이 없으리라.

무엇보다 빈센트는 이미 충분하고도 남을 만큼 자기 역할을 다하고 있으므로.

"……강한 자가 자유롭게 행동하는 제국, 그 정점이 『황제』라는 역할 때문에 부자유를 강요받는 건 참으로 얄궂은 이야기 같군요."

그것도 원해서 얻은 지위니까 골치가 아프다.

진심으로 그것을 거부한다면 도망칠 방법은 얼마든지 있었다. 실제로 그렇게 해서 부자유한 새장에서 달아난 사람에게도 짚이는 데가——.

"——아—차차. 여러분, 다 모이셨네요. 이—거 큰 실례를 했습니다."

그것은 총회의를 마무리 짓기 직전, 회의장 입구가 활짝 열린 것과 동시에 나온 목소리였다.

긴박감을 남긴 공기를 가볍게 흔들고 방에 발을 디딘 자는 파란 로브를 입은, 곱상하게 생긴 남자였다. 후드를 눈높이까지 눌러쓴 그 남자는 무관이 즐비한 회의장과 너무나도 어울리지 않았다.

분위기 차이와는 다른 이유로 치샤는 희미한 혐오를 하얀 얼굴에 새겼다.

"——『별점쟁이』님이십니까. 대체 무슨 용무로 발길을 옮기셨는지."

"아—뇨, 아뇨, 설마 회의 도중이었을 줄이야. 보세요, 각하의 후의로 수정궁에 배치된 신세입니다만, 저는 어느 파벌 분에게서든 다 미움을 사고 있잖습니까."

환영받지 못하는 분위기 속에서 남자——『별점쟁이』가 실실

웃으며 경박하게 대답했다. 반응이 시원찮은 그 태도에 치샤도 "그랬습니까." 하고 매정하게 대꾸할 뿐이었다.

──『별점쟁이』란 제국의 무관인 『장』도 아니거니와 벨스테츠 같은 문관과도 입장이 다른 이물질이며, 수정궁에서도 유일한 지위에 있는 존재다.

치샤를 포함해 이 자리의 어느 누구도 그 존재를 환영하지 않지만──.

"너를 부른 기억은 없다만, 광대."

그를 그렇게 부르며 내치려고 하지 않는 황제의 의향으로 수정궁의 체류가 허용되고 있다.

『별점쟁이』는 주위의 경계 및 혐오가 서린 눈초리를 개의치 않으며 빈센트에게만 의식을 쏟았다. 그 시선에 황제는 코웃음을 치고 살짝 손을 흔들었다.

"총회 중이다. 네가 나설 차례는 없다. 속히 사라져라."

"물──론, 저야 자기 입장을 분별하고 있단 자각이 있죠. 각하의 자비로 자리를 얻은 몸이니까요. 그──러니까 그만큼 본분은 다해야 하지 않겠습니까."

"_____."

목숨 아까운 줄 모르는 항변을 들은 빈센트의 눈썹이 슬며시 올라갔다. 동시에 치샤와 그 외의 『장』들도 일제히 몸을 굳혔다.

──단 한 사람도 이 『별점쟁이』를 호의적으로 여기지 않았다. 신뢰도 하지 않는다.

다만 이 『별점쟁이』가 말하는 예언만은 이야기가 달랐다.

"발로이의 모반도 내다보지 못한 네놈이 이번에는 무엇을 보았다는 말이지? 다음에야말로 이익이 될 말을 읊지 못하면, 그 목과 몸통이 분리될 줄 알아라."

"그렇게 무서운 말씀 하지 말아 주세요. 저는 보다시피 막대기나 다름없는 덧없는 존재—라고요. 그렇게 겁주시면 떨려서 말이 안 나옵니다."

"에잇, 장광설은 치워라! 각하께서 대답하라 말씀하시지 않나! 냉큼 대답해라!!"

빈센트의 위협에다 고즈의 노성까지 뒤집어쓴 『별점쟁이』가 후드 위로 머리를 긁고 "이거야 원." 하고 쓴웃음 지었다.

"아무래도 저는 환영받지 못하는 눈치네요. 그—러니 시키는 대로 답변하겠습니다만, 각하, 뭔가 고민이 있으시면 바—로 우려가 풀린다 합니다."

"——무슨 의미냐."

"뭔가 우열을 다투고 있다면 딱 좋은 기회가 찾아오는 게 아닐지. 매번 애매하게 말해서 아—주 황공하지만, 제가 할 수 있는 말은 이 정도일까 해서……."

"그런가. 모그로, 팔에 날을 세워라."

"알았다."

고개를 모로 꼰 『별점쟁이』의 말에 끄덕인 빈센트가 모그로에게 명령했다.

지시받은 모그로가 장대한 팔을 올리자 광석 같이 매끄러운 팔이 천천히 변형되어 서서히 창끝처럼 날을 세우기 시작했다.

치샤도 알고 있지만 저렇게 된 모그로의 팔은 예리한 도검이나 다름없다. 돌벽도 쉽게 가르는 팔이라면 『별점쟁이』의 목쯤이야 열 개라도 한꺼번에 자를 것이다.

"각하?! 설—마 저 처형당합니까?!"

"멍청한 것, 그런 짓을 할까 보냐. ——우선 손가락부터다."

"각하께선 고문해서 캐낸 정보에 가치는 없다 여기시던 게?!"

"네놈처럼 입을 다무는 놈에게는 우선 입부터 여는 것이 중요하지. 입을 연 다음에 내용을 검토하면 된다. 짐의 말이 틀린가?"

가혹하고 합리적인 빈센트의 판단에 뒷걸음질 치는 『별점쟁이』의 등이 벽에 닿았다. 구석에 몰린 『별점쟁이』에게 신장 3미터 이상의 모그로가 다가갔다.

그 압박감에 『별점쟁이』가 구원을 요청하듯 주위를 보았다.

"흠, 회의장을 피로 더럽힐 수는 없지. 누가 바닥에 깔 것을 가져오라 해라!"

하지만 고문을 확정 사항으로 취급하는 고즈를 필두로 아무도 구해 줄 기척이 없다. 당연하지만 치샤도 마찬가지다. 빈센트의 뜻에 거슬러 『별점쟁이』 편을 들 이유가 없다.

곧 『별점쟁이』의 손가락이 일반인보다 작고 짧아질 때가 다가오고——.

"——총회의 중에 실례합니다! 보고드릴 사항이!"

『별점쟁이』에 이어서 전령이 회의장에 뛰쳐들어 오는 바람에 그 피비린내 나는 사태는 일단 보류하게 되었다.

3

눈앞에서 하얗고 노란 나비가 팔랑팔랑 춤추고 있다.

"_____."

불규칙적인 움직임으로 날갯짓하는 나비 두 마리를 멍하니 바라보면서, 과연 이 두 마리의 관계는 무엇일까 사색에 잠겼다.

억측을 피하면 가족일까. 그러나 하얀색과 노란색으로 색이 다른 나비에게 혈연관계가 존재하는가. 인간의 머리털 색처럼 부모의 특징을 각각 물려받기라도 했을까.

"하지만 나비는 기본적으로 같은 종끼리 결합할 느낌이 드네요."

이것이 인간과 아인족(亞人族)이라면 말이 통하는 데다가 비슷한 모습이니까 그사이에 사랑이 싹트고 아이가 태어날 때도 있으리라. 다만 묘하게도 나비는 다른 종과 교배한다는 인상이 없다.

새도 같은 새끼리 짝을 짓고 다른 새와는 아이를 가지는 일이 없는 것처럼.

"어라, 하지만 개나 고양이 등은 그렇지도 않은 것 같은데…… 제 생각이 지나쳤을까요?"

느닷없는 의문에 고개를 갸우뚱하고, 마냥 갸우뚱거려 봤자 답이 나오지 않을 난제를 포기했다. 생각할수록 시간 낭비. 그렇다면 두 나비는 가족이 아니라 숙적 사이라는 전개는 어떨까.

　그렇게 배역을 주면 불규칙적으로 서로의 위치를 맞바꾸는 나비들의 춤이 한 발짝도 물러서지 않는 목숨 건 공방으로 보이니까 신기한 일이다. 나비가 사용하는 전투 기술도 흥미롭다.

　"그러고 보니, 충롱족 분들은 자신의 벌레와 의사소통이 가능하다는 모양인데, 나비를 기르고 계시는 분은 없을까. 있으면 제 고민이 싹 사라지는데요."

　기본적으로 충롱족이 몸에 기생시키는 벌레는 공격적인 것이 많다고 하지만, 살인이 아닌 살충 무술을 구사하는 나비가 있다면 충분히 강자의 범주에 포함되어도 허용되지 않을까.

　아예 더 가까이에서 관찰하면 보이는 점도——.

　——찰나, 머리 위에서 쏟아진 벌건 화염이 한순간에 꽃밭을 불살랐다.

　"＿＿＿＿."

　직전의, 목가적인 광경은 흔적도 없이 사라지고 불꽃의 혀가 얇은 풀과 꽃이 재로 변했다.

　파랑과 초록, 노랑 같은 부드러운 색조가 두드러지던 세상은 모든 것을 삼키는 붉은색으로 덧칠되어 지옥이 이러랴 싶은 참상이 되었다.

　풀과 꽃만이 아니라 나비를 비롯한 다양한 벌레 및 생물이 한순간에 잿더미로 돌아갔으리라.

그리고 이 광경을 만든 것은——.

"여전히 난폭한 인사네요."

불탄 꽃밭을 바라보며 파란 머리 청년이 여린 어깨를 으쓱였다. 그 시선이 향한 곳, 불타는 꽃밭 한복판에 서 있는 것은 작열하는 불꽃을 아랑곳하지 않는 반라의 소녀였다.

갈색 피부 태반을 노출한 행색, 늘어진 개의 귀와 은빛 머리카락, 안대로 가린 왼쪽 눈이 특징적인 아름다운 옆얼굴의 소녀. 그녀가 바로 꽃밭을 불태운 원흉이다.

불꽃에 서 있는 반라의 소녀, 그녀의 이름은——.

"——아냐."

"……아니야, 아라키아. 여러 번 말하게 하지 마."

'아냐'라고 불리자 즉시 불쾌하다는 표정으로 소녀—— 아라키아가 반론했다.

반박당한 청년은 "아니, 아니." 하고 고개를 가로저었다.

"죄송하지만 꽤 어릴 적부터 부르던 호칭이잖아요? 이제 와서 정정하려 그래도 벌써 입 움직임까지 완벽히 배어서 말이죠."

"그러니까, 훨씬 전부터, 계속 말하고 있어……!"

"네, 네, 알지요. 그러니까 저도 계속 전부터 말하고 있고요. ——아냐가 저에게 이기거든 얌전히 고쳐 말하겠다고. 그런데."

"그런데?"

"그런데 계속 저에게 이기지 못하는 아냐 잘못이잖아요. 저 때문이라는 것처럼 말하면 너무 강해서 미안하단 소리밖에 못하거

154 · Re : 제로부터 시작하는 이세계 생활 단편집 7 ·

든요?"

한쪽 눈을 찡긋하며 장난기를 듬뿍 담아 미소를 던진다. 그러자마자 아라키아의 표정이 분노에 물들어 그 가녀린 몸에서 대기가 겁낼 정도의 전의가 넘쳤다.

그 모습에 청년은 "나 원 참." 하고 가슴 앞에 포개고 있던 두 손을 펼치며 말했다.

"자, 여기는 위험하니까 가렴."

"……나비?"

벌린 손에서 팔랑팔랑 날아오른 것은 하얗고 노란 나비 두 마리였다.

아라키아가 불꽃과 함께 돌진한 순간, 순간적으로 손으로 감싸서 지킨 두 마리. 못 본 척했었으면 지금쯤 풀과 꽃과 함께 불타서 먼지가 되었으리라.

"모처럼 1대1 결투인데, 그게 옆에서 끼어드는 바람에 엉망이 되면 흥이 깨지죠. 이것을 은혜로 여기면 꼭 누가 이겼는지 보고 해 주었으면 좋겠지만……."

두 나비의 결말과 애초에 싸움에 이른 경위. 그것들은 분명히 듣기만 해도 재미있을 화제가 확실하니 청년의 흥미와 호기심은 식지 않는다.

그러나 뒷이야기를 듣는 것은 어렵겠다 싶어 청년은 다가드는 화염탄을 가르고 한숨지었다.

"정말로, 아냐는 어릴 적부터 정서가 없단 말이죠."

"애초에 아냐였던 적부터 없어."

"거침없이 말하네요. 오히려 자랑해도 괜찮은데요?"

작열의 화염탄을 가른 카타나(刀), 날을 드러낸 그 도검을 보이면서 청년은 아라키아를 향해 웃었다. 그 웃음과 말에 아라키아가 살며시 눈썹을 모은다. 눈치가 어두워서 웃음이 깊어졌다.

벌써 수도 없이 말을 해 주었는데.

"이 세상의 주연 배우, 주인공인 저──세실스 세그문트가 직접 지어 준 별명이잖아요. 목청 높여서 나는 아냐라고 자랑해도 된다니까요!"

"세실스, 죽일 거야."

"하하하하! 또 그런 식으로, 할 수도 없는 소리를 하긴!"

짤막한 살의를 웃어넘기고 무시무시한 기세로 퍼붓는 파괴의 분류를 향해, 청년──세실스 세그문트는 기죽지 않고 맹렬히 땅을 박차고 뛰어들었다.

한족은, 허리에 찬 두 자리 카타나를 의지해 파괴의 분류를 베는 흉성의 검객.

한쪽은, 대자연을 자유자재로 다루며 세상의 정체성을 일그러뜨리는 아름다운 일탈자.

──그것이, 볼라키아 제국 『구신장』의 제1위와 제2위 두 사람이었다.

4

"와아, 강해졌는데, 아냐! 보세요, 제 기모노가 여기저기 탔어요! 이거, 카라라기에서 공수해 오느라 무지무지 고생인데!"

"헉, 후우……."

"그러니, 또 늘 하던 것처럼 다듬는 것은 맡길게요! 자기가 찢고 불태운 것을 자기가 고치는 거니까 불평하긴 없기예요!"

"……세실스, 죽어."

불탄 벌판에 대자로 누운 아라키아가 저주의 말을 내뱉었다. 하지만 정작 저주를 받는 쪽인 세실스는 무슨 말을 하든 듣는 척도 하지 않는 내색이다.

저주 이상으로 효과가 있을 적의와 살의를 실컷 뒤집어써도 태연히 구니까 저주의 말쯤이야 문제시하지도 않는다.

"애초에 죽으라니 뒈지라느니, 똘마니 같은 대사는 안 하는 게 이득이에요. 자기 스스로 배우로서의 가치를 떨어뜨리면 심심한 배역만 돌아올 수도 있거든요."

"……또, 뭔 소리인지, 모르겠어."

"그렇게 어려운 얘기는 아니라 생각하는데 말이죠. 거물은 거물다운 말밖에 하지 않는다. 소인배는 소인배다운 말밖에 하지 않는다. 세상이란 그런 식으로 생겨 먹었으니까, 역설적으로 멋있는 말을 할 수 있는 사람은 멋있다는 얘기죠!"

손가락을 세우고 자기 철학을 설명하는 세실스. 쓰러진 아라키아 옆에 털썩 책상다리로 앉은 그는 옷 여기저기가 검댕으로 지저분해졌지만 눈에 띄는 상처는 없다.

주위 일대, 마치 마석포로 융단폭격당한 듯한 참상을 보면 폭

심지 한복판에서 날뛰고 있었다고는 도저히 믿을 수 없는 모습이다.

"저는 그 왜, 진지하게 힘쓰면 비도 피할 수 있잖아요."

"······아무리 그래도, 거짓말."

"그―러―니―까! 그것을 거짓말로 만들지 여부도 자기 하기에 달렸다니까요. 못 한다고 생각하는 일은 못해요. 못 한다고 생각하는 동안에는 구름도 못 벱니다."

힘없는 반론에 열 배는 더 시끄러운 대답. 세실스는 앉은 채로 허리의 카타나를 뽑았다.

소리조차 앞지르는 번개 같은 섬광 한 줄기, 그 칼날에서 발산되는 검압(劍壓)은 하늘로 치솟고, 두 사람의 머리 위에 있는 두꺼운 구름이 한중간서 둘로 갈라졌다.

그 광경을 목도한 아라키아의 하나뿐인 붉은 눈동자가 일렁거렸다.

"――구름 베기."

"뭐, 살짝 놀래키는 수준의 기술이지만요. 그래도 구름에 닿지 않는다며 구시렁대다간 영원히 구름에 닿지 않았을걸요."

"_____."

"그러니까 아냐도 저를 죽이겠느니 죽으라느니 하지만 말고, 자기 목적을 더 의식하는 편이 낫지 않을까 싶네요. ――목표가 있잖아요?"

드러누운 얼굴을 들여다보는 시선을 거부하듯 아라키아가 고개를 돌렸다. 돌린 얼굴을 다시 엿보려고 하니 급기야 엎드려서 얼굴을 숨겼다.

세실스와 마주 보기보다 흙과 입을 맞추는 쪽을 택한다. 그 극단적인 자세에 기가 막히면서도 웃음이 배어 나왔다.

──주위에서 보면 민폐에 불과한 『구신장』 사이의 격돌.

세실스와 아라키아 사이에서는 빈번하게 발생하는 일이지만 그 목적은 단순명쾌, 서열이다. 강한 자로부터 순서대로 작은 숫자를 부여받는 『구신장』 중에서, 제2위인 아라키아 위에 있는 사람은 세실스 하나뿐──. 즉, 아라키아는 제1위 자리를 원하고 있다.

그 자리를 손에 넣음으로써 그녀가 이루고 싶은 비원이 이루어진다고 하던가.

"아냐의 소원이 이루어지도록 응원하고 있어요. 봐주지는 않습니다만."

"……역시, 싫어."

"암, 그럴 수 있죠, 네. 하지만 저는 그런 저를 싫어하지 않아요. 오히려 좋아."

말하면서 세실스는 걸친 기모노 웃옷을 벗더니 쓰러져 있는 아라키아의 몸에 살며시 덮었다.

그녀가 싫어하는 것은 충분히 알지만 전투 중에 입은 옷까지 신경 써줄 수는 없다. 안 그래도 얇게 입었는데 더 눈에 해로워지는 바람에, 가려 주지 않으면 주위가 딱하다.

"모처럼 미인인데 아냐는 배려가 제로라니까요. 이상한 기분이 동한 사람들이 덮쳤다가 봉변당하면 같은 남자로서 눈뜨고 볼 수가 없죠!"

"……무슨 소리 하는지, 모르겠어."

"모르는 것도 문제라고 생각하는데. 마음속 주인님이 두고 간 뒤로 그 무엇에서도 배우지 못한 게 문제일까요? 제가 교육을 해 줄까요. 멍멍, 멍멍."

"———."

건넨 웃옷을 어깨에 걸치며 몸을 일으킨 아라키아가 진심으로 노려본다.

친절하게 내민 손인데 물어 버리자 세실스 쪽은 두 손 들었다. 물론 이길 수 없는 상대의 온정을 받는 게 괴롭다는 기분은 이해가 가지 않지만, 상상이 불가능하지만도 않다.

"아니 그래도, 『검성』님한테 위로받는다고 괴롭단 생각이 드려나……? 일반적으로 좋아하는 상대가 잘 대해 주면 기쁘기 마련이지 분하단 생각은 안 들지 않아요?"

"세실스, 싫어."

"으―음, 고집 세네요. 좋아! 이건 역시, 치샤에게 홀랑 다 넘겨야겠어요!"

곤란할 때엔 바로 치샤. 세실스는 자신이 고민할 때의 문제 해결법으로 전폭적인 신뢰를 보내는 옛 지인에게 맡기기로 결심했다.

"자, 그렇게 됐으면 아냐를 데리고…… 어라? 그러고 보니 오늘은 성에 뭔가 용무가 있던 것 같은데?"

쇠뿔도 단 김에 빼고자 치샤에게 가려던 세실스가 살짝 찜찜한 생각에 갸우뚱했다. 그러자 그 답이 나오기 전에 답 쪽에서 먼저 말을 걸었다.

"세, 세실스 일장님! 아라키아 일장님! 무사하셨습니까!"

"응? 아아, 여기요, 여기! 잘 무사해요~."

뒤돌아본 세실스가 손을 살랑살랑 흔들자 달려오는 제국병의 모습이 눈에 들어왔다.

불탄 벌판으로 변한 일대에 벌벌 떨며 발을 디딘 것은 아직 젊은 청년이었다. 그는 쭈뼛쭈뼛 주위를 둘러보고 "이건⋯⋯." 하고 얼이 나가 있었다.

"대, 대체 무슨 일이 있었던 겁니까? 두 분이 습격을 받기라도⋯⋯?"

"별로 신경 쓰지 않아도 괜찮아요. 이 주변은 아냐의 사유지고, 손대지 않고 내버려 둔 장소를 우리 결투할 때 쓰고 있을 뿐이라서요."

"＿＿＿＿＿."

동요하는 병사에게 건넨 세실스의 설명에 아라키아는 불만스럽게 고개 숙이고 아무 말 하지 않았다.

천재지변을 당한 것만 같은 참상이지만 이것은 아라키아가 세실스를 건드릴 때마다 매번 발생하는 피해다. 세실스는 몰라도 아라키아의 전투법은 자연 파괴가 어마어마하다.

너무나 주위에 피해를 확산시키다 보니 전장 이외에서 아라키아의 능력 사용은 금지되었다. 예외는, 그녀가 소유한 사유지 정도뿐이다.

"각하께서 친히 내린 명령이라 아냐도 마지못해 따르고 있죠.

저까지 아냐의 사유지 내 판잣집에서 살게 된 것은 그냥 완전히 덤터기 쓴 꼴이지만."

"과연…… 네?! 판잣집?!"

"네, 그래요, 그래. 저기, 저 주변 보이세요? 저기가 그거예요."

놀라고 있는 제국병에게 세실스는 조금 떨어진 위치를 손가락으로 가리켰다. 숲 근처를 흐르는 강, 그 옆에 세워진 판잣집이 세실스의 거처다.

덧붙여 비슷한 판잣집이 같은 강의 상류에 있으며, 그곳이 아라키아의 거처이기에 『구신장』의 정점 두 사람은 각각 오막살이 중이다.

"어, 어째서 제국 최강인 두 분이 그런 곳에……?"

"저는 동서고금의 명도니 보검이니 사느라 받은 봉급을 다 퍼부어서 그러네요. 아냐의 경우에는 관심이 없어서 그렇고요."

"……같이 살고 계시는 겁니까?"

"아니야……."

물어봐도 될 사항인지 망설이면서도 호기심에 패배한 병사가 물었다. 그러자 세실스보다 먼저 아라키아가 그 의혹을 부정했다.

실제로 같은 토지에 기거하고는 있지만 같이 생활하지는 않기에 맞는 말이다.

"이것도 각하의 명령이거든요. 생각해 봐요. 제가 엉뚱한 곳에서 살다가, 거기서 아냐의 발작이 폭발했다간 괜한 피해가 나오지 않겠어요? 그럴 바에야 아예 아냐의 손이 닿는 곳에 항상 있으면 위험한 건 저뿐일 거라고……."

"죄송합니다, 죄송합니다! 소관의 이해력이 낮아서 무슨 말씀 인지 이해가 가지 않습니다!"

"하하하, 각하 지식이 부족하면 그렇겠죠. 아마 말 이상의 의 미가 각하 마음속에 있을 거라 생각하지만, 저는 자세히 물어보 지 않아서 불명입니다."

세실스는 곤혹감을 드러내는 병사의 어깨를 기운차게 두드리 고, 사과하는 그에게 웃어 주었다.

솔직히 이해를 하든 말든 정해진 이야기다. 다만 세실스로서 는 몇 년씩 이어진 생활이기에 이제 와서 걸리는 점이 없을 뿐인.

"……그래서, 무슨 용건?"

곤혹감에 허우적대던 병사가 어지러움증을 일으킬 시점에서, 아라키아가 방문 이유를 물었다.

그 질문에 병사는 "깜빡했습니다!" 하고 구원받은 듯이 생기 를 되찾았다.

그리고——.

"세실스 세그문트 일장, 아라키아 일장 2명에게 긴급 소집이 걸렸습니다! 시급히 제도의 수정궁으로 와 주십시오!"

"수정궁…… 아! 그리고 보니 오늘은 총회의란 게 있었죠? 전 참가해도 늘 꾸벅꾸벅 졸기만 할 때가 많아서 요새 부르지도 않 게 되었는데요."

"나도……."

"별로 듣고 싶지 않은 실상입니다만, 이번에는 다른 이야기입 니다!"

세실스와 아라키아의 답변을 흘려듣고 자세를 바로 한 병사의 표정이 굳었다. 그 초조감을 본 세실스는 타는 냄새가 나는 예감에 혀로 입술을 축였다.

같은 예감을 느꼈을 아라키아의 옆얼굴에 세실스가 웃음을 던졌다.

"얼마 전에 발로이 씨가 이것저것 사고 친 직후라는데, 갑자기 웬일일까요, 볼라키아는. 혹시 전란의 시작입니까?"

"……『선제(選帝)의 의식』으로, 충분."

"뭐, 아냐의 말도 이해하겠는데요, 저는 불완전 연소였으니까요. 그 울분은 『검성』님이 해소해 주었는데…… 아차, 미안합니다."

일장끼리 대화를 시작하면 일개 병졸이 끼어들 여지가 없다.

말허리를 끊어 버린 것을 사과하자 병사는 "아뇨." 하고 고개를 가로저었다.

"두 분의 힘이 필요한 사태입니다."

"호오호오, 무슨 일이 있었죠?"

"그것이……."

거기서 병사는 한 번 말을 끊고 침을 꿀꺽 삼킨 뒤에 다시 입을 열었다.

세실스와 아라키아 둘의 힘이 필요하다고 운을 뗀 사태, 그것은———.

"———『구신장』제7위, 요르나 미시구레 일장이 모반을 일으켰습니다!"

5

──신성 볼라키아 제국『구신장』, 요르나 미시구레에게는 고약한 버릇이 있다.

힘 있는 자가 등용되어 높은 지위에 앉는 것이 볼라키아의 습속.
당대 황제 빈센트 볼라키아가 부활시킨 구신장 제도는 그 상징이지만, 선정 조건이 강함뿐이라면 당연하게도 인간성이 보증되지 않는다.
강자란 타인에게 아첨하지 않고, 약자를 돌아보지 않기에 비로소 강자이기 마련.
그런 사상에 따르면 강자의 궁극인『구신장』이 정상적인 협조성이나 윤리관을 갖춘 편이 도리에 맞지 않을 것이다. 물론 그저 방종이 허용되는 것은 아니다.
──그들에게는, 그들밖에 완수할 수 없는 역할이 있다.
그 역할을 다하는 것을 전제로,『구신장』에게는 도를 넘어선 자유가 허용되고 있다.
그리고 당연히 그 특권에 부적격하다고 간주되면 더욱 강한 힘으로 짓눌린다.
그것이 강자의 섭리이며, 검랑의 나라 볼라키아 제국의 습속이다.

——이를 감안하고 앞서 말한 한 구절로 되돌아가겠다.

신성 볼라키아 제국『구신장』중 한 명, 요르나 미시구레.

볼라키아 제국에서 강자의 정점이며 비길 데 없는 힘과 그게 걸맞은 특권을 지닌 마도(魔都)의 지배자, 그녀에게는 구제 불능의 고약한 버릇이 있었다.

그것이 바로——.

"——『구신장』제7위, 요르나 미시구레 일장이 모반을 일으켰습니다!"

총회의가 열린 회의장에 달려온 전령, 숨을 헐떡이는 병사의 날카로운 호소를 듣자마자 회의장을 침묵이 가득 메웠다.

그것은 날아온 말을 고막이 받아들여 뇌에 침투시키는 데에 필요한 시간이었다.

그 후, 뇌가 정보를 곱씹고서 한 박자 뒤에 각자의 반응이 겉으로 드러났다.

총회의에 참가한『장』대다수가 눈을 부릅뜨고 얼굴이 굳는 가운데, 회의장 중앙에 자리를 준비된 이들의 반응은 다들 범장들과 다른 것이었다.

누구는 눈살을 찌푸리고, 누구는 사색에 잠기고, 누구는 미동도 하지 않는다. 그리고 가장 매서운 반응을 보인 한 사람은 황금 완갑에 감싸인 팔을 치켜들고 외쳤다.

"웃기지 마라, 그 암여우 년이!!"

그리고 분노에 맡겨 강건한 팔을 내리쳐 장대한 탁자를 산산조

각으로 분쇄했다.

일격의 위력이 바람을 일으키고 미쳐 날뛰는 충격파에 참가자들의 머리카락이, 의복이 휘날렸다. 분노에 기댄 일격은 대형 마수(魔獸)조차 일격에 살해할 위력을 간직했으며, 『사자기사』라고 외경을 받는 고즈 랄폰의 확실한 역량을 떠올리게 했다.

물론──.

"네놈의 어리석음은 그 시끄러운 입만으로 그치지 않는구나, 범부."

긴 탁자가 분쇄되며 일어난 바람에 그 흑발이 흔들리는 황제의 눈은 싸늘했다.

빈센트의 시선에 발작을 일으킨 고즈의 얼굴에서 핏기가 가셨다. 보고를 듣고 붉게 물들었던 고즈의 얼굴과 목에서 색이 쫙 빠지고 그 자리에 거구가 무릎을 꿇었다.

"각하! 큰 무례를 저질렀습니다! 부디, 무엇이든 벌을⋯⋯."

"멍청한 것. 네놈을 벌할 시간이 어디 있나. 『장』 중 하나임에도 그렇게까지 상황을 분별치 못하는 어리석은 자더냐? 아니면 짐이 어리석은지 묻는 게냐?"

"당치도 않습니다! 말씀 전부가 옳습니다!"

엎드려 조아릴 기세의 고즈는 본인의 실수를 진심으로 부끄러워하고 있었다.

좋든 나쁘든 감정적이 되기 쉬우며 그것이 자신의 역량에도 대군의 지휘에도 영향을 끼치기 쉬운 것이 그의 특징이다. 어쩌면 이 또한 고약한 버릇이라고 해야 할까.

지적하면 고치기 위해서 고즈는 분골쇄신할 것이다. 하지만 그것은 상황에 따라 『구신장』에서 가장 강대한 힘을 발휘하는 남자를 한낱 범장으로 떨어뜨릴 위험성을 내포한다.

따라서 빈센트는 무릎을 굽힌 남자를 흘긋 보는 데에 그치고 그 이상의 질책은 하지 않았다. 그 대신──.

"이것이 네 예언이 가리키는 상황인가, 『별점쟁이』."

"아마도. ……다─만, 더 일찍 가르쳐드릴 수 없어서야 예언도 그다지 의미가 없겠다 싶군요, 저 스스로도."

고즈 다음으로 말을 돌린, 갸름한 얼굴을 로브로 가린 『별점쟁이』의 답변을 듣자 빈센트는 감정을 엿볼 수 없는 얼굴로 콧방귀를 뀌었다.

제도의 수정궁에서 기르는 『별점쟁이』가 말하는 예언과 합치된 모반 보고. 그것과 총회의에서 화제에 오른 사정을 감안하면 해야 할 일이 보인다.

──볼라키아 제국의 수뇌인 황제가 해야 할 일이.

"벨스테츠."

팔걸이에 턱을 괸 빈센트의 부름에 마른 노인이 "예." 하고 조용히 대답했다. 공손히 머리를 조아리는 재상, 벨스테츠를 빈센트가 검은 눈으로 바라보며 말했다.

"네가 아까 거론한 이름 말이다만."

"──마델린 에샬트입니다, 각하."

"그자, 부르면 올 의사가 있는 거렷다?"

시험하는 것 같은 황제의 물음에 벨스테츠의 얼굴에 새겨진 주름이 자신만만하게 더 깊어졌다.

단, 노재상의 답이 나오기 전에 "각하." 하고 빈센트를 부르는 목소리가 있었다. 벨스테츠의 맞은편, 참모로서 빈센트를 섬기는 치샤다.

치샤는 하얀 얼굴에 감정을 내비치지 않은 채로, 흘긋 시선을 주는 빈센트에게 물었다.

"정말로, 그래도 괜찮으신 것이지요?"

"상관없다. 기대를 충족하지 못하면 늙은이와 광대, 다 한꺼번에 목을 칠 뿐이다."

"……이쪽도 납득했습니다."

빈센트의 대답에 치샤는 얌전히 물러났다. 『별점쟁이』 본인은 목을 움츠리며 무슨 말을 하고 싶은 눈치지만 빈센트는 상관치 않았다.

"들었겠지, 벨스테츠. 짐의 의지는 명확하다. 너도 그리 하여라."

"물론 알고 있습니다, 각하. 원래부터 이 사람은 보다 나은 제국의 미래를 위해서 분골쇄신을 아끼지 않을 각오. ──두려워할 것이 어디 있겠습니까."

"_____."

뻔뻔하다고까지 느껴질 만큼 진지한 벨스테츠의 답변에 빈센트는 아무 말도 하지 않았다.

빈센트는 바로 눈길을 무릎 꿇은 거구의 정수리 쪽에다 돌렸다. 고즈가 여전히 몸을 굽히고 있어 정수리밖에 보이지 않았기 때문이다.

어쨌든──.

"범부, 네가 추천한 자도 바로 움직일 수 있겠지?"

"──음! 물론입니다! 그자는 현재 영지에서 구류 중……. 각하의 허락만 받으면 이 순간에라도!"

"할 수 없는 소리를 떠들지 마라. ──군의 전개에 맞추게 해라."

"옙!"

벨스테츠에게 제시한 것과 동등한 조건이 나오자 고즈가 땅울림 같은 목소리로 대답했다.

치샤도 납득한 대로 제국의 수뇌진이 취할 행동은 결정되었다.

"요르나 미시구레의 모반을 진압하겠다. 카프마 일루쿠스와 마델린 에샬트, 둘의 활약 여부에 따라 구신장 제9위의 후임도 결정하지."

"각하, 다음, 제7위가 비는 것이 아닌지?"

빈센트의 호령에 모그로가 의문을 표했다.

강철인인 그의 딱딱한 소리를 듣고 실내의 『장』들도 같은 의견이라는 기색이 짙다. 당연히 모반을 일으킨 요르나가 처형되면 그녀에게 주어진 제7위의 지위는 박탈된다.

"그때는 카프마 이장과 마델린 님이 동시에 구신장에 오를지도 모르겠군요. 물론 이번 싸움에서 이쪽을 포함해 다른 구신장이 공석이 될 가능성도 있지요."

"그런 무시무시한 사태는 피하고 싶습니다. 하지만 모그로 님의 염려는 시기상조겠지요. 요르나 님의 지위를 박탈할지는 각하의 뜻에 달린 것 아니겠습니까?"

치샤의 말을 받아 벨스테츠의 가는 시선이 빈센트를 꿰뚫었다.

눈을 감고 있는가 싶을 정도의 실눈인 노구가 탐색하는 눈초리에 황제는 한쪽 눈을 감았다. 다른 사람이 그 반응에서 취할 만한 것이라곤 하나도 없겠지만——.

"짐은 자비롭지도, 관대하지도 않다. 하지만 그자가 자신의 역할을 다하는 한, 내린 지위를 거두지도 않는다. 물론."

거기서 한 박자 띄운 빈센트는 회의장에 있는 얼굴을 빙 둘러본 뒤에 말을 이었다.

"판 위에서 말이 짐의 뜻에 따르지 않는다면, 꼭 그렇다 할 수만도 없지. ——그리고 그것은 이 자리에 있는 너희도 마찬가지임을 알라."

그것이, 이번 총회의를 매듭짓는 빈센트 볼라키아의 말이었다.

6

——『극채색(極彩色)』 요르나 미시구레의 모반.

제국 내에 순식간에 퍼진 제국 일장의 반역 소식이었지만, 그 발단이 된 것은 국토의 남동부에 위치한 대도시—— 마도 카오스프레임에서 일어난 사건이었다.

원래 제국의 각 도시는 도시장이 사병을 소유하고 자치를 하는 것이 일반적이다.

그러나 각 도시를 연결하는 가도 및 요충지에는 제국병이 주둔하는 요새가 있으며, 4대국 중 가장 큰 국토를 자랑하는 제국의 치안 유지를 위해 밤낮없이 정강한 병사들이 눈을 빛내고 있다.

따라서 이번 사태에서 첫 불씨가 된 것도 국토 방위의 최전선인 병사들의 거류지이며, 그 요새에서 일어난 사건이라는 것이
―.

"――요새에는 300명의 병사가 있었다던데, 전원 빠짐없이 몰살했다네. 요르나 일장의 악평은 여태까지 여러 번 들었지만 아무리 그래도 이번에는 끝장이겠지."

"헤에."

떠들썩한 대중식당의 같은 탁자에 앉은 동료가 말하자 건성으로 맞장구를 친다.

당연한 노릇이다. 시선은 코앞의 접시 위, 향초 냄새를 풍기는 노릇노릇하게 구워진 두툼한 고기에 집중하고 있다. 침샘이 자극되며 위장이 공복에 우는 것이 느껴졌다.

호쾌하게 물어뜯는 고기라는 선전 문구대로, 좀처럼 보지 못할 먹거리다. 다만 취향을 따지자면 조금 더 살살 구워서 붉은 살을 남긴 것이 이상적이었다. 거칠게 사는 단짝에게 주문을 맡긴 것이 실책이다. 다시는 이런 실수는 저지르지 않겠다고 굳게 마음에 맹세했다.

어쨌든――.

"야, 뭐야. 왜 대답이 건성이야? 제국의 중대사라고. 남의 일

이 아니야."

속으로 크게 반성하고 있을 때, 눈앞에서 몸을 내미는 단짝──오른쪽 눈에 안대를 찬 자말의 언짢은 목소리에 청년은 수중의 포크를 휘돌리며 어깨를 으쓱였다.

"관두셔. 남의 말이란 생각은 안 해. 단지 지금은 식사 중이잖아? 평판 좋은 가게에 데려온 건 당신이면서, 먹는 걸 방해하면 좀 너무한 거 아냐?"

"바보 자식. 고기 따위야 언제든 먹을 수 있어. 하지만 제국 군인으로서 오기를 보일 기회가 가까이 있을 때가 얼마나 많다고? 너도 진지하게 생각해 봐."

"진지하게 말이지. 당신, 정말로 얼굴답지 않게 성실하더라."

"뭐 어째?!"

무심결에 솔직한 감상을 꺼내자마자 자말의 얼굴이 붉어졌다.

거친 외모 및 언동과 반대로 제국에 대한 충의가 깊은 것이 자말의 묘한 점이다. 약소 하급백(下級伯)이라고는 해도 일단 제국 귀족 나부랭이라는 자각이 있기 때문이리라.

물론 자말에게 생가인 오렐리 가문의 당주를 계승할 생각은 없는 거나 마찬가지라, 전적으로 자기 실력으로 무훈을 세워 출세할 생각밖에 없다.

좋게 말을 하자면 집안의 힘에 기대지 않는 성실한 남자. 나쁘게 말을 하자면 타고난 특권을 시궁창에 버리고 있는 바보 멍청이다. 청년의 의견도 후자에 가깝다.

단──.

"칭찬하는 거야. 이래 봬도 머잖아 형님이 될 상대의 체면을 세워 줄 정도의 머리는 있거든."

"칭찬이라고라? 네 말에는 경의라는 것이 느껴지지 않는다만…….."

"너무 정면으로 존경합네 공경합네 같은 말을 할 수 있는 성격이 아니라고. 그럴 수 있었으면 카츄아도 쉽게 믿어 줬을걸."

"아아, 그럴지도 모르겠군. 내가 말하기도 뭐하지만, 그 녀석은 고집불통이야."

자말이 팔짱을 끼고 응응 납득한 기색으로 끄덕이자 청년은 어깨를 으쓱였다. 아무렇게나 꺼낸 말이긴 했지만 자말에게는 충분히 효과가 있었던 것 같다.

그와 관계를 악화할 생각은 없다. ──카츄아와 만나지 못하게 되는 것은 곤란하다.

이 거친 남자와 혈연관계에 있는 소녀, 카츄아 오렐리는 청년에게 절대로 잃을 수 없는 유일무이한 존재이기에.

"그래서 말이다. 카츄아 얘기는 치우고 요르나 일장 얘기를 계속하자고."

"그거, 고기 먹으면서 하면 안 되나?"

"걸신 들렸냐, 너는. 그렇게 오래 걸릴 것도 아니야, 듣기나 해."

식욕을 돋우는 냄새가 나는 고기를 앞에 두고 기다리란 소리에 청년은 입술을 뒤틀고 자말을 보았다.

불만을 훤히 드러낸 자세지만 자말은 진지한 태도라 받아들였는지 흡족한 기색으로 "알겠냐?" 하고 손가락을 세웠다.

"이것도 들은 얘기인데, 요르나 일장의 반란을 진압할 목적으로 출동하는 군⋯⋯. 그게 다음 구신장을 결정짓는 시험이 됐다더군."

"뭐야 그게? 얼마 전 구신장에 공석이 생긴 건 알고 있지만, 그거랑 이번 일이 무슨 관계가 있다고?"

"구신장 자리를 언제까지고 비워둘 수는 없단 거겠지. 그래서 급거, 이 반란을 진압하는 데에 한몫한 녀석이 공석을 받아간다는 얘기야. 어때?!"

"어떻고 자시고, 별 생각 없는데."

이야기에 지나치게 열을 올리던 자말이 그 대꾸에 "왜 그러냐!" 하고 낙담했다. 의자에 엉덩이를 붙이고 불만스러운 티를 내는 자말의 모습에 청년은 갸우뚱했다.

"당신이 하는 말이 사실이라 치고, 그것이 우리하고 무슨 관계가 있지? 설마, 여기서 크게 공을 세워서 구신장에 등용되자는 건 아니지?"

"헹, 그 설마가 맞아!"

"바보다 바보다 생각하긴 했지만, 이 정도일 줄은 몰랐어⋯⋯."

하얀 이를 보이며 엄지로 자신을 가리킨 자말의 선언에 아연해졌다.

제국병의 하나로서 『구신장』이란 지위에 매력을 느끼는 것은 청년도 이해가 간다. 자말도 하급백이라는 출신 이상으로, 제국병으로서의 긍지가 동경하는 마음을 떠밀고 있다.

다만 청년은 동경과 이상이란 현실과 가장 연이 먼 감정이라 여기고 있었다.

"저기 말이야, 자말……. 당신도 나도, 제국의 일반병이라고. 그야 상등병이란 입장이긴 하지만, 『장』하고는 연이 없는 일개 병졸이야."

"그러니까 이쯤에서 일발역전의 수단을……."

"그딴 게 우리에게로 굴러들어올 리 없잖아. 애당초 자신만만하게 얘기하던 반란 진압의 일등 공로자가 다음 구신장이란 말도 거짓말 같아. 누구에게 들었는데."

의외로 마당발인 자말은 여러 가지로 진위 불명의 소문을 모아온 적이 여러 번 있었다.

다만 여태까지도 많은 엉터리 정보에 휘둘리던 실적 때문에 청년은 섣불리 자말을 믿지 못했다. 노골적으로 말하면 이것도 헛소문이라고 처음부터 단정할 요량이었다.

눈치가 느린 자말도 그런 청년의 의혹 어린 눈초리에 볼을 일그러뜨렸다.

"나불나불 시끄럽구만. 그러면 안 가르쳐 줄 거다. 내가 이 얘기를 요르나 일장이 몰살한 요새에서 내뺀 놈들에게 들었단 걸."

"──몰살당한 요새에서 내뺀 녀석들?"

들은 내용을 되새기자 말실수한 자말이 "아!" 하고 머리를 감싸 쥐었다.

자말의 미련한 짓에 대한 언급은 뒤로 미루고, 청년은 잠시 생각에 잠겼다. 정보 출처가 사실이라면 그냥 헛소리라 잘라내기에는 아까운 이야기일지도 모르겠다고.

"요새에서 내뺐다면 사태의 당사자…… 사정 보고가 있었다고 감안하면, 윗놈들이랑 연결 고리는 있나. 그리고 거기서 들은 얘기라면."

"야, 뭐해. 중얼중얼 혼잣말을……."

"――자말, 의외로 당신 얘기도 농담거리가 아닐지 모르겠는데?"

자기 실수에 떨떠름한 표정이던 자말이 그 한마디에 숨을 죽였다.

하지만 그는 바로 표정에 팔팔한 기색을 띠며 물었다.

"대체 뭘 알아챘어? 냉큼 말해 봐, 토드."

"기다려 보라고. 그렇게 안달하지 마. 천천히, 침착하게 정보를 수집하자. 어차피 우리에게도 호출이 올 거야. 죽으면 재미없어."

조급해하는 자말에게 그리 대답한 청년―― 토드 팽은 볼을 일그러뜨리며 웃었다.

웃으면서, 이제야 접시 위의 두툼한 고기를 물어뜯었다.

고기는 이미 식어 버렸지만 날카로운 송곳니가 가차 없이 그 살점을 갈랐다.

7

유린된 요새의 참상은, 일방적인 학살이 벌어졌다는 보고와 다르지 않았다.

실제로 현지로 발길을 옮겨 많은 제국병들이 목숨을 잃은 땅을

밟고 있으려니, 고즈 랄폰의 두꺼운 가슴은 물리적이 아닌 고통
에 시달렸다.

병사들의 시신은 이미 운반되었지만 요새 곳곳에 새겨진 전투
의 여파, 부서진 무구들과 닦아내지 못한 피의 흔적이 격렬한 전
투를 설명하고 있었다.

"네 이놈, 요르나 미시구레……!"

한을 남기고 목숨을 잃은 장병들을 생각하며 고즈의 마음이 의
분에 타올랐다.

이만한 대역죄를 저지른 것이 자신과 같은 『구신장』에 속한 일
장이다. 도대체 요르나 미시구레는 언제가 되어야 황제 각하에
게 진심 어린 신종을 맹세할 것인가.

입지전적인 제국병인 고즈는 구신장 제도가 부활했을 때, 처
음 아홉 명 중 하나로서 지명되어 현재까지 그 지위에 앉아 있는
인물이다. 자신의 실력이 다른 『구신장』보다 뛰어나다고는 생
각하지 않지만, 빈센트에 대한 충성심으로는 누구에게도 지지
않는다는 자부심이 있다.

그런 고즈가 보자면, 수없이 빈센트에게 모반을 일으키는 요
르나는 이해하기 어렵다.

모반과 반란이 진압될 때마다 빈센트의 온정으로 목숨과 지위
를 보전했음에도 불구하고 또다시 이번 같은 사태를 일으키는
불경의 극치.

빈센트에 대한 경의든 일장으로서의 자각이든 털끝만큼도 느
껴지지 않는 만행──.

"이번 모반, 반드시 요르나 일장의 목을 치리라."

"——아니 뭐, 그건 좀 어렵지 않을까요. 보세요, 고즈 씨의 무기는 그 망치창이잖아요? 머리는 찌부러뜨릴 수 있어도 목을 베는 데에는 적당치 않다고요."

근엄한 얼굴에 험악한 표정을 지은 고즈의 배후로 기개에 찬물을 끼얹는 목소리가 났다. 그 목소리에 고즈가 뒤돌아보자 요새 옥상을 짚신으로 밟은 기모노 차림의 청년이 있었다.

그는 긴 청발을 메마른 바람에 나부끼면서 유유히 고즈 옆에 섰다.

"여전히 요르나 씨가 치는 사고는 사양이란 걸 모르네요. 요새에 남아 있던 전원이 요르나 씨 한 명에게 당했다고 그러던데……."

"빠져나온 병사의 보고로는 그렇더군. 요르나 일장 혼자서 요새 공략이 이루어졌다고."

"하하, 오히려 요르나 씨라면 혼자서 싸우는 편이 버거울 테니까요. 여기서 맞닥뜨린 분들에겐 애도를, 그리고 자리를 데우느라 수고했다고 전하죠!"

숫제 신바람이 난 청년—— 세실스의 말에 고즈가 비난 서린 눈길을 보냈다. 망자에 대한 예우가 너무나 없다고 탓하는 눈총에 세실스가 눈썹을 세웠다.

"흠, 혹시 고즈 씨가 보기엔 마음에 들지 않는 느낌이었어요?"

"당연하지. 죽은 장병더러 자리를 데운다느니……. 그들에게는 그들의 족적과 인생이 있었다. 귀공의 말을 따라 하면 그들의 무대라는 것이지."

"어이쿠, 그건 실례했습니다. 단지 하나만 정정하죠, 고즈 씨."

"——?"

"확실히, 모든 사람은 자신이라는 이야기의 주인공……이라는 구절도 있습니다만, 제가 말하자면 그건 도피입니다. 말도 안 돼요. 이 세상은, 이 세상이라는 단 하나의 무대 작품……. 거기서 빛나는 주연 배우, 무대의 주인공은 한 명뿐."

신장 차이가 나는 고즈를 올려다보며 당당히 주장하는 세실스. 고즈는 그 말에 담긴 열기와 앞으로 기울어진 태도를 내려다보고, 쥐고 있던 어린아이 머리만 한 주먹을 풀더니 말했다.

"그것이 귀공이라 말하고 싶은 눈치로군."

"네, 바로 그거죠! 뭘 좀 아시네요!"

자기 가슴을 탁 두드리고 거리낌없이 웃는 세실스의 모습에 고즈는 한숨지었다.

그것이 세실스의 철학이며, 누구에게도 양보하지 않는 절대적인 신조——. 그것을 허튼 몽상이라며 비웃는 것은 고즈도, 이 볼라키아 제국의 그 누구라도 불가능하다.

——강자를 존중하는 볼라키아 제국, 그 최강의 정점에 선 것이 다름 아닌 세실스이기 때문이다.

제국이 내건 철혈의 규정은, 그의 논리를 어리석다고 비웃으며 부정하려면 그보다 강해야만 한다고 정했다. 그리고 그런 존재는 어디에도 없다.

따라서 세실스의 철학은 누구도 부정할 수 없는 것이다.

"──또 그 소리. 세실스, 진짜로 바보."

그렇게 결론 내린 직후, 세실스의 철학을 바보라고 욕하는 예외가 나타났다.

그 예외는 바람을 휘감으며 천천히 요새 옥상에 내려앉았다. 보이지 않는 바람을 두르며 비행하는 그자는 은빛의 짧은 머리카락을 나부끼는 견인족 소녀, 아라키아였다.

하늘에서 나타난 아라키아의 바람을 받으며 세실스는 갸우뚱했다.

"늦었네요, 아냐. 준비 땅 하고 동시에 달렸는데 몇 바퀴 처진 거예요?"

"……어디가 목적지인지, 제대로 결정하지 않았어."

"듣고 보니 그렇긴 한데, 그래도 요새 꼭대기에 금빛 찬란한 고즈 씨가 표식 같이 서 있으니 아냐도 여기로 날아온 거잖아요? 그럼 먼저 고즈 씨 쪽에 도착한 제 승리라고 단언해도 문제없지 않아요?"

"세실스, 죽어."

"반박 못 할 때의 뻔한 말. 이거, 이거, 가끔은 패배를 알고 싶네요. 거짓말입니다만!"

아라키아의 독 오른 시선을 받고도 세실스는 익살맞은 태도를 고수했다.

그 어린아이 같은 대화에 고즈는 장병들에게는 보여 줄 수 없는 모습이라고 머리를 감싸 쥐었다. 원래부터 『구신장』이란 자각이 부족한 두 사람이지만 모이면 더욱 그 경향이 현저해진다.

말수 적고 직무에 성실한 아라키아가 세실스가 얽히면 냉정함을 잃고 만다.

"아라키아 일장, 귀공까지 세실스와 같은 수준으로 말을 하면 곤란하다. 좀 더 자신이 각하의 수족인 구신장이란 자각을 가져 보게."

"……미안해요."

"어라어라어라?! 고즈 씨, 혹시 저보다 아냐 쪽이 말이 통하는 상대라고 여기는 것 아녜요?! 그거, 꽤 상처를 받는다고 할지 이의가 있거든요! 아냐도 확실하게 머리 이상한 아이라고요! 달걀부침, 항상 한쪽 면만 부치고!"

"양쪽 다 부치고 싶으면 스스로 해."

충고도 헛되이 세실스의 너스레에 아라키아의 감정이 휘둘렸다. 그 모습을 흘긋대며 고즈는 다시 보루 옥상에서 보이는 원경——마도의 빛으로 눈길을 돌렸다.

까마득히 멀리, 지평선에 번쩍이는 것이 마도 카오스프레임의 홍유리성(紅琉璃城).

홍유리라는 특수한 마정석(魔晶石)으로 축조된 성은 제도의 수정궁과 나란히 선다는 아름다운 성이다. 단, 그 성 안에는 요르나 미시구레라는 간신을 내포하고 있다.

"그렇게 생각하니 저 광채도 핏빛처럼 보이는군."

"그게 참, 예쁜 것은 예쁘다 치고 너무 깊이 생각하지 않아도 된다 싶습니다만……. 그래서 어떻게 하겠어요? 이번에 저와 아냐는 고즈 씨 지휘에 놓인다던데요."

"귀공들을 이치에 속박하려는 생각은 없다. 전투가 시작되면 각자 판단에 맡기지."

"역시나 고즈 씨! 말이 잘 통하셔!"

유격의 사명을 받자 눈을 빛낸 세실스가 쾌재를 울렸다.

제국의 『장』에게 요구되는 자질은 개인 전력과 집단 지휘 능력. 고즈는 양쪽 다 일정 수준의 역량에 이르렀지만, 세실스의 자질은 완전히 개인 전력에 편중되어 있다. 마찬가지로 아라키아도 개인 전력에 치우쳤고, 반대로 치샤 등은 비범한 지휘 능력을 지닌 인재다.

각자에게 적절한 전장을 분배하여 최대한의 힘을 발휘하도록 만드는 것이 용병술의 극의. 그것이 실전에서 단련한 고즈의 철학이며, 자신이 높이 평가받는 점이라고도 자기분석하고 있다.

실제로 세실스와 아라키아 둘만 있으면 설령 상대가 대군이더라도 적수가 못 된다. 그러나 상대에게 『구신장』이 있다면, 이 논리도 통하지 않는다.

"하물며 상대는 요르나 미시구레……. 심지어 그 암여우 년의 도시다. 만전에 만전을 기하지 않으면 무익하게 피해를 확대할 수도 있어."

"요르나 미시구레……. 나, 만난 적 없어. 어떤 사람?"

"음…… 그렇군. 요르나 일장은 총회의에 얼굴을 내밀지 않으니 말이지."

굵은 팔로 팔짱을 낀 고즈의 중얼거림에 아라키아가 왼쪽 눈의 안대를 만지작거리며 물었다. 면식이 없다는 그녀의 말에 고즈가 눈썹을 세우자, 세실스가 "저요!" 하고 거수했다.

"그 말을 꺼내면 저랑 아냐는 요새 총회의에 불리지도 않았다고요! 없는 편이 이야기 진행이 쉽다고 각하가 말씀하셨다는 소리는 치샤에게 들었지만요!"

"그건 부정할 수 없는 것이 우리로서도 답답한 심정이다."

얼마 전에 『구신장』의 총회 출석률이 낮다고 의제에 오른 직후다.

물론 세실스와 아라키아, 그리고 요르나의 출석은 기대하지 않았기에 출석자는 최대로 여섯 명. 현재는 제9위가 공석이기에 다섯 명이 한도다.

그 다섯 명조차 모이지 못한 것이 지난번 총회의지만——.

"요르나 일장은 마도를 다스리는 호인족(狐人族) 여자다. 사람을 깔보는 태도와, 각하에 대한 경의가 부족한 행동거지가 눈에 띄지. 나 개인적으로는 『구신장』에 부적격하다고, 좋게 보고 있지 않아."

"어마어마한 미인이고, 분위기도 있으니까 무대 배우로서 돋보이긴 하지만요. 아아, 그리고 전의 모반에서 저도 두 번쯤 죽일 생각으로 덤볐는데, 결국 못 죽였죠."

"——음, 세실스, 죽이는 데 실패했어?"

보충 사항 쪽에 놀란 아라키아가 말을 잃었다.

아라키아가 제1위 자리를 원해 수없이 세실스에게 도전하고 있다는 이야기는 유명하다. 고즈도 둘이 사투를 벌이는 자리에 입회한 적이 있다. 그때마다 세실스에게 농락당하는 그녀 입장에서 보자면 제국무쌍인 세실스가 죽이지 못한 상대는 들어 넘기지 못할 것이다.

"세실스, 미인 상대라, 대충, 했어……?"

"어이쿠쿠, 못 들은 척할 수 없겠네요! 누가 상대든, 제가 일부러 대충 할 일은 없어요! 애초에 미인이란 이유로 진심을 낼 수 없으면 아냐도 조건은 똑같잖아요!"

"_____."

"뭐라고 할까, 요르나 씨의 강함은 독특해서요. 그 부분은 오르바르트 씨와도 비슷한 구석이 있다고 봅니다만. 뭐, 오르바르트 씨도 강하긴 강한데 이유를 모르겠으니까요!"

세실스가 요르나의 강함에 관해 언급하자 아라키아의 표정은 복잡했다.

다만 설명하기 어렵다는 세실스의 의견에 고즈도 동감했다. 요르나가 가진 실력의 자세한 사정은 알 수 없다. 『구신장』끼리도 서로 모든 실력은 보여 주지 않는 것이 제국의 방식이다.

"할아범과 마찬가지……. 더더욱 모르겠어. 결국 어떻게 강한데?"

"세실스를 그리 탓하지 마라, 아라키아 일장. 나도 요르나 일장의 강함을 설명하는 건 어렵다 여기는 사람 중 하나다. 그래도 굳이 말로 표현하면……."

"표현하면?"

아라키아가 갸우뚱하며 의문의 답을 바라자 고즈는 순간 생각에 잠겼다.

그러나 결국 돌려줄 답은 하나밖에 떠오르지 않아 그 답을 입에 올렸다.

"『극채색』이란 이명과 같이, 그때그때마다 다채롭게 변하는 강함이라고 할까."

"……모르겠어."

"그렇겠죠!"

고즈의 설명에 아라키아가 갸우뚱하자 뭐가 재미있는지 세실스가 폭소했다.

세실스의 태도에 아라키아의 시선이 표독해지는 것을 알 수 있었다. 고즈는 용케 이만큼 그녀의 신경을 긁을 수 있다며 엉뚱한 감탄을 품었다.

전장을 앞두고 평소와 변함없는 둘의 태도. 그것 자체는 믿음직하다 여겨야겠지만——.

"——각하를 위해서도, 우리는 사명을 완수해야 한다."

"그건, 그래."

"이견 없고말고요."

이번 모반의 진압을 위해서 파병된 집단의 지휘관인 고즈. 그런 고즈의 결의 어린 한마디에 응수한 세실스와 아라키아 두 사람에게 미혹도 주저도 없다. 그 굳건함이 둘의 힘에 직결된다면 그것이 긍정되는 것이 곧 제국식이다.

"그건 그렇고, 고즈 씨는 힘들겠네요. 저랑 아냐뿐만이 아니라 모여드는 병사 분들 지휘도 있고, 덤으로 발로이 씨의 후계 다툼도 감독해야 하다니."

"······그걸 알면 귀공에게도 자중을 부탁하고 싶다마는."

"하하하, 농담을! 사람에게는 적성이라는 것이 있어요. 싫단 소리 하면서도 치샤가 각하와 계속 함께 있는 것도 적성이 있기 때문인 얘기고요."

속 편히 살랑살랑 손을 내젓는 세실스의 말에 고즈는 깊고 무거운 한숨을 쉬었다.

세실스의 지적대로 이번 모반의 진압과 병행하여 고즈에게는 다음 『구신장』 자리를 다투는 두 후보—— 카프마 일루쿠스와 마델린 에샬트를 감독할 의무가 있었다.

카프마를 추천한 것은 다름 아닌 고즈지만 이 역할을 맡은 이상 가능한 한 공평한 시선으로 바라볼 작정이기는 하다.

그렇긴 하지만——.

"둘 다 도착이 늦는군. ······모르는 상대야 어쨌든, 카프마 이 장답지 않은데."

고즈는 출진 명령을 받았을 2명 중 아무도 모습을 보이지 않는 상황을 의아하게 여겼다.

벨스테츠가 추천한 마델린과는 면식이 없지만, 카프마와는 그럭저럭 친교가 있다. 충롱족 출신의 젊은이는 책임감이 강하여 빈센트에게 전한 자진도 불사할 각오라는 말도 과장이 아니었다. 그런 만큼 만회할 기회를 얻기를 바라는 심경이다.

그때——.

"——일장님! 카프마 일루쿠스 이장이 도착했습니다!"

"왔나!"

"예! 요새 지하에…… 어?! 세실스 일장님과 아라키아 일장님, 어느 틈에?!"

군화 소리와 함께 보고하러 나타난 병사가 세실스와 아라키아의 모습에 눈을 크게 떴다. 도착 보고도 하지 않고 직접 요새 옥상에 달려온 두 사람이다. 그 반응도 어쩔 수 없으리라.

어쨌든 무심코 언성을 높인 고즈는 "신경 쓰지 마라." 하고 놀란 병사를 타일렀다.

"그러면 카프마 이장에게 올라오라 전해 다오. 마도 공략 이야기를 하고 싶다."

"……그건 약간 어려울 것 같습니다."

"뭣이?"

작전회의를 서두르는 고즈의 마음이 생각지도 못한 부하의 말에 주춤거렸다. 무슨 일이냐고 눈을 부릅뜨자 병사는 고즈의 눈빛에 압도되면서도 입술을 달싹거렸다.

"찾아온 카프마 이장 말입니다만, 특수한 상태라서…… 일장님께 판단을 여쭙고 싶습니다."

"특수한 상태? 귀공들에게는 판단이 서지 않는 상황이라고?"

요령부득하게 답변한 부하가 "네……." 하고 어쩔 줄 모르는 기색으로 끄덕였다. 그 약한 태도는 지적도 하고 싶어졌지만, 먼저 카프마가 처한 상태라는 것이 염려되었다.

그리고——.

"관계는 없는데요, 일장님이라고 부르면 고즈 씨인지 저인지, 아니면 아냐인지 모르겠네요. 봐요, 일단 전원 일장이니까요."

"일장다운 짓, 한 적 있어?"

"있거든요! 볼라키아 제국의 위신을 걸고, 왕국 최강의 『검성』과 일대일 대결!"

"형편없이 졌다 들었어."

"왕국에서 다시 싸웠을 때는 무승부거든요!"

발을 동동 구르며 아라키아의 말에 입술을 삐죽인 세실스를 보건대, 부하들이 품은 불안의 해소를 두 사람에게 맡기는 것도 너무한 소리다.

공교롭게도 세실스가 멋대로 왕국에 쳐들어간 사건에 관해서는, 상대 쪽에서 일으킨 사건도 포함해서 누설되면 안 될 기밀로 취급되는 사항이다.

실수로 듣는 바람에 눈이 휘둥그레진 부하는 나중에 입을 다물라 지시해야 하리라.

그 점을 잊지 않도록 다짐하며 고즈는 "알았다." 하고 부하에게 전달했다.

"카프마 이장에게로 가지. 안내해 다오."

8

"아항, 이건 또 참. 세상에, 과연, 과연."

가는 턱에 손을 짚고 눈앞의 이물질을 빤히 바라보는 세실스.

그 모습을 뒤에서 바라보는 아라키아는 빈틈투성이인 등짝에다 공격을 가할지 긴가민가하고 있었다.

빈센트로부터는 내키는 때에 세실스를 습격해도 된다고 들었지만, 역시나 작전 중에는 자중해야겠거니 본인도 생각한다. 말을 더 보태면 여기서 날뛰면 세실스는 몰라도 고즈 및 다른 병사들을 난처하게 만들겠거니 하는 생각도 들었다.

덩치가 크고 얼굴이 무시무시한 고즈지만 아라키아는 그가 싫지 않았다.

이것저것 걱정하며 보살펴 주고, 안 좋다 여긴 점은 주의를 준다. 아라키아는 상식에 어두운 구석이 있기에 그의 배려에는 도움을 받고 있다.

그런 이유로 절호의 기회로 보여도 세실스를 공격하는 것은 꾹 참았다.

"어라, 덤벼들지 않았네요, 아냐. 방금 일부러 빈틈투성이로 꾸몄는데 눈치챘었어요?"

"죽어."

세실스가 이죽거리지도 않고 아니꼽게 말하자 반사적으로 받아쳤다. 그 말도 쓴웃음으로 넘겨서 아라키아는 떫은 기분을 맛보았다.

"그건 그렇고, 저는 면식이 없었습니다만 꽤 별난 분이네요. 카프마 씨라고 하셨던가요."

"……확실히 크든 적든 남과 다른 점도 있었지만 이 정도까지는 아니었다."

"아, 역시 그런가요. 다행이다―. 아무리 그래도 모그로보다 인간을 벗어난 분이 들어올 줄은 몰랐으니까 긴장했지 뭐예요."

아라키아의 심경을 아랑곳하지 않으며 세실스와 고즈 둘이 정면―― 보루 지하에 운반된 이물질을 앞두고 말을 주고받았다.

　미간에 깊은 주름을 새긴 고즈의 속내는 남의 마음을 헤아리는 것이 고역인 아라키아로서는 해독이 불가능했다. 다만 심정적으로 복잡하지만 아라키아의 의견은 세실스와 똑같다.

　이, '카프마'라고 불리는 물체와 친하게 지내라 말해도 난처하다.

　왜냐하면――.

　"――흡사 번데기 같다고 해야 할까요."

　옅은 웃음을 띤 세실스의 감상이 짤막하게 그것의 인상을 가리켰다.

　번데기――. 벌레가 성장 단계에서 변태하는 과정 중 하나로, 우화하기 전의 상태를 말한다. 적갈색의 둥그런 껍질에 싸여 미동도 하지 않는 그것이 요새 지하에 당당히 자리 잡고 있다.

　이것이 카프마 일루쿠스라고 들어도 어떻게 대해야 할지 난감하다.

　"이거, 왜 이래?"

　"네, 넵! 그것이…… 카프마 이장은 근신 중에 새로운 벌레를 체내에 넣었다고……."

　"새로운, 벌레……."

　번데기 운반을 담당한 병사가 아라키아의 의문에 쩔쩔매면서도 대답했다. 그 대답을 듣고도 도통 이해하지 못한 아라키아는 설명을 요구하며 고즈 쪽을 바라보았다.

아라키아의 외눈에 맺힌 물음에 고즈는 "그런 뜻인가." 하고 이마에 손을 짚었다.

"충롱족은 태어난 직후, 일족에 전해지는 벌레라고 불리는 기생체를 체내에 넣는다. 그 벌레와 공존하며 때로 힘을 빌리는 것이 충롱족의 특성이지만……."

"그런데, 새롭게 넣었어."

"음, 들은 적이 있지. 일족 중에서도 뛰어난 자는 새로 벌레를 더 받아들여 그 능력을 성장시킨다고. 즉, 카프마 이장은……."

"새 힘을 추구한 결과, 우화를 기다리는 번데기 상태에 빠졌단 말이군요."

가늘게 뜬 눈으로 번데기를 바라보는 세실스가 고즈가 세운 추측의 결론을 가로챘다.

세상 물정에 흥미가 희박한 아라키아도 몇 개월 전의 정변에 충롱족이 연루되었다는 이야기는 들었다. 반역에 가담하지 않은 카프마도 동족의 책임을 떠맡는 모양새로 벌을 받았다고.

그래서 받은 근신 기간 중에 새 벌레를 몸에 넣은 그의 뜻은———.

"화나서, 날뛰고 싶다거나?"

"아하하하하하! 그럴 리 없잖아요, 아냐도 아닌데!"

"_____."

"사람이 한스럽게 힘을 원하는 이유는 단순명쾌, 재기를 위해서죠. 무력한 자신을 죽이고, 다른 자신이 되어 다음 사지로 임하기 위해서. 그것 말고 뭐가 더 있겠습니까."

아라키아는 그 밖에도 있을 것 같다 생각했지만 세실스의 주장에도 일리가 있었다.

아라키아도 비슷하게 힘을 원한 적이 있다. ——아니, 지금도
그렇다.

자신의 힘이 소중한 사람을 지키기에 마땅치 않았을 때, 아라
키아의 인생은 큰 전환기를 맞이했다. 그때의 무력감은 거대해
서 여전히 영향을 남기고 있다.

그와 같은 일이 카프마 일루쿠스를 덮쳤다고 한다면.

"강한 자신으로, 변하기 위해."

"그렇긴 해도 우화할 때까지 얼마나 걸릴지. 고즈 씨, 감이 잡
히나요?"

"——모르겠지만, 이 말만은 할 수 있다. 오래는 기다리지 못
해."

떫은 표정과 함께 고즈가 무거운 목소리로 대답했다.

카프마를 『구신장』으로 추천한 고즈는 이번 싸움에서 그가 활
약하기를 기대했었을 것이다. 그러나 이대로는 그 기대를 이룰
수 없다.

그렇다고 해서 그 기대 때문에 작전 개시를 늦추는 일은 고즈
에게 불가능하다.

"과연, 과연……. 그렇다면 빠르게 쉽게 끝마치죠."

"세실스?"

고즈의 원통한 표정에 동정하는 아라키아 옆에서 세실스가 조
용히 카타나를 뽑았다.

그는 서슬이 퍼런 카타나를 들고 날카로운 칼끝을 카프마의 번

데기에게 겨누었다. 천천히 예리해지는 검기에는 치기 및 장난의 기색이 일절 없었다.

"세실스, 귀공은 대체 뭘 할 셈이지?"

"굳이 말하자면, 카프마 씨의 각오를 묻는다 할까요. 길게 시간 들일 수 없는 이상, 나머지는 증명해 달라 할 수밖에 없죠. ──그 진심을."

험악한 표정의 고즈에게 그리 응수한 세실스의 파란 눈이 검기에 물씬 적는다.

청명한 검기의 고조에 아라키아는 대기에 숨은 미정령(微精靈)이 겁먹는 것을 감지했다. ──그것이, 『정령 포식자』로서 단순하게 두렵다.

정령을 잡아먹는 자신을 정령이 두려워하는 것은 이해한다. 그러나 세실스의 검기를 정령들이 두려워하는 것은 실체를 갖지 못한 그들에게 세실스가 죽음을 떠올리게 했기 때문이다.

그리고 그것은 번데기 고치에 틀어박힌 충롱족에게도 마찬가지라서──.

"──후."

짧게 숨을 뱉은 세실스의 수중에서 검격이 으르렁거렸다.

가볍게 손목을 돌림으로써 펼친 검광은 세실스가 장난삼아 보여 주었던 『구름 베기』라고 불리는 재주의 일종이다. 하지만 그것을 곡예라고 비웃을 이는 소수이리라.

고작해야 예사롭지 않은 담력을 가진 아라키아의 주인과, 빈센트 정도뿐.

그렇지 않은 이에게는 자신의 육체가 양단되었다고 착각하기에 충분했을 터.

따라서——.

"——하하, 이건 확실히."

그것은 세실스의 검기에 대한 일종의 방위 본능이었으리라.

작게 웃으며 고개를 기울인 세실스. 뺨에 스치듯 튀어나온 것은 금이 간 번데기에서 나온 심녹색의 가시넝쿨 같은 물질이었다. 무반응이던 번데기의 반격을 카타나 한 자루로 솜씨 좋게 걷어낸 세실스는 "이제 괜찮아요." 하고 고즈를 돌아보았다.

"제 검기에 반응했다면 뒷일은 시간문제겠죠. 고치를 벗겨내도 되지 않을까요?"

"……그런가. 확실히, 아무래도 그런 모양이군."

한순간 얼이 나갔던 고즈도 뻗어 나온 가시넝쿨을 담담히 만지고 납득했다.

가시넝쿨을 만진 손에 고즈가 힘을 주자 넝쿨에 금이 가고 단숨에 으스러졌다. 가시넝쿨은 겉모습대로 식물 같은 탄력이 넘치지만 얼어붙은 듯한 경질성도 띠고 있었다.

"이거라면……. 아니, 벗기는 과정 중에 또 가시넝쿨이 나올지도 모르겠군. 벗기는 것은 내가 하겠다. 벗긴 고치의 회수를 귀공들에게 맡기지."

그렇게 말하고 척척 작업에 착수한 고즈를 뒤따라 병사들도 번데기 쪽으로 돌아섰다.

그 모습을 바라보며 세실스는 뽑은 카타나를 칼집에 꽂고 흐뭇하게 뒤돌아보았다. 그 들뜬 분위기가 아니꼬운 바람에 아라키 아의 시선이 매서워졌다.

"흠, 심기가 불편해 보이네요, 아냐."

"세실스 기분이 좋으면, 내 기분이 나빠."

"뭔가요, 그 이상한 연동. 자기 기분 정도는 저든 마음속 주인님 이든 기대지 않고 결정하는 편이 이래저래 건전하다 보는데요."

"──웃."

들고 싶지 않은 말을 들은 아라키아의 시선이 분노에 타올랐다. 하지만 세실스는 그 열기를 손으로 가볍게 걷어내고는 "그나저나." 하고 말을 이었다.

"벌레의 우화란 아주 신기한 현상이죠. 그도 그럴 것이, 나비는 유충이랑 성충하고 모습이 전혀 다르잖아요. 살기 위해서 쓰는 힘도 다를 것 같은 느낌이니 말이죠."

"……이파리를 먹는 것과, 꿀을 빠는 것."

"맞아, 맞아, 먹는 것도 다르죠! 실제로 완전 딴 종류 아녜요? 번데기도 자력으로 우화하기 전에 고치를 벗기면 내용물이 주륵 흘러내려서 난장판이⋯⋯."

세실스가 거기까지 말했을 때였다.

등 뒤, 카프마의 번데기 쪽에서 고즈의 걸걸한 목소리와 병사들이 소란스러워지는 소리가 들렸다. 번데기 고치를 벗기는 과정 중에 예상 밖의 사건이 일어난 모양이다.

어쩌면 마침 대화 중이던 화제와 관련이 있을지도 모른다.

"세실스."

"괜찮을 거라 생각은 하는데, 성급하게 굴었을까요?"

별다른 위기감도 품지 않은 기색으로 갸우뚱한 세실스가 손가락으로 볼을 긁었다. 긴장감 없는 그 태도에 한숨지으면서도 아라키아는 번데기의 대처를 고즈에게 내던졌다.

대신 외눈으로 세실스의 옆얼굴을 빤히 바라보았다.

"──? 왜요?"

"이 임무, 다음 구신장을 결정한다고 해."

"네, 그런가 보네요. 발로이 씨의 후임이니까 말이 통하는 사람이라면 좋겠죠. 카프마 씨도 무사히 무대에 오를 수 있으면 좋겠는데……."

"──내 이름, 똑바로 부르게 할 거야."

"어라."

아라키아가 조용한 결의를 고하자 세실스의 눈이 동그래졌다.

그리고 그는 놀람에 물든 얼굴을 히죽이는 웃음으로 바꾸고 아라키아를 마주 보았다.

"그 말은 즉, 이 싸움에서 저도 깜짝 놀랄 전과를 올리겠다 그 말씀인가요?"

"세실스도 요르나를 죽이지 못했어. 그렇다면, 내가."

"요르나 씨를 죽여 보겠다. 과연, 과연…… 알겠습니다!"

세실스가 끄덕인 아라키아 앞에 발을 내디디고 함박웃음을 지었다. 날렵한 동작으로 아라키아의 손을 잡고는 그 손을 아래위로 거칠게 흔들었다.

"좋네요, 제가 다시 보게 해 주세요! 저에게 이길 때까지라는 조건을 달면 아무리 지나도 아냐에겐 불가능하고, 딱 좋은 수준이겠어요!"

"_____."

"어라라, 왜 그러시죠. 미간에 주름이 잡혀서 못 생겨졌는데요. 저보다 약하니까 최소한 미인이고 귀여운 정도는 유지해 두는 게 상책이라 보는데."

"봐."

아라키아는 못마땅하단 수준을 넘어서 버린 세실스의 팔을 뿌리치고 치를 떨었다.

이 여유작작한 낯짝을 뒤집어 꼭 울상을 짓게 만들어주겠다고 결심했다.

이것은 세실스로부터 제1위 자리를 탈취하기 위해서도, 아라키아의 마음속 깊은 곳에서 계속 열기를 내고 있는 주인을 향한 마음 때문도 아니다.

그저 아라키아가 아라키아로서, 강하게 서 있기 위해서 필요한 의식이었다.

"나 원 참, 아냐는 또 금방 화를 낸다니까. ······아무튼 그런 도전은 대환영이죠. 도전해 오는 상대가 있는 만큼 저는 『검성』님보다 축복받은 셈입니다."

그런 아라키아의 분노를 아랑곳하지 않고 머리 뒤에 깍지를 낀 세실스가 중얼거렸다.

아라키아에게는 하늘이 보이지 않는 지하의 천장, 그 너머를 응시하는 것만 같은 그의 파란 시선이야말로 이날 가장 화를 돋우는 요소였다.

항상 아라키아를 안중에도 둘 생각이 없는, 절대적 강자 행세를 하는 세실스 세그문트의 모습이야말로, 가장.

9

──그렇게 마도의 가장 가까운 요새에 제국군이 집결하고 있을 때와 같은 시간.

"그건 그렇고, 드문 손님이 다 납시었어요."

여유롭고 요염함을 띤 음색이 성의 천수각(天守閣)을 지배하듯 차올랐다.

판자가 깔린 바닥이 넓은 공간, 그 가장 안쪽의 상석에 위치한 이는 성의 주인이자 마도 카오스프레임을 손아귀에 넣은 천상의 미희(美姬). 화려한 색조의 기모노와 무수한 머리 장식, 장식품 종류로 자신을 꾸민 호인족── 요르나 미시구레다.

지금 볼라키아 제국에서 가장 위험한 입장에 있는 여자지만 요르나의 태도에 그런 기색은 없다.

그녀를 섬기는 모든 이들에게는 태연한 그 자태야말로 마음의 지주다. 설령 온 제국이 적대시할지언정 일절 흔들림 없으니.

그것이야말로 수도 없이 볼라키아 황제에게 모반을 반복하는 미희의 자세라고.

그러나──.

"천하의 저도, 이런 모양새로 손님을 맞이할 줄은 몰랐답니다."

"그 말은, 용의 질문에 대한 대답?"

자루가 긴 곰방대를 입에 옮기고 담배 연기를 길게 뱉는 요르나에게 딱딱한 목소리가 날아왔다.

그 목소리를 던진 것은 요르나가 내려다보는 아랫자리에 앉은 작은 그림자였다. 앳된 기색을 띤 작은 몸을 보면 길 잃은 아이라고 착각해도 이상하지는 않다.

단, 그 길 잃은 아이는 홀로 홍유리성을 방문한 것이 아니었다.

"_____."

여러 개의 노란 눈동자가 천수각 안을 가만히, 거침없이 굽어보고 있다.

눈동자의 주인은 사나운 것으로 알려졌으며 상대가 인간이든 마수든 간에 가차 없이 덮치는 기질로 유명하다. 그 이야기가 거짓도 엉터리도 아니라고 증명하는 것처럼——.

"——탄자, 움직이지 마시어요."

"네, 에……."

요르나의 파란 눈이 힐끔 움직인 방향, 천수각의 노대에 기이한 광경이 있었다.

작은 머리에 큰 뿔이 난 녹인족(鹿人族) 소녀—— 눈에 눈물이 고인 그녀의 머리가, 두 날개를 접은 거대한 비룡의 입에 쏙 들어가 있는 것이다.

변덕으로 비룡이 입을 다물면 소녀의 머리는 알처럼 쉽게 깨질 것이다.

그리고 비룡은 소녀의 머리를 문 한 마리 말고도 다수 있었다. 어느 비룡이든 홍유리성의 지붕 및 노대를 횃대 삼아 날개를 쉬며 마도 주민을 인질로 요르나를 견제하고 있었다.

결코 사람에 정을 붙이지 않고 따르게 할 방법도 극히 한정적인 것밖에 없을 비룡. 그것을 거느린 것이 요르나 앞에서 그 눈을 빛내는 소녀──.

"당신은……."

"──마델린 에샬트."

"──."

"빨리 용이 하는 말을 듣는 게 신상에 좋다. 다들 용만큼 착하지 않으니까."

그렇게 말한 소녀── 마델린 에샬트가 금빛 눈으로 요르나를 직시했다.

단정하게 앉아 있는 소녀의 머리에는 녹인족이나 오니족(鬼族)과도 다른 검은 뿔이 나 있다. ──사라졌음이 분명한, 고대에 존재했다는 종족.

──용의 뿔이 난 용인 소녀가 요르나에게 항복을 권고하고 있었다.

10

──마도 카오스프레임의 중앙, 『홍유리성』을 기이한 공기가

감싼다.

"_____."

성의 최상층, 천수각 가장 깊은 곳에서 나른하게 방문자를 바라보는 미녀는 요르나 미시구레.

이 마도의 지배자이자 볼라키아 제국에서 무의 정점인『구신장』중 하나──. 물론 현재는 그 칭호가 박탈될 위기에 처한 입장이다. 하지만 마도에 군림하는 자신의 발판이 흔들리는 사태에 처했음에도 요르나의 단려한 표정에는 한 점 흐림이 없다.

그도 당연한 일이다.

자신의 정체성을 관철한 결과를 후회하다니, 약졸을 용서치 않는 제국군의 일장에게 허락될 일이 아니다. 단, 요르나의 자세는 그런 나약한 생각과도 무관한 것.

온갖 사건을 초연히 내려다보며 격렬한 분노로 포장된 길을 가는 것이 요르나의 정체성.

그리고 그것은 사방이 사나운 적의로 포위되더라도 바꾸지 않을 뿐이라는 이야기다.

"──용에게 대답을. 신중히 대답해라."

금빛 곰방대를 손끝으로 만지작거리며 침묵하는 요르나에게 사랑스러운 목소리가 닿았다.

목소리를 낸 장본인은 요르나 정면, 판자가 깔린 마루에 정좌한 작은 소녀였다. 천수각을 지배하는 적의의 중심에 앉아 있는 그녀는 밝은 하늘색 머리카락 위로 두 개의 검은 뿔이 났으며, 금빛 눈으로 요르나를 직시하고 있다.

다만 이 소녀를 한낱 어린아이라 착각하는 것은 어지간히 상황을 판단하지 못하는 어리석은 자이거나 상대의 위협을 가늠하지 못하는 골수 평화주의자 정도뿐이다.

공교롭게도 요르나는 그 어느 쪽도 아니다. 따라서 소녀의 위험성은 착각할 여지가 없었다.

하물며——.

"……요르나, 님."

천수각의 노대, 시종인 탄자의 목숨이 달려 있다면 더더욱.

탄자의 머리를 입에 물고 으름장을 놓는 것은 사납게 으르렁거리는 거대한 비룡이었다. 결코 사람을 따르지 않기로 알려진 하늘의 패자(覇者)가 탄자의 생살여탈을 쥐고 있다.

더해서 천수각을 횃대로 삼은 비룡은 그 한 마리뿐만이 아니다. 무수한 비룡이 천수각의 지붕을, 노대를 발판 삼아 날개를 쉬며 황금의 눈으로 요르나를 보고 있다.

중심에 놓인 소녀와 똑같은, 금빛 눈동자로——.

"당신, 뭐라고 했었나요."

"——? 용의 이름 말인가? 그럼 마델린 에샬트. 기억해 두어라."

"마델린 에샬트……. 제법 멋쟁이 이름이군요."

"————."

마델린이라 대답한 소녀가 비룡과 같은 금빛 눈을 가늘게 떴다. 요르나의 눈에는 그것이 용종 같은 성질 난폭한 생물 특유의 눈빛과 흡사하게 보였다.

물론 탄자의 생명을 인질로 삼아 무수한 비룡을 이끌고 위압 교섭을 하는 작자다. 그것이 분쟁을 기피하는 성격이라고는 아무도 믿지 않을 것이다.

　어쨌든——.

　"한 명이라니 바란 것과 좀 다른데, 당신이 저를 찾아온 것은 각하의 명령이지요?"

　"각하…… 그건 지상에서 가장 높은 남자 얘기?"

　"——대충 그러면 맞습니다."

　"그렇다면 맞다. ……아닌가? 직접 용에게 말한 것은 각하와는 다른 쪽이다. 수염을 기른 늙은이가 말했다."

　"수염 난 분……."

　마델린이 의외로 성실하게 대답하자 요르나는 생각에 잠긴 듯 고운 눈썹을 모았다. 그것이 대답을 꺼리는 것으로 보였는지 마델린의 시선이 살짝 날카로워졌다.

　"용은 질문에 대답했다. 너도 태도를 결정해 주어야겠다."

　"그건 또 참, 정열적인 권유세요. 그나저나 멋진 『비룡 조련』입니다. 제 기억에도 이만한 비룡을 거느린 이의 기억은 없군요. 무슨 수로 이만한 용을 길들였지요?"

　"——그 말은 모욕인가?"

　순간, 마델린의 동공이 좁아지고 넓은 천수각의 공기가 한 단계 싸늘해졌다.

　연간을 통틀어 온난한 기후가 이어지는 볼라키아에서 한기를 느낄 기회는 거의 없다. 있다손 치면 그것은 기온과 무관한 생명의 경종이며, 강자와 마주쳤다는 본능의 호소다.

"용은 아무도 따르지 않는다. 용의 자비를 충절이라며 기어오르지 마라."

"……알아들었습니다. 과연, 용인은 저희와는 잣대가 다르군요."

"──대답을. 돌성의 주인."

마델린이 가타부타 말할 여지를 두지 않는 눈빛으로 요르나에게 결단을 강요했다.

더 이상 시답잖은 대화에 어울릴 생각은 없다는 의사표시. 그 태도를 보면서 요르나는 곰방대로부터 입을 떼고 다시 노대의 탄자를 쳐다보았다.

비룡의 이빨이 목숨에 박힌 탄자의 검은 눈이 요르나의 시선과 교차하고──.

"──탄자."

"……네."

"그대는, 나를 사랑하느냐?"

엉뚱하게 느껴지는 물음에 탄자의 검은 눈이 크게 뜨였다.

하지만 요르나의 음성에 농담이나 장난의 어감은 없다. 그 사실을 탄자도 이해했으리라. 소녀의 크게 뜬 눈에 희미한 빛이 서리고, 고개를 끄덕였다.

그 대답에 요르나는 조용히 미소를 지었다.

"자, 빈손으로 돌아가시어요. ──여기는 제 성이랍니다."

"──용은 분개했다."

요르나의 도발적인 말에 일어선 마델린이 비룡을 향해 손짓했다.

지시 내용은 단순명쾌, '입을 닫아라' 다.

거대한 비룡의 입이 닫히고 그 교합력이 탄자의 머리를 마치 새알처럼 으깬다. 경쾌한 소리와 함께 소녀의 머리는 맥없이 깨지──지 않았다.

"크르──."

턱에 꽉 힘을 주어 탄자를 으스러뜨리려던 비룡이 낮게 울었다. 날카로운 칼날 같은 이빨은 정작 탄자의 부드러운 살을 뚫지 못하고 도리어 뿌리부터 금이 갔다.

그, 너무나도 부조리한 광경을 목격한 마델린이 경악하며 눈을 부릅떴다.

"무슨 짓을 했짜?!"

"──말씨가 참 귀여워졌네요."

순간적인 놀람을 혀에 실은 마델린이 요르나의 지적에 숨을 집어삼켰다. 하지만 용인은 예상 밖의 상황에 처했을 때 그저 굳어만 있을 뿐인 어리석은 귀염성을 발휘하지 않는다.

"──흡."

숨을 죽인 마델린의 손이 등에 멘 가방으로 뻗었다. 하얀 손가락이 가방의 걸쇠를 풀고, 나타난 손잡이를 잡고 손목을 틀었다.

──직후, 소리와 함께 무장이 전개되었다.

그것은 완만한 곡선을 그린 투척용 무기, 『비익인(飛翼刃)』이라 불리는 물건이다. 고속 회전하듯 던지면 공중에 호를 그리며 돌아오는 수렵용 도구.

단, 마델린이 든 물건은 그녀의 작은 체구에 필적할 만큼 크다.

"핫――!!"

마델린이 비익인의 손잡이를 쥐고 횡으로 베는 일격을 날렸다.

던지는 것이 아니라 도검처럼 휘두른 섬광이 무시무시한 충격파를 동반하며 폭풍이 되어 홍유리성의 천수각에 미쳐 날뛴다. 그것은 일직선으로 상석에 앉은 요르나에게 덮쳐들었다.

그러나――.

"당신, 정말 아무것도 모른 채로 제 성에 들어선 거로군요."

마루 판자를 뒤집으며 혈육을 가를 듯한 마델린의 일격. 그 공격이 좌식 의자에 앉은 채로 미동 하나 없는 요르나 앞에서 맥없이 막혔다.

이치를 알 수 없는 현상이 비익인의 맹격을 차단했다. 선회하는 칼날은 보이지 않는 벽에 막힌 것처럼 요르나를 피해 그녀 뒤의 벽을 뜯어내고 천수각을 관통했다.

그 상황에 마델린이 눈을 부릅뜬 직후 그녀의 고막에 비룡의 포효가 닿았다. ――아니, 포효 같이 용맹한 것이 아니다. 그것은 비룡의 비명이었다.

돌아보는 마델린의 시야에 날아든 것은 노대에서 팔을 든 탄자였다. 아연실색한 표정의 녹인족 소녀의 손에는 잡아 뜯었다 짐작되는 이빨이 잡혀 있다.

절대적인 포식자와 입장이 역전된 상황. 비룡은 소녀에게 말 그대로 이빨이 뽑혀 몸부림치고 있었다.

그 사실과 탄자의 반응, 두 가지 이번에 마델린이 숨을 집어삼
키고——.

"제 앞에서 한눈을 팔다니, 매정한 짓을 하세요."

"——윽?!"

직후, 마델린의 뺨에 요르나가 신은 나막신의 굽이 꽂혔다.

강렬한 충격에 걸어차인 마델린의 몸이 수평으로 날아갔다.
바닥에 튕긴 마델린은 맹렬하게 벽에 격돌, 몸 절반이 벽에 파묻
혔다.

무방비하게 발차기를 맞은 마델린은 자신의 공격이 막힌 구조
를 이해하지 못하리라. 하지만 마델린을 걸어찬 요르나도 예상
밖의 반동에 눈매가 가늘어졌다.

겉보기로는 탄자와 썩 차이가 없는 신장의 마델린. 그러나 요
르나의 다리가 받은 충격은 목을 꺾어 쳐다볼 만한 거한을 찼을
때보다 훨씬 더 무거웠다.

마치 저 작은 몸에 심상치 않은 질량이 눌러 담긴 것처럼.

"이젠 화났짜……."

벽에 파묻힌 몸을 빼내는 마델린의 목소리가 분노에 떨렸다.
망가진 어조의 변화를 지적할 기회는 이미 놓치고 말았다.

그리고 이미 시작한 이상, 양쪽 모두 손에 사정을 둔다는 선택
지는 존재하지 않는다.

"————."

요르나가 곰방대를 입에 물고, 마델린이 작은 몸 가득히 숨을
들이마신다.

담배 연기와 공기, 서로 다른 것으로 폐를 부풀리며 둘의 시선이 교차한 찰나――.

――가공할 충격파가 홍유리성의 천수각을 내부에서 날려 버렸다.

11

"이번에는 소관의 실책 때문에 폐를 끼친 것을 깊이 사죄합니다!"

청년은 그런 말과 함께 눈앞의 탁자에 이마를 붙일 기세로――아니, 딱딱한 소리가 회의장에 울려 퍼질 만큼 몸을 기울여 깊이 머리를 숙이고 자기 실수를 사과했다.

갈색 피부에 녹발, 강한 눈빛의 다부지게 생긴 인물이다. 그 사과에 이른 경위야 어쨌든 이렇게 무사히 얼굴을 마주할 수 있어서 일동은 안도했다.

여하튼――.

"번데기에서 주르륵 흘러내릴 때는 초조해졌으니까요! 그대로 굳지 않았으면 동료로서 잘 지낼 수 있을지 불안해서 못 견딜 지경이었어요!"

밝게 웃으며 직전의 사건을 돌아보는 세실스가 반쯤 생각 없는 감상을 읊었다.

실제로 번데기의 처우를 둘러싸고 요새는 잠시 소란스러웠다.

고즈 같은 사람은 하마터면 장래성이 있는 제국의 『장』을 한 명 잃을 뻔했다고 황제에게 죄를 지은 것을 크게 부끄러워했을 정도다.

다행히 점성 있는 액체로 넘친 번데기 안쪽에는 이 청년이 원형을 유지하고 있었지만.

"그래서 확인하겠는데요, 당신이 카프마 일루쿠스 씨가 맞아요?"

"예! 소관이 카프마 일루쿠스 이장입니다! 일족의, 황제 각하께 저지른 불충의 극치를 간과한 끝에, 내려 주신 만회의 기회조차 놓칠 뻔한 사실…… 소관의 부덕이 부끄럽습니다!"

"우와아, 엄청 성실한 분이네. 나하곤 좀 안 맞겠는데. 아냐는 어떻게 생각해요?"

"죽어."

목청 높여 자신의 잘못을 사과하는 청년── 카프마 일루쿠스의 모습에 세실스가 옆자리의 아라키아에게 감상을 요청했다. 그래서 요청한 대로 대답했다.

그 평소와 같은 대화에 입술을 삐죽인 세실스를 제쳐 두고 고즈가 걸걸한 목소리로 "에잇!" 하고 외쳤다. 그는 회의장의 바닥을 짓밟으며 큼직한 손으로 카프마의 어깨를 두드렸다.

"고개를 들어라, 카프마 이장! 『충룡족』의 습속에 관해서는 잘 알지 못하지만, 새로운 벌레를 넣었다던데. 귀공이 하는 일이지. 그것도 일족의 오명을 설욕하기 위한 것 아니겠나."

"고즈 일장님, 하지만 소관은……."

"귀공의 그 마음가짐과 황제 각하에 대한 충의는 의심할 필요가 없다. 나만이 아니라 세실스와 아라키아 일장도 인정하는 부분이다. 그렇지 않나?"

물고 늘어지는 카프마를 달래고 돌아본 고즈가 다른 두 사람에게 동의를 구했다.

하지만 아라키아는 그 말에 쉽게 답변할 수 없었다. 카프마와 초면인 아라키아는 고즈가 바라는 답을 가지지 못했다. 그럼에도 뭔가 말을 해야 한다고는 생각하지만.

"_____."

"나 원 참, 말주변 없는 건 고쳐지지 않네요. 그런 식이면 저나 치샤가 없는 곳에서 아냐가 어떻게 지내고 있는지 주위 고생이 알 만합니다."

순간적으로 아라키아가 말을 고민하자 세실스는 흘긋 보고 태평한 표정으로 웃었다. 그리고 덤덤하게 "네, 네, 확실하죠!" 하고 박수를 쳤다.

"고즈 씨 말대로 카프마 씨의 노력은 대단한 것이에요. 하라고 시켜도 저는 못하죠. 자기 몸에다 벌레를 넣는 소행!"

"……그건, 우리 『충롱족』을 모욕하는 말인가?"

"어라아?! 무지무지 정면으로 칭찬할 생각이었는데요!"

눈썹을 찌푸리고 세실스의 진의를 파악하려는 카프마. 그의 의혹 어린 눈초리에 세실스가 두 손을 들고 고개를 도리도리 흔들었다.

"오해하지 마시길. 강함을 추구하는 방편은 저마다 다른 법,

적성에다 유파도 있지요. 저는 독학으로 배운 검객입니다만『충룡족』의 입장이 벌레와의 공존이라면 그 방향으로 힘을 키우는 것은 아무 잘못된 바 없습니다. 저는 단련 방식에 귀천이 없다고 생각하거든요."

"그건…… 미안하군. 소관이 괜히 삐뚤어지게 해석하는 바람에."

"어쩔 수 없는 일이다. 세실스는 항상 남을 깔보는 언동을 하니 말이지."

"동감."

"어라어라어라라? 꽤 성실한 얘기를 한다고 생각했는데 같은 편이 없네요?"

고즈와 아라키아에 뒤통수를 맞은 세실스가 유감스럽다는 표정을 지었다. 하지만 아라키아더러 말하라면 같은 편이라고 여기던 것 쪽이 더 유감이다.

아라키아가 세실스와 같은 편이 될 일은 절대로 있을 수 없다.

설령 대전 중이라 해도 세실스가 무방비한 등짝을 보이면──.

"저를 치는 데에 망설이지 않겠다고. 뭐, 만약 그런 기회가 있어도 그것을 장악하지 못하는 동안은 탁상공론……. 벗기지도 못한 용가죽의 매매 계약인 셈이죠."

"말 꼬리가, 한 마디, 두 마디 많아."

"그럼 힘내서 입을 다물게 하면 어때요?"

도발적인 미소에 아라키아는 성질을 억누르며 시선을 돌렸다. 시야 끝자락에 힐끗 비치는 세실스가 소매 속에 손을 넣으며 어깨를 흔드는 모습이 보인다.

아라키아는 더더욱 속이 뒤틀릴 뿐이었다.

"그래서 말이다."

대화의 일단락을 본 고즈가 헛기침과 함께 화제를 수정했다.

고즈는 상처투성이의 근엄한 얼굴에 손을 짚고 카프마를 힐끔 내려다보았다. 그 시선에 자세를 바로 한 카프마는 얼굴에 긴장을 남긴 채 물었다.

"예. 무엇입니까, 고즈 일장님."

"귀공이 어째서 이렇게 동쪽 전선에 불렸는지 파악하고 있나?"

"──번데기 속에서 어렴풋이 주워듣기는 했습니다."

"끈적거리는 액상이 되어도 제대로 들리는 거군요."

입가에 손을 대고 몰래 아라키아에게만 말을 건네는 세실스. 그 말을 무시하며 아라키아는 일의 추이를 지켜보았다.

굵은 팔로 팔짱을 낀 고즈가 카프마의 대답에 "음." 하고 묵직하게 끄덕였다.

"듣고 있었으면 이야기가 빠르지. 이번 원정은 카오스프레임을 거점으로 둔 요르나 미시구레의 반란, 그 진압이 목적이다. 그리고 거기서의 활약 여하에 따라……."

"결원이 생긴 제9위 자리의, 다음 적임자가 결정된다는 말이군요."

"그렇다. 나는 각하께 귀공이 적당하다고 추천했다."

고즈는 황금 갑옷의 가슴을 펴며 카프마 대신이라는 양 그를 자랑했다.

현역 『구신장』인 고즈의 추천은 제9위의 공석을 바란다면 틀림없이 간절하게 원할 지원이다.

그러나 그 이야기를 들은 카프마의 표정은 밝지 않아서 아라키아는 갸우뚱했다.

"되고 싶지 않아?"

"——아니요, 그렇지는 않다고 분명히 말할 수 있습니다. 다만 소관이 그에 적당한지 의문의 여지가 있을 뿐이라."

"자신이 적당한지……."

"일족의 동포가 각하께 모반을 일으킨 사실도 다 갚지 못했습니다. 그럼에도 불구하고 황제 각하의 비수인 『구신장』의 지위를 바라다니."

"……원하는데, 포기하게?"

고개 숙인 카프마의 생각을 이해할 수 없어 아라키아는 그만 끼어들고 말았다.

그 의혹이 목소리에 드러났는지 질문받은 카프마가 책망을 들은 것처럼 얼굴이 굳었다. 하지만 포기한다는 선택지가 없는 아라키아는 그의 주저를 진심으로 이해할 수 없었다.

원하는 것이 있고, 그것을 위해 필요한 지위가 있으며, 그것을 얻을 기회가 있다.

그렇다면 도전하지 않을 이유가 떠오르지 않는다. 도전했다가 힘이 못 미친다면——.

"그때는 죽을 뿐."

"……물론 죽음을 두려워하지는 않습니다. 아라키아 일장님은 소관이 『구신장』의 공석을 메우겠다면 이견은 없으십니까."

"⋯⋯될 사람이 될 뿐, 이지 않아?"

의견을 요구받은 아라키아는 솔직한 속내로 대답했다.

실제로 카프마가 제9위가 되든 말든 아라키아에게는 아무 미련이 없다. 물론 아라키아의 지위를 노리거나 세실스의 자리를 빼앗고자 한다면 이야기가 달라지지만.

"현재 구성원은 오래되었지만 『구신장』에도 세대교체는 있지. ⋯⋯설마 발로이가 빠질 줄은 몰랐다만."

"발로이 씨, 좋은 사람이었으니까요. 제 얘기에도 싫은 티는 거의 내지 않고 맞춰 줘서, 좋은 사람부터 죽어 간다는 말은 진짜더라고요."

"발로이는 각하께 모반하는 음모에 가담했다. 선량하다고는 못해."

"고즈 씨 입장에선 그렇겠지만요."

머리 뒤로 깍지를 낀 세실스가 거친 말투의 고즈에게 쓴웃음 지었다.

원래 제9위였던 발로이 테메글리프──. 빈센트에게 모반을 꾸미다가 장렬하게 숨을 거둔 남자지만 아라키아도 그 남자는 싫어하지 않았다.

수다스러운 남자였지만 상대를 보고서 대하는 방식을 바꾸는 배려를 할 줄 알았다. 말수 적은 아라키아와도 적절한 거리를 가늠해 주어서 솔직히 대화하면 편한 상대였다.

평소에 남의 심정을 하나도 고려하지 않는 남자를 상대하고 있기에 더더욱 그리 생각한다.

그 때문에 발로이가 모반에 가담했다가 목숨을 잃었다고 들었을 때는 놀란 바였다.

"설마 발로이 씨가 왕국의 기사에게 쓰러질 줄이야. 차라리 율리우스 씨의 목을 떨어뜨려 놓았으면 조금은 발로이 씨에게 보답이 되었으려나요."

"왕국 기사의 목을 말인가. 설마 본심은 아니겠지."

"그렇죠, 네. 딱히 율리우스 씨 목을 취해 봤자 발로이 씨는 기뻐하지 않을 테니까요. ——『검성』님의 목이라면 얘기가 다를지도 모르겠습니다만."

순간, 아라키아와 고즈, 그리고 카프마 세 사람은 본능의 경종에 반사적으로 몸을 굳혔다.

원인은 허공을 응시하는 세실스의 온몸에서 흘러나온 청명한 검기였다.

볼라키아 최강의 검객이 허공에 그린 누군가를 향해 겨눈 검기의 여파——.

"———."

그, 국경을 넘어간 곳에 있는 상대를 생각하는 세실스의 옆얼굴이 마음에 들지 않는다.

세실스와 그 『검성』이라는 치에게 정체 모를 분개를 품었다. 세실스를 죽이고 제1위 자리를 빼앗을 사람은 아라키아인데.

마치 주위는 안중에 없다는 양 행동하는 것은 화가 치민다는 말밖에 할 도리가 없었다.

어쨌든──.

"카프마 이장, 짐이 무겁다 느끼는 귀공의 생각도 이해한다. 하지만 기회라는 것은 우리 사정을 감안해 주지 않는다. 다 그런 법이야."

"……알고 있습니다, 고즈 일장님. 소관 외의 다른 후보자는?"

"──귀공과 같은 입장으로, 재상 벨스테츠가 추천한 자가 있다."

굵은 팔로 팔짱을 낀 고즈의 묵직한 답변에 카프마의 표정이 의심을 품었다. 무관이 아니라 문관인 재상의 추천이라는 것이 마음에 걸린 점이리라.

"이미 합류 예정 시간을 대폭 초과했다. 각하께서는 능력을 증명한 자에게 관대하지만, 나는 각하만큼 마음이 넓지 못해. 한시라도 빨리 각하의 근심을 제거하고자 심혈을 기울여야 하는 법."

"자자, 결과만 내면 토를 달지 않는 게 볼라키아식이잖아요. 시간에 불성실한 거야 나중에 돌아보면 귀여운 수준의 결점이에요."

"그렇다면 비교되는 쌍방 모두 결과를 내놓으면 높이 평가할 쪽은 시간을 지키는 쪽이겠지."

"고즈 씨는 예시를 잘 드네요."

또 하나의 후보자에게 불편한 마음을 가진 고즈의 매서운 언변에 세실스가 항복했다.

타인의 진퇴에 진심으로 토론할 생각도 없는 것이리라. 금세 옹호하길 포기한 세실스는 회의장의 창문에 눈길을 주고 그 이상 의견을 개진할 뜻을 버렸다.

그 모습을 보던 아라키아는 다시 카프마 쪽을 쳐다보았다.

"그래서, 어쩔 거야?"

"──어쩐다 함은?"

"구신장, 할 거야? 안 할 거야?"

세실스는 아니지만 아라키아도 궁극적으로는 카프마의 진퇴에 관심이 없다.

그러나 작전 지휘관이 고즈인 이상, 카프마의 선택은 고즈의 생각에 영향을 미칠 것이다. 그렇기에 얼른 결정해 두는 것이 최선이다.

원하는 것이 있는데 타협한다. 그런 생각에는 털끝만큼도 찬동할 수 없지만──.

"마음대로 하면 돼."

"──아. 아냐, 아냐, 잠깐 괜찮을까요?"

"……안 괜찮아."

카프마에게 결단을 촉구하는 아라키아를 세실스가 질리지도 않고 불렀다.

무시하고 싶지만 반응하지 않으면 반응할 때까지 하염없이 불러 대는 남자임을 알고 있다. 따라서 별수 없이 아라키아는 세실스 쪽으로 의식을 돌렸다.

그러자 세실스 본인은 탁자에 턱을 괴고서 비어 있는 손으로 창밖을 가리키고.

"하늘에서 비룡들이 오고 있는데, 저거 베면 안 되는 상대죠?"

태평한 태도로 이상 사태를 덤덤히 전달한 것이었다.

12

"_____."

"와아, 살기 범벅. 이렇게 많은 비룡. 메조레이아에서도 그리 쉽게 구경 못하겠는데요."

"닥치고, 죽어."

주위, 사방에서 쏟아지는 금빛의 사나운 눈초리 한복판에 있음에도 세실스와 아라키아의 대화는 평소와 기색이 달라지지 않았다.

다른 쪽, 무기를 들고 멀찍이서 상황을 지켜보는 요새 병사들의 긴장감은 높아지기만 할 따름이다.

제국인이라면 비룡의 흉포함을 알 기회는 일일이 꼽을 수도 없다. 때로는 촌락 한 곳 통째로 번식기를 맞이한 비룡에게 괴멸당하는 비룡 재해라는 사건도 있다.

그런 비룡이 갑자기 서른 마리 이상 떼 지어 나타난 상황이다. 저들의 경계도 이해할 만하다.

"침착해라! 적이 아니다! 아군이다!"

목청 높여 외친 고즈가 병사들을 제지하면서 앞으로 나섰다.

요새 안뜰을 중심으로 파수대 및 외벽을 당당히 횃대로 삼고 있는 비룡 무리. 그 난폭한 분위기가 지배하는 가운데, 용 떼의 중심에는 한 소녀가 서 있었다.

비룡 한 마리의 등에서 천천히 대지로 내려선 소녀, 그녀가 바로──.

　"──마델린 에샬트로군. 이야기는 들었다."

　"……용을 말하나?"

　"용……?"

　순간, 상대가 한 대꾸의 의미를 알지 못한 고즈는 미간에 주름을 잡았다.

　고즈에게 대답한 소녀의 키는 고즈의 절반 정도밖에 되지 않는다. 외모도 어리고 예쁘장하다. 하지만 고즈의 거체를 올려다보는 눈초리에 기죽은 기색은 한 치도 없었다.

　그저 고즈라는 '생물' 을 헤아려 보려는 의도가 느껴질 뿐이다.

　한편, 고즈도 비슷하게 소녀를 품평했다. ──겉모습과 같이 단순히 어린 소녀가 아님은 다수의 비룡을 거느린 모습을 보아도 확신이 들었다.

　이유 없이 비룡에게 사랑받는 소녀라는 것도 아니리라. 그 증거로──.

　"설마 싶지만, 그 뿔…… 혹시 용인인가?"

　"……그래."

　"생존자가 있었단 말인가……!"

　머리에 난 두 개의 검은 뿔. 거기에서 연상되는 사실이 긍정되자 고즈는 놀랐다. 단, 고즈의 놀람은 뒤에서 갸우뚱하는 두 『구신장』에게는 공유되지 않았다.

　대신에 고즈의 놀람을 공유한 것은 비룡 무리를 둘러보던 카프마였다.

"고즈 일장님. 용인이라니……. 사실입니까?"

"적어도 본인의 말로는 그렇군. ……이미 사멸했다는 종족이지만 용인은 지룡과 수룡, 그리고 비룡과 마음을 소통했다고 들었지."

"비룡과 마음을…… 도저히 믿기 어렵군요."

"하나 눈앞의 이 광경을 어떻게 설명하겠나."

말이 막힌 카프마에게 고즈가 턱짓으로 비룡들을 가리켰다.

요새에서 날개를 쉬는 비룡들은 사나운 성질을 억누르며 얌전히 대기 중이다. 비룡을 따르게 하는 『비룡 조련』을 사용해도 마음이 통하는 비룡은 한 명당 한 마리가 한도. 즉, 이토록 많은 비룡들을 이끄는 마델린의 비밀은 『비룡 조련』으로는 설명이 되지 않는다.

그러면 저절로 소녀—— 아니, 마델린 에샬트의 정체는 압축된다.

"벨스테츠 재상은, 어디서 이런 소녀를 찾아냈단 말인가……."

전율을 혀 위에 실으면서 고즈는 벨스테츠의 끝 모를 인맥에 이를 악물었다.

지난 총회의에서 벨스테츠가 밝힌 대로, 마델린에게는 종군 기록이든, 그 핏줄을 보증하는 것이든 아무것도 없었다. 하지만 재야의 재능을 찾아냈다고는 도저히 믿을 수 없다.

용인이란 그만큼 특별한 사연이 있는 존재다. 그렇다면 그녀는 대체 어디에서 부화한 알이라는 말인가——.

"——읏, 고즈 일장님!"

고즈가 사고에 잠긴 순간, 상황이 변화했다.

옆의 카프마가 눈을 부릅뜨며 충롱족 특유의 문신이 새겨진 팔을 앞으로 뻗었다. 팔이 가리키는 방향에 있는 마델린은 등의 가방에서 비익인을 뽑고 있었다.

소녀의 몸에는 지나치게 큰 비익인. 그 날카로운 칼날이 고즈의 굵은 목에 닿았다.

그 자세로 마델린이 고즈의 갑옷과 같은 색의 눈으로 쳐다보며 말했다.

"용을 모욕하지 마라. 너의 그 눈은 용에 대한 모욕이다."

"————."

직전의, 고즈의 눈과 표정으로 그 속마음을 짐작했는지 분노를 띤 목소리였다.

긍지 높은 용인은 결코 업신여기고 얕잡아 보는 짓을 용납하지 않는다. 오욕을 지우기 위해서라면 목숨을 아끼지 않는다. 그 자세야말로 그들의 종이 멸망에 이른 이유다.

물론 용인은 자신이 멸망할 때까지 열 개 이상의 종족을 멸망으로 몰아넣기도 했다. 마델린이 있는 이상, 용인도 멸망하지 않았다고 해야 할까.

단, 그 존망도 이 자리에서 마델린이 어떻게 움직이느냐에 달렸다.

"……멍청한 짓은 관둬라. 아직 소관도 억제할 수 있을 만큼 길이 들지 않았다."

카프마의 차분한 경고에 마델린이 힐끔 자기 목덜미를 내려다 보았다.

소녀의 하얀 목을 카프마의 팔에서 뻗은 녹색 가시넝쿨이 휘감았다. 번데기 상태였을 때에도 뻗어 나오던 가시 달린 넝쿨, 그것이 마델린의 목에 감겨 있다.

이 넝쿨이야말로 카프마가 번데기가 되어서까지 받아들인 새 벌레의 힘인 모양이다. 단, 그 본인도 언급한 대로 떨리는 넝쿨의 제어는 아직 완벽과는 거리가 먼 눈치다.

"크르르——."

더해서 자신들의 공주를 위협받은 비룡들도 곧장 소란스러워지기 시작했다.

요새를 둘러싼 비룡들에게 긴장감이 감돌고 사납게 울기 시작하자, 고즈가 진정시킨 병사들 사이에도 긴장이 퍼지고 당장에라도 무기를 뽑으려는 분위기가 번졌다.

이대로는 마도의 공략은커녕 동지 간에 유혈사태가 벌어질지도 모른다.

그리 되기 전에 상황을 수습해야겠다고 고즈가 염려했을 때였다.

"자자, 여러분, 진정해요. ——고즈 씨가 곤란해하잖아요."

짚신으로 발을 내디딘 인영이 그 한 마디로 요새의 분위기를 휘어잡았다.

유유히 자세를 잡은 기모노 차림의 청년, 세실스의 모습에 조금 전까지와 달라진 점은 없다. 그저 딱 한 곳이 다른 점이 있다면, 그것은 그가 칼자루에 손을 짚고 있다는 점이다.

──단지 그것만으로도 세실스 세그문트는 요새 전체의 분위기를 지배했다.

"──읏."

검객의 걸음걸이에 마델린이 눈을 크게 떴다.

직접적으로 자신의 생명을 위협하는 가시넝쿨보다, 용인의 긍지를 더럽힌 고즈보다, 그저 느긋하게 걸어오는 세실스의 모습에 눈길을 빼앗겨서 그녀는 움직이지 못했다.

그리고 그것은 전개된 가시넝쿨의 공포를 감지한 카프마도, 낮은 울음을 뚝 멈추고 날개를 움츠린 비룡 무리도 마찬가지였다.

충룡족의 젊은 영웅도, 용인의 생존자도, 사나운 하늘의 패자조차도, 천재지변 앞에서는 자기 몸을 지키며 목숨만 건지기를 기도할 수밖에 없다. ──그렇다면 세실스는 천재지변 그 자체다.

『푸른 뇌광(雷光)』이라 불리는, 걸어 다니는 천재지변, 그것이 세실스 세그문트라는 검객이었다.

"뭐, 뭐냐짜, 너……."

"냐짜? 방금, 냐짜라고 그랬어요? 그거, 용인의 사투리인가요?"

"너 같은 게, 있으면 이상하짜!!"

마델린이 비명처럼 카랑카랑한 소리를 지르며 뒤로 크게 물러났다. 하얀 목에서 넝쿨을 떼고 벌레를 체내로 수납한 카프마도 숨을 집어삼키며 세실스를 보고 있다.

두 사람의── 아니, 요새 전체의 시선을 받으며 세실스는 갸우뚱했다.

"으—음, 주목을 모으는 건 싫어하지 않는데, 이거 제가 바란 것하고 좀 방향성이 다른 듯?"

"귀공의 불만은 나중에 내가 개인적으로 듣도록 하지. 다행히 머리는 식은 모양이군."

고즈는 불만이 보이는 세실스의 어깨를 두드려 칭찬하고, 동공이 좁아진 마델린을 쳐다보았다. 그녀는 온몸으로 세실스를 경계하면서 고즈의 시선에 반응했다.

"내 눈이 예의가 없었다면 사과하겠다, 마델린 에샬트."

"……그 괴물을, 용에게 다가오게 하지 마."

"알겠다."

세실스를 노려보는 마델린의 요구에 고즈는 감지덕지라고 고개를 주억였다.

왕왕 문제를 일으키는 세실스지만 이번에는 그의 존재가 좋은 방향으로 작용했다. 전장에서의 활약 말고도 도움이 되어서 고즈로서도 희귀한 체험을 한 기분이다.

"물론 세실스가 있어서 꼬이는 상황도 간간이 있지만……."

"잠깐요, 칭찬할 거라면 끝까지 칭찬합시다, 고즈 씨! 똑바로 칭찬하지 않으면 저도 삐칩니다! 너무 엄격하면 못 써요, 아주…… 어, 아냐?!"

"있기만 해도 민폐……."

도움을 줘 놓고 바로 상쇄하려드는 세실스의 목덜미를 아라키아가 잡고 물러났다. 아라키아의 배려를 받아들인 고즈는 허리에 손을 짚고서 마델린을 바라보았다.

이쪽은 요구를 받아들였다고 시위하듯 주위에다 턱짓했다.

"그러면 비룡들을 진정시켜 주게. 요새 병사들이 무기를 내리지 못한다. 더 이상 아군 간의 쓸데없는 실랑이는 피하고 싶군. 이해해 주겠지?"

"——알겠다."

끄덕인 마델린이 주위의 비룡들에게 눈짓했다.

뭔가 말을 걸거나 신호로 조종하는 것이 아니라, 눈으로 마음이 통하는 형식이다.

그 행위를 당연한 것처럼 해내는 모습에 고즈는 그녀가 진짜 용인임을 쉽게 인정했다. 고즈의 시선에 마델린은 "뭐냐." 하고 눈을 가늘게 떴다.

"용을 향하는, 그 눈은 무례."

"실례했다. 그리고 인사도 아직 하지 않았군. 나는 고즈 랄폰, 이 요새를 거점으로 마도의 공략을 황제 각하로부터 명령받은 지휘관이다."

"……용은 마델린 에샬트."

"그래, 알고 있다. 다른 자에게 관해서는…… 나중에 설명하기로 하지."

모처럼 아라키아가 문제아를 떼어놓은 형편이다. 일부러 세실스의 존재를 다시 끄집어냈다가 마델린의 반감을 살 필요도 없으리라.

힐끔힐끔 세실스를 신경 쓰는 마델린. 그 시선을 가로막듯이 고즈는 위치를 바꾸고 물었다.

"그래서, 왜 도착이 늦었지? 군대라는 것은 많은 장병이 한 생물로 움직이는 것을 목적으로 둔다. 보조를 어지럽히는 요소가 있으면 몸은 기능하지 못하기 마련이다."

"_____."

"손발이나 꼬리, 날개에게 자유를 허용하면 곤란하단 뜻이다. 알아들을 테지?"

말하면서 고즈는 마델린의 전신──용인으로서의 특징이 드러난 검은 뿔 외의 부위, 등에 난 작은 날개를 언급하며 설명했다.

설명은 알아듣기 쉽게 주의했지만, 고즈의 상식도 제국군 내에서 기른 것에 불과하다. 그게 전부는 아니다. 적어도 고즈는 그렇게 생각 중이다. 다만 비룡 무리를 거느린 이상, 마델린도 집단 행동의 중요성은 이해할 수 있을 것이다.

실제로 마델린은 고즈의 설명에 살짝 턱을 당겨 수긍했다.

"음. 알아준다면 좋다. 그러면 다시 묻겠다. 대체 귀공은 무엇을 하고 있었지? 그저 길을 잃었을 뿐이라면……."

"──용은, 마도에 있었다."

"……뭣이?"

지리에 어두워 합류하느라 품이 들었을 뿐이라면 차라리 나았다.

그러나 돌아온 답은 예상을 배신하는 것이었다. 귀를 의심하는 고즈를 쳐다본 마델린은 다시 한번 같은 설명을 반복했다.

"용은, 마도에 있었다. ──그 여자가, 전하라며."

"———."

순간, 고즈는 마델린을 질책해야 할지 대처에 망설였다.

하지만 여기서 우선할 사항은 마델린의 상식을 바로잡는 것이나, 작전 행동을 무시한 독단전횡에 관해서가 아니다. 그녀가 가지고 돌아온 정보의 검토가 최우선이다.

그 여자라는 말에 고즈는 금세 그것이 누구를 말하는지 짐작이 갔다.

따라서——.

"들려주게. 그 암여우 년은, 대체 귀공에게 무슨 말을 전하라 했지?"

"——도망친, 요새 병사의 목숨."

"———."

"도망친 요새 병사, 그 목숨을 모조리 앗기 전까지 그만둘 마음은 없다."

담담히 마델린이 전하는 말에 고즈는 눈을 가늘게 좁히며 입가에 손을 짚었다. 자기 수염의 감촉을 손바닥에 느끼면서 조용히 생각에 잠겼다.

"요새 병사…… 그건 설마, 고즈 일장님!"

"알고 있다. ——무슨 목적으로 이 모반을 시작했는지 의문시하고는 있었지만."

같은 보고를 듣고 카프마가 언성을 높이자 고즈는 나지막이 대답했다.

요새 병사를 몰살하여 황제인 빈센트의 치세를 어지럽힌 요르나 미시구레. 그녀가 무슨 생각으로 모반을 시작하고, 무엇으로 모반을 끝맺을 생각인가.

그 한 자락이, 다름 아닌 마델린의 입에서 나왔지만——.

"——마도에 쳐들어가기 전에, 각하께 의중을 여쭐 필요가 생겼군."

고즈는 씁쓸한 심경으로 멀리 보이는 마도를 노려본 것이었다.

13

"——요새 병사의 목숨이라."

"논외라고 할 수밖에 없겠지요. 그런 요구는 요구라고도 못합니다."

마도의 최전선, 요새에서 날아온 정보를 듣자 제도의 수정궁도 조용히 흔들렸다.

화려함이 없는 집무실, 설치된 책상 앞에 앉은 빈센트는 거울 너머로 보이는 고즈의 근엄한 얼굴에서 눈을 떼고 생각에 빠졌다.

대신 동석해 있던 치샤 골드가 거울을 보고 고즈에게 말을 꺼냈다.

황제의 참모 역할을 맡은 하양 일색의 남자는 자신의 뾰족한 턱을 손으로 매만지면서 말했다.

"강자를 존중하는 것이 제국의 방식……이라고는 해도, 방종하게 모든 무모한 행동이 가능하다 여겨지면 곤란하니 말입니다. 애당초 그 논리로 말하자면……."

「제 소원이 전부 이루어지지 않으면 이상하니 말이죠!」

"───────."

"고즈, 그 어리석은 자를 닥치게 해라. 논의에 방해된다."

침묵한 치샤를 대신해 빈센트가 거울 너머로 지시를 내렸다. 그러자 「예.」 하는 묵직한 대답 뒤에 경박한 목소리가 멀어지는 것을 알 수 있었다.

『대화경(對話鏡)』은 먼 곳과 연락을 취하는 데에 빠트릴 수 없는 『미티어』지만, 유일한 결점이 있다면 기껏 멀리 떼어놓은 바보 멍청이와 이렇게 말을 섞게 되는 점이다.

어쨌든───.

"───요르나 일장의 요구를 한낱 헛소리로 일소에 부치기에는 다소 성급하다 싶습니다."

"호오, 네가 추천한 자가 가져온 정보라고는 해도 미련을 부리는군."

"이 경우, 가져온 자보다 출처 쪽이 중요하겠지요. 물론 추천자로서의 편애가 없다고는 하지 않겠습니다만."

"흥. 가져왔다기보다는 들려 보냈다 쪽이 적절할 테니 말이다."

코웃음 친 빈센트의 날카로운 시선에 주름 깊은 얼굴로 벨스테츠가 머리를 조아렸다.

수정궁의 한 방에는 재상과 참모, 그리고 황제 세 사람이 모여 있다. 대화경 너머로 전달된 정보를 검토하여 마도의 공략진에 다음 방침을 전하기에는 충분한 면면이라 할 수 있으리라.

의제는 물론 마델린 에샬트를 전령으로 이용한 요르나 미시구레의 진의.

"단순한 교란이라 웃어넘기기는 어렵겠다 싶군요. 애초에 마델린 님의 독단전횡이 없었으면 전해질 기회를 놓쳤을 요구란 점을 보아도."

"글쎄요. 전쟁이란 시작한 시점에서 끝낼 방법도 고려해 두기 마련. 좁은 소견이기는 합니다만 모반도 마찬가지이지 않겠습니까? 즉······."

"처음부터 전쟁을 끝낼 타협점으로 제시할 예정이었다, 이 말인가."

셋이서 얼굴을 맞대며 여기서 요르나가 명확한 요구를 들이댄 진의를 추측했다.

물론 생각 없이 닥치는 대로 던지고 봤다는 최악의 답은 항상 존재하지만, 이들 셋은 그 가능성에 무게를 두지 않았다. 무력의 극치로 선발되는 『구신장』이어도, 저마다 의도와 그것을 이루기 위한 계획이 있다는 생각은 일치하고 있다.

예외는 제1위 세실스 세그문트 정도뿐이라는 것도.

문제가 있다면———.

"———왜 요새 병사의 목숨에 집착하지?"

이번 모반의 결정적인 시작이자 끝낼 방법으로서 요구된 요새 장병. 단순히 빈센트나 제도를 자극하려고 산 제물로 선택된 것이 아니다.

그들이어야만 하는 이유가 있다. 그리 추측되는 흐름이다.

"서쪽에 파병한 그루비 검릿은?"

"현지에 봉기의 불씨가 있다고 합니다. 움직일 만한 상황이 아닙니다."

"총회의에 결석한 오르바르트 덩클켄."

"마을에서 돌림병에 대처하고 있다더군요. 본인도 늙었다고 말합니다만, 이 사람보다 스무 살이나 많은데 일하는 상황. 과하게 요구한다고 될 일이 아닐 겁니다."

"요새에서 가장 가까운 곳, 요르나 미시구레가 통치하는 마도 카오스프레임인가."

"예. 제국에서도 소수의 아인족 및 부족이 기꺼이 이주하는 세상 끝의 땅. 그러면서도 문제 같은 문제는 요르나 님 말고는 일으키지 않으니 비정상적인 땅이라 할 수 있겠지요."

"죽은 요새 병사가 삼백, 행방불명자가 십여 명."

"상황이 처참하여 눈뜨고 볼 수 없을 정도라더군요. 한 명도 빠짐없이 공들여 머리를 깨트렸다 합니다. ——각하?"

담담히 사유를 진행하기 위한 정보를 거머쥔 빈센트가 웬일로 장고에 들어갔다.

물론 장고라고 해도 빈센트의 경우에는 십여 초에도 못 미친다. 무슨 일이든 순식간에 최선을 끌어내는 황제의 두뇌에 십여 초를 소비하는 사안이 드물다는 이야기일 뿐.

그리고——.

"——용인의 생존자 같은 것을 용케 찾아냈더군."

기습적인 화제를 던졌음에도 벨스테츠의 표정은 흔들리지 않았다.

백발노인은 "아뇨, 아뇨." 하고 고개를 가로저었다.

"얻기 어려운 인재의 등용과 발굴은 제국의 번영에 빠트릴 수 없는 요소니까요. 이 사람도 각하께 그런 인재를 추천할 수 있어 재상의 역할 중 한 자락은 완수했다고 안도할 뿐입니다."

"흥, 교활한 소리를 하는구나. 하지만 이번에는 짐에게 유용히 쓰도록 하겠다."

"분부대로."

뻔뻔할 만큼 충성스러운 시늉을 하며 벨스테츠가 그 자리에 깊이 허리를 굽혔다. 그 모습을 지켜본 뒤에 빈센트가 "치샤." 하고 자신의 오른팔을 불렀다.

"예. 무엇입니까, 각하."

"현지로 가라. 짐의 바람은 너도 이미 짚어 냈을 테지."

"그것도 과대한 평가라고 할 수 있겠군요. 명료하게 지시를 내려 주시는 편이 이쪽 마음도 쓸데없는 고민을 품지 않고 끝납니다."

"너는 너그러운 표정을 보이면 거기에 편승하지. 열심히 가슴 앓이나 하도록."

진언이 닿지 않자 치샤는 희망이 끊겼다고 과장스럽게 손으로 얼굴을 가렸다. 물론 그런다고 의견을 번복할 빈센트가 아니기에 오른팔의 낙담에 눈길 하나 주지 않았다.

대신에 빈센트는 다시 대화경 쪽으로 의식을 돌렸다.

"들은 대로다. 너희가 할 일은 변함없다. 마도를 공략하여 요르나 미시구레에게 주제넘은 짓을 했다고 가르쳐 주어라."

「예! 알겠습니다! ……그리고, 각하.」

"무어냐."

대화경 너머, 기세등등하게 대답한 고즈의 태도가 얌전해졌다. 그 모습에 눈썹을 찌푸린 빈센트에게 고즈는 두꺼운 가슴을 펴고서 말했다.

「무례한 줄 알고서 시간을 내주십사 청합니다. 카프마 일루쿠스 이장이 각하께서 직접 말씀을 내려 주시길 청하고 있습니다.」

"카프마 일루쿠스 말인가. 상관없다. 거울 앞에 세우도록."

「예, 즉시! 그동안…….」

「네, 네, 네! 각하, 각하! 하나만 물어보고 싶은 게 있는데요!」

고즈와 교체되어 한 번 끌려 나갔던 세실스가 도로 얼굴을 내밀었다.

대화경과의 거리를 잘못 재어 경면에 얼굴을 큼직하게 비춘 볼라키아 최강의 검객은 황제와의 거리감을 말 그대로 무시하는 태도로 말을 던져댔다.

"네 목을 칠 수 있는 자가 있으면 불경을 빌미로 처분을 내렸겠다만."

「또또 할 수도 없는 말씀을 하시기! 그래서 묻고 싶은 것 말인데요, 머잖아 요르나 씨랑 직접 부딪칠 거라 생각하는데, 전하실 사항이 있나요?」

"_____."

「그 왜, 요르나 씨는 각하께서 상관해 주시길 바라고 있잖아요! 이번 생 마지막 기회일지도 모르니, 뒷맛 깔끔하게 칼부림할 수 있는 한마디가 있으면 좋겠다 싶어서.」

일반인의 배려와 다른 차원의 이유로 황제의 말을 받고 싶다고 지껄이는 세실스. 직전의 예의 바른 고즈와의 낙차에 빈센트는 무심코 실소를 흘릴 뻔했다.

물론 흘릴 뻔했을 뿐이지 입술이 느슨해지는 모습은 누구에게도 보이지 않았지만——.

"전할 말이라면 있다. 각골명심하여 전령 역할을 맡아라."

「네네, 맡겨 주시라! 이렇게 사치스러울 수가 없는, 딱 황제 각하의 전령이라는 느낌이네요.」

"꼭 지켜라. 그리고 그것이 끝나면 신속히 원래 역할로 돌아가도록. 너는——."

「——각하의 칼. 물론, 알고 있고말고요.」

평소에는 절망적으로 눈치가 어두운 남자가, 이럴 때만은 눈치가 좋은 것은 머리 구조가 어떻게 되어 먹었는지. 그것을 규명하기에는 공교롭게도 빈센트에게 할 일이 너무 많았다.

참모와 재상, 둘의 시선을 받으며 빈센트는 차분히 말을 골랐다.

전할 말은 짤막하고, 무엇보다 의도를 명확하게, 그 모반자의 자세에 모멸을 담아서——.

"짐의 말을 칼날과 함께 보내어라. 그것이야말로 짐의 칼날에 깃들어야 마땅한 의의다."

14

——결전의 포문이 열리고 뇌광이 전장으로 변한 도시를 가로

질렀다.

많은 아인족이 혼재하여 혼돈 도시라고도 야유를 듣는 마도 카오스프레임.

통일감이 없는 건물이 난립하고 제멋대로 발판 및 건물의 증축이 반복된 시가지는 그야말로 '혼돈'이란 이름에 어울리는 괴이의 덩어리다.

도시의 경관 따위에 한 점 흥미가 없어도 그 뒤죽박죽에는 잠시 눈길을 빼앗긴다. 그러나 그런 주목도 금세 아래에서 달리는 그림자가 시끄러워서 오래 가지 않는다.

"와우, 역시 일등은 기분이 좋단 말이죠! 모처럼 『구신장』끼리 칼을 맞댈 기회, 놓칠 수야 없죠! 앗, 아냐하고 장난치는 건 딴 문제지만요!"

"죽어."

짚신으로 땅을 박차고 매섭게 바람을 가르는 세실스의 헛소리가 도시에 녹아들었다. 아라키아는 그 속도에 따라붙으면서 고운 눈썹을 찌푸리고 대꾸했다.

몹시 느긋한 대화로 들릴지도 모르지만 둘 다 제국의 최고 전력, 이 사이에 두 사람 주위에 일어난 사건은 그 평가를 충분히 충족할 규격 외였다.

"어이쿠, 단역 여러분, 죄송합니다. 진짜 볼 일은 이 앞에 있어서 행간으로 정리할게요!"

일반인은 이해할 수 없는 논리와 함께 펼친 참격이 허공을 달린다.

눈 깜빡임조차 따라잡지 못할 뇌광이 길을 막고자 하는 인영을 잇달아 물어뜯고, 건드리는 사람은커녕 잔광조차 좇지 못한 채 혈풍이 뿌려졌다.

또한 운 좋게 뇌광의 진로를 막아선 이도——.

"비켜."

짤막한 한마디와 함께 쏟아지는 화염탄이 베다 남은 적의를 모조리 태워 버렸다.

그 결과를 낳은 것은 자신의 다리에 불꽃을 두르고 새나 비룡처럼 날갯짓조차 없이 비행하는 『정령 포식자』였다.

세실스와 아라키아, 두 『구신장』이 가는 곳마다 무적인 양 마도의 시가지를 무시무시한 기세로 돌파했다. 단——.

"모처럼 요르나 씨와 다시 싸우는데, 아냐라는 혹이 딸린 게 납득이 안 가네!"

"그거, 내가 할 말."

"고즈 씨의 신용이 없는걸, 우리. 이러다 실수로 요르나 씨가 건너편에 가 버렸으면 뭐 하러 왔는지 진짜로 모른다고요, 정말!"

연계할 의도가 없는 말다툼에 세실스에 맞추는 아라키아가 한숨을 쉬었다.

아라키아가 세실스와 동행한 것은 지휘관인 고즈를 따른 결과다. 솔직히 아라키아에게 전술을 생각할 머리는 없기에 감정론 말고 제기할 이의가 나오지 않았다.

어쨌든 이기기 위한 작전이라면 세실스의 감시도 마지못하게나마 받아들이겠다. 이상적인 소리를 하자면 세실스가 억울해하는 모양새로 승리를 거두면 아주 좋다.

그러기 위해서는 이대로 허탕으로 끝나는 것이 쉽고 빠르지만
——.

"——참 정신머리없이 호들갑을 떠시네요."

도시 정문을 지나 당당히 큰길을 달리던 세실스의 발이 멈추었
다.

목소리를 보낸 장본인은 큰길 한복판에 당당히 서서 응시하
는, 기모노를 입은 요염한 여자였다. ——아라키아는 한눈에 강
적이라고 알아보았다.

"저것이……."

"네, 맞아요. 아냐. ——네네, 안녕하세요! 오랜만이에요, 요
르나 씨!"

다리를 불꽃으로 바꾼 채로 공중에서 자세를 제어하는 아라키
아. 부유하는 그녀 앞으로 나선 세실스가 막아선 여자—— 요르
나 미시구레에게 팔을 크게 흔들었다.

세실스의 팔팔한 인사에 요르나는 손에 든 곰방대를 흔들고 말
했다.

"여전히 목소리 큰 사내군요. 또다시 당신을 보내다니, 어지간
히 각하의 마음에 드셨네요."

"각하가 저를? 아니아니, 그건 아니죠. 아냐. 그분은 누군가가
마음에 드네 마네 하는 척도로 사물을 보지 않아요. 그래서 항상

찌푸린 상! 사서 고생하는 사람의 궁극!"

미간에 손가락을 짚은 세실스가 떠오르는 대로 떠들자 요르나는 눈을 가늘게 떴다.

아라키아에게는 들을 가치 없는 폭언이지만, 요르나는 그 답변을 진지하게 받아들인 표정이었다. 그리고 아라키아 쪽을 힐끔 쳐다보았다.

마치 아라키아의 의견을 청하는 듯한 눈빛이라 약간 난처하다.

"당신은 초면이군요. 저에 대해서는?"

"들었어. 아라키아. 앞으로 잘 부탁해."

"쌀쌀맞지만 그래도 인사성이 좋네요. 정중한 인사 고맙습니다."

요르나가 팔을 휘둘러 키모노 소매를 말더니 살며시 무릎을 굽혀 인사했다. 예의 바른 인사에는 정중한 대접을. 그런 후에 그녀는 "그래서." 하고 말을 이었다.

"그, 앞서 얼굴을 보였던 용인 소녀, 전언은 드리던가요?"

"전언……."

"아아, 네네, 들었습니다! 마델린 씨가 해 준 얘기 말이죠. 고즈 씨가 각하에게 똑바로 여쭈어 봤고말고요!"

세실스가 가슴을 턱 두드리고 요르나의 물음에 힘차게 대답했다. 그 답변에 눈썹이 떨리는 요르나의 시선에 자그마한 감정의 열기가 스쳤다.

아라키아의 눈에는 기대의 편린처럼 보였다.

그렇다면 요르나는 실망할 것이다.

왜냐하면——.

"각하의 답변은?"

"요새 병사 분들의 목숨 말이었죠. 어흠. ——고려할 필요도 없다. 멍청한 희망의 대가는 자신의 피로 갚아라. 라고 합니다. 닮았나요?"

헛기침을 한 번 섞으며 황제인 빈센트 흉내를 내는 세실스. 두려움을 모른다 함은 이를 두고 하는 말이지만, 연기가 전혀 닮지 않았다. 닮을 생각이 있는지부터 의심스럽다.

그 폭거에 아라키아는 기가 막혔고, 희망을 끊긴 요르나는 작은 한숨을 쉬었다.

"그럼, 제 대답은 단순명쾌……. 피로 갚기로 하지요. 제가 사랑하는 이가 흘린 피, 그 천 배의 피로써."

"어라, 화나게 해 버렸네요. 아냐, 제 탓 같아요?"

"웬만한 일은, 다 각하와 세실스 탓."

공기가 펄펄 달아오르는 감각을 맛보면서 아라키아는 손에 든 홀쭉한 나뭇가지를 꽉 움켜쥐었다.

고요한 전의의 고조. 요르나가 느릿느릿 고개를 젓는 모습에 세실스는 "골치 아프네." 하고 의뭉스럽게 말하며 서슬 퍼런 카타나를 뽑았다.

"뭐, 원래부터 싸워 볼 생각이었고, 수고를 덜었다 여기죠! 그러면 상대하겠습니다, 요르나 씨! ——『푸른 뇌광』, 세실스 세그문트."

"——『정령 포식자』, 아라키아."

앞으로 몸을 기울인 세실스와 다리에 두른 불꽃의 기세를 더하는 아라키아.

두 사람의 전의를 정면으로 받는 요르나는 티끌만 한 두려움도 드러내지 않으며 웃었다.

"——『극채색』 요르나 미시구레. 열심히, 화려하게 대접을 받아주시어요?"

15

도시 중앙에서 들리는 검극의 소음이 요란하다. 그 소리에 고즈는 본격적으로 시작되었음을 알았다.

역시 요르나는 정문 쪽으로 향했을까. 합당한 판단에 놀랄 여지는 없다. 물론 고즈 쪽으로 왔다 해도 『구신장』 중 하나로서 전력으로 요격할 뿐이지만.

"세실스와 아라키아 일장이 요르나 미시구레와 충돌한 모양이군."

"음, 정말입니까? 어떻게 그 사실을……."

"귀를 곤두세우면 알 거다. 검극 소리가 들린다."

고즈의 말에 옆에서 나란히 달리던 카프마가 흠칫 눈을 크게 떴다. 그는 귀에 손을 대고 고즈의 말대로 귀를 곤두세웠지만.

"들렸단 말입니까? 이 난전 중에."

"소리에도 여러모로 특징이 있다. 이래 봬도 나는 악기에 교양이 있어서 말이지."

어울리지 않는다는 말은 곧잘 듣지만 고즈는 음악을 좋아했다. 듣는 것도 연주하는 것도, 양쪽 모두 환영한다. 아내와 알게 된 것도 연주회가 계기였다.

음악은 고즈의 인생을 풍요롭게 해 준다. 따라서 전장에서도 소리는 고즈를 도와주었다.

남들 이상으로 소리를 분간할 수 있는 귀를 갖고 태어난 것은 고즈의 몇 없는 보물이라 할 수 있다.

"그런데 듣던 것 이상으로 까다로운 도시군."

"네, 소관도 동감합니다."

대화를 나누는 고즈와 카프마를 선두로 제국병이 마도 안을 나아간다. 뒷문으로 돌입한 그들을 맞이한 카오스프레임은 그 기기괴괴한 도시 구조로 침입자를 현혹시켰다.

아마도 만든 이에게는 적을 방해할 의도가 일절 없을 것이다. 그저 각자가 잡다한 발상과 그날 기분 따라 이어 붙여 만든 시가지일 뿐.

그리고 그런 혼돈이 휘몰아치는 도시에 사는 이들 또한 혼돈에 어울리는 주민들이다.

"오오오오──!!"

무장다운 무장도 없는 마도 주민이 포효와 함께 돌진한다.

어떤 방어구도 착용하지 않은 채 기세와 사기만은 정규병에 떨어지지 않는 박력을 띤 사람들. 그들을 한낱 무모한 이들이 아니라 확고한 힘으로 지탱하고 있는 것이──.

"──요르나 일장이 다루는 비술."

"술식의 자세한 내용은 모르겠지만 마도 주민은 누구나 심상치 않은 힘을 가지지. 따라서."

말을 끊은 고즈가 턱짓한 방향에 무장한 병사 집단이 주민의 돌격을 정면으로 받아냈다. ──아니, 받아내려고 했다.

"우와아아아아──?!"

다음 순간, 한쪽 눈에 붉은 불꽃이 켜진 마도 주민이 대형 방패를 든 다섯 명의 병사들을 날려 버렸다. 그 뒤의 후속 집단도 남자의 돌진을 막지 못한다.

그리고 그런 광경이 도시를 공격하는 진용 곳곳에서 전개되고 있었다.

"저것이, 마도를 난공불락으로 만든 원인……!"

"그래, 맞다. 다소 개인차는 있지만 카오스프레임의 주민은 전원이 병사 열 명 몫의 역량이 있다고 여겨라. 따라서 나와 카프마 이장, 귀공의 힘이 필요하지."

"_____."

어금니를 꽉 깨문 카프마가 문신이 새겨진 팔을 두려운 듯 쓰다듬었다. 그 몸짓에서 막연한 불안을 잡아낸 고즈는 "두렵나?" 하고 물었다.

그 말에 카프마는 퍼뜩 고개를 들고 대답했다.

"두려움 따위는 없습니다!"

"하나 그렇다면 귀공은 왜 각하께 자신이 구신장에 부적격하다고 상신했지?"

"그건……."

말을 끊은 카프마의 고지식한 얼굴이 찌푸려졌다.

전투의 막이 오르기 전, 대화경 너머로 직접 빈센트와 대화를 나눈 카프마는 고즈로부터 추천받은 『구신장』 승격 타진을 거절했다.

물론 추천자로서 체면에 먹칠을 당한 감각은 있다. 그러나 고즈가 카프마에게 요구하는 것은 사죄가 아니다. 그것은 카프마도 이해하고 있었다.

원하는 것은 사죄의 말이 아니라 그렇게 결단하기에 이른 카프마의 진의다.

"그것이 각하의…… 나아가서는 볼라키아 제국을 위함이라고 생각했을 뿐. 유사시에, 기능 부전을 일으키는 『장』으로는 각하의 어심에 따르기는 어렵다 싶었습니다."

"──그러면, 이보다 더 위를 뜻할 생각은 없다고?"

"아뇨, 그것은 지금의, 한심한 소관일 때의 얘기입니다."

늠름한 눈에 빛이 서린 카프마가 고즈의 얼굴을 직시하고 말했다.

영예로운 『구신장』의 지위에 오르는 것을 고사해 고즈 랄폰이라는 남자의 체면에 먹칠을 한, 정도를 걷는 이장 카프마 일루쿠스의 각오다.

그것을 인정하지 않으면 일장 지위에 임명된 고즈의 체면은 그때 진정으로 망가진다.

"카프마 이장, 귀공은 무엇을 위해 싸우지?"

"──망설임 없이, 신성 볼라키아 제국과 이를 다스리는 황제

각하를 위해!"

당당한 카프마의 선언에 고즈는 "후하하하하!" 하고 웃었다.

"그렇다면 가슴을 펴라, 카프마 이장. ──본인도 주위도 납득할 무훈을 세워야 귀공을 제9위에 추천한 내 면목도 서기 마련이다!"

"예! 기필코!"

그렇게 대답한 카프마의 등에 투명한 날개가 돋고 그의 호리호리한 몸이 드높은 하늘로 날아올랐다.

그 모습을 스쳐 보며 고즈도 자신의 무기── 황금의 망치창을 들고 전장에 당당히 들어섰다. 거칠게 날뛰며 황제 각하의 위광을 보이고자, 대음량을 연주하리라.

나머지는──.

"──부디 각하의 뜻대로. 결말이 어떻게 되든 그것이 각하의 의사라면 우리 장병은 목숨을 걸고 따를 뿐."

16

슬금슬금 타들어 가는 전쟁의 냄새에 마델린 에샬트는 콧방귀를 뀌었다.

멀리 보이는 마도에서 열린 전투. 대량의 피가 흐르고 생명이 허무하게 스러진다.

그러나 드문 일은 아니다. 목숨은 어디에서나 사라지는 것이며 피는 어디든 흐르는 것이다. 마델린이 남은 요새도 매한가지다.

"_____."

지독하게 농밀한 피비린내가 감도는 요새였다.

장렬한 공격을 받았는지 요새 건물 자체도 반쯤 붕괴한 상태다. 모인 병사들이 출진했고 남은 병사들도 최저 인원. 아마도 이 건물은 방기될 것이다.

차라리 화풀이 삼아 납작하게 뭉개 버릴까 하는 생각도 고개를 쳐들었지만.

"바보 같은 짓을 하는 게 아니짜. 용은 더 당당한 존재이짜."

자기 자신을 타이르며 감정적이 될 뻔한 마음을 가라앉혔다.

감정에 맡겨 날뛰거나 누군가를 깨물고 씹는 짓은 하면 안 된다. 나쁜 짓이라는 뜻이 아니라 인간들 세상에서는 환영받지 못하는 짓이라 들었다.

딱히 인간에게 알랑거릴 생각은 없지만, 수효만은 많은 녀석들에게 적대감을 사면 성가시다.

그리고——.

"……그런 인간이 있다는 말은, 못 들었짜."

그렇게 중얼거린 마델린의 뇌리에, 허리에 카타나를 찬 파란 머리 남자가 떠올랐다.

표표한 태도와 웃음이 끊이지 않는 인물이었지만, 마델린은 그 남자가 상궤를 벗어난 괴물임을 한눈에 알 수 있었다. 그 경박함도 틀림없이 의태다.

그것은, 용인의 후예인 마델린이 맛보아서는 안 될 어두운 감정이었다.

용이란 항상 강대하고 웅혼, 온갖 생물의 정점에 군림해야만 한다. 그럼에도 불구하고 그런 인간 하나에게 기가 죽다니.

"용이 아직 작은 탓이짜."

자기 손을 가만히 내려다보는 마델린의 중얼거림에 분한 마음이 끼었다.

용인의 본래 힘을 발휘하면 끽해야 인간 하나를 두려워할 필요는 없다. 그러나 마델린은 아직 어리고 용인으로서 미숙하다. 그 탓에 종족의 명예를 더럽혔다.

그 굴욕을 풀기 위해서라도 언젠가는 그 칼잡이와 맞상대해야
━━.

"━━아하, 과연. 확실히 한눈에 알아볼 모습. 등에 날개까지 나 있다니 감탄스럽군요."

"뀨우."

생각에 잠기면서 요새의 무너진 벽에 기댄 마델린의 어깨가 펄떡거렸다. 그 표정이 험악해진 것은 뒤에서 말을 건넨 상대 때문에 불쾌한 소리를 냈기 때문이다.

무례하게 날개까지 건드리는 손길에 마델린은 자신보다 꽤 키가 큰 남자를 노려보았다.

"용의 날개를 함부로 품평하나? 인간 나부랭이가 기어오르지 마라."

"이건 또 참, 크게 실례를 범했으니 사죄드리겠습니다. 이쪽의 속된 호기심이 살짝 고개를 쳐든 바람에."

새하얀 인상이 두드러지는 남자가 인사하듯 고개를 꾸벅 숙이

고 마델린에게 대답했다.

  새하얗다기보다 하얀 곳밖에 없다고 해야 할 기이한 모습이다. 머리카락도 하얗거니와 얼굴도 하얗다. 옷도 신발도 모든 부분이 하얘서, 마치 자신의 '색'을 일부러 버린 것 같은 풍모.

  금빛으로 번쩍이는 갑옷을 입은 남자에게는 한눈에 알아볼 것이라 들었지만, 과연, 확실히 한눈에 알 만한 외모다. 틀림없이 이 남자야말로 마델린이 요새에서 합류하고자 기다리던 상대일 것이다.

  "_____."

  동공을 좁힌 마델린은 남자의 태연한 태도에 짜증을 느꼈다.

  또다시 마델린 상대로 흔들리지 않는 담력을 가진 자가 나타났다. 그 번쩍이는 돌성의 여주인도, 요새에서 만난 황금 갑옷을 입은 남자, 숲 냄새 나는 남자 및 알몸 여자 같은 이들도 똑같았다.

  그 괴상한 칼잡이 남자를 빼더라도 못마땅한 상대가 득실거린다.

  그자들을 용사라고 칭송하는 용도 있을 것이다. 그러나 마델린은 그렇게까지 노회하지 못하다. 용은 경외를 받아야 할 존재라 믿고 있다.

  따라서──.

  "너, 거기 쭈그려."

  "……쭈그리라니, 기묘한 말씀을. 왜 이쪽이 그런 짓을 해야지요?"

  "잔말 말고 쭈그려. 용이 하는 말을 못 듣겠나."

마델린은 흙이 드러난 지면을 손가락으로 가리키고 강경하게 명령했다.

그 명령에 남자는 순간 망설였다가 순순히 그 자리에 한쪽 무릎을 꿇고 쭈그려 앉았다. 그러고서야 비로소 내려다보는 시선이 없어진 상대에게 마델린은 팔짱을 끼고 으스댔다.

"용을 내려다보며 말하지 마라. 너도 다른 녀석들도, 용의 위대함을 모르고 있어."

"——참고로, 다른 분들이라 말씀하시면?"

"이 요새에 있던 녀석들이다. 금빛 번쩍이는 갑옷을 입은 남자나, 알몸 여자. 그리고 그 칼잡이."

"말로만 들어도 눈에 선한 인물들입니다만, 이쪽이 그 사람들 뒤치다꺼리를 하는 것은 그거야말로 별의 운행을 원망하고 싶은 바로군요. ——물론."

"——?"

거기서 남자가 말을 끊고 뜸을 들이자 마델린은 눈썹을 모았다. 그러자 남자는 무릎 꿇은 채로 마델린을 올려다보고, 그 하얀 얼굴 속에서 유일하게 색을 띤 노란 눈동자를 일렁거렸다.

"어떻게 된 일인지, 뒤치다꺼리를 하고 다니는 것이 이쪽이 할 일인 모양이라서 말입니다. 그쪽의 분노도, 어쩌면 이쪽이 상대할 문제가 아닐지 어리석으나마 추측해 봅니다."

"————."

곧게 마델린의 눈을 들여다보는 남자의 마음은 전혀 무릎을 꿇지 않았다. 그 사실을 안 마델린은 물리적으로 내려다보는 행위가 무의미함을 깨달았다.

용과 다르게 인간은 거짓말쟁이다. ──진심으로 신종하지 않아도 태연히 상대에게 무릎을 꿇는다.

"……그만 됐어. 일어서."

"호오. 벌써 성에 차셨습니까."

"쭈그리게 해도 의미가 없다고 알았다. 용의 위대함은 앞으로 가르쳐 주겠어."

"그래 주시면 실로 고맙지요. 아, 소개가 늦었습니다."

마델린의 허가를 얻어 일어선 남자가 무릎을 털고 다시 묵례했다. 그 몸짓조차도 아니꼽지만 예의를 차리는 태도에 꼬투리를 잡는 짓은 긍지가 거부했다.

남자가 수상쩍은 웃음과 함께 마델린을 내려다보며 이름을 밝혔다.

"이쪽은 치샤 골드라고 합니다. 총명하고도 오만불손한 황제 각하의 명령을 받아 이렇게 먼 곳까지 직접 찾아왔지요. 모쪼록 잘 부탁드리겠습니다."

"알았다. 용은 이름 밝히지 않겠다."

"모르는 사이라면 곤란하겠지만 언질은 들었습니다, 마델린 님. ──자, 그러면 어디부터 시작하기로 할까요. 시간은 썩 많이 남지 않은 듯한데."

주변을 두리번두리번 살피는 하얀 남자── 치샤가 유들유들하게 물었다.

그 말에 마델린은 코웃음 치고, 바로 그 코를 손가락으로 가리

컸다. 구태여 전장에서 마델린을 떼어놓은 이유가 거기에 있다.

따라서——.

"이 용의 코를 이용해라. 너희와는 수준이 다르단 사실을 가르쳐 주마."

마델린은 날카로운 송곳니를 보이면서 용인의 긍지에 따라 단언했다.

17

「요새 병사의 씨를 말리기 전까지 그만두지 않겠다는 소리다. 세실스 놈에게는 피로 갚으라고 대답하도록 전했지만, 너는 해야 할 일을 알 테지.」

그 말과 함께 현지에 날아가라고 명령받은 것은 신뢰의 증표라고 해야 할까. 아니면 거역할 수 없는 권력자의 부당한 압력이라고 한탄해야 할까. 판단하기 난처하다.

이 일을 누군가에게 상담하려 해도 상담할 만한 상사가 없는 지위까지 출세했다. 바란 것은 아닌 입장인 만큼 참으로 갑갑한 심경이었다.

어쨌든 주어진 지위에는 책임이 있다. 필요한 업무는 완수해야 한다.

적어도 치샤 골드라는 인간의 직업 윤리란 그런 것이었다.

"그래도 다소 모양새가 흉하긴 하군요."

"——? 용에게 무슨 말 했나?"

"아뇨, 혼잣말했을 뿐입니다. 이쪽은 신경 쓰지 마시길."

치샤가 좁은 어깨를 으쓱하며 대답하자 마델린은 "그러냐."하고 쌀쌀맞게 대꾸했다. 이어서 그녀는 땅바닥에 손을 짚고 코를 쿵쿵대며 냄새 추적을 재개했다.

일에 열심인 그 자세는 많은 『구신장』더러 본받으라고 하고 싶은 모습이었다. 하지만 치샤는 순수하게 외부에서 보는 모습은 최악이라 할 수밖에 없다고 생각했다. 여하튼 어린 모습의 마델린이 땅바닥 냄새를 맡게 하고, 기어 다니는 소녀 뒤를 치샤가 따라가는 형국이다.

용인은 자존심이 강해서 긍지를 더럽힌 상대에게 자비가 없다.

첫 인상은 그런 풍문에 어긋나지 않았지만, 여기에 와서 단숨에 이야기가 달라졌다.

마델린은 뿔과 날개를 신기하다는 양 보는 시선에도 기분이 상했는데, 정작 땅바닥을 기어 다니는 모습을 보여도 딱히 긍지에 상처가 나지 않는 눈치다.

그런 점이 용인과 인간의 감성 차이라고 할 수 있을 것이다. 덕분에 이 수색 활동도 치샤만 체면을 신경 쓰지 않으면 막힘없이 진행 중이라 할 수 있다.

"그루비가 있으면 그 체면도 잊을 수 있겠습니다만…… 각하도 철두철미하게 성미가 고약하시군요. 설마 이것 때문에 의도한 원정이지는 않겠습니다만."

『구신장』중 하나이며, 하이에나를 본뜬 엽견인족(鬣犬人族)

인 그루비 검릿의 후각은 같은 수인계 아인 중에서도 남다르다. 그의 코에 걸리면 제국 구석에서 구석까지 달아나도 따라잡힐 것이라는, 웃지 못할 농담이 유포될 정도다.

그리고 치샤는 그 말이 의외로 농담으로 그치지 않는단 사실을 알고 있다.

"이쪽과 각하의 바꿔치기도, 10할 전부를 투입하지 않으면 간파되고 말이지요."

유사시에 빈센트의 대역을 맡는 입장인 치샤가 보자면, 그루비의 후각은 완벽한 바꿔치기를 위한 결정적인 지표가 된다.

역시나 치샤 및 세실스처럼 처음부터 기물로 삼았던 인재를 제외하면 제일 먼저 빈센트가 『구신장』에 넣겠다고 지명한 인재답다.

그런 그루비의 대역을 맡을 수 있을지, 치샤는 마델린의 능력에 살짝 회의적이다. 단순히 용인이라는 희소성만으로는 『구신장』의 역할을 맡을 수 없다는 의견이다.

──현재, 치샤와 마델린 두 사람이 추적하는 상대는 요르나 미시구레의 습격을 당해 괴멸 상태에 빠진 요새의 생존자다.

단, 찾는 것은 요새의 괴멸을 보고한 제3자가 아니라, 진정으로 참상에서 몸을 피했다고 추측되는 행방불명된 십여 명──. 지옥에서 생환한 자들이었다.

"요새는 전멸, 삼백에 이르던 병사들은 몰살당했다는 보고. 그러나."

군사용어로서 '전멸'과 일반적인 의미의 전멸 사이에는 인식 차이가 존재한다.

군대에서 '전멸'이란 그 이상의 전투 행위를 속행하기 어려운 상태를 이른다. 그 정의는 각국마다 다르지만 볼라키아 제국에서는 백 명 중 구십 명이나 죽으면 전멸이라 할 수 있다.

즉——.

"열 명은 살아남았다. 너와, 지상에서 가장 높은 남자는 그렇게 생각하고 있지."

코를 실룩이며 냄새를 쫓는 마델린이 치샤의 고찰 끝부분을 가로챘다. 그녀의 말에 치샤는 "그렇군요." 하고 턱에 손가락을 짚었다.

"요새의 참상과 상대가 요르나 일장이란 점을 고려하면, 더 적어질 거라 내다보고 있습니다만, 누군가는 남아 있으리라 봅니다. 그리고……."

"그리고?"

"요르나 일장은 저래 봬도 의외로 마지막 일격에 자비를 두는 버릇이 있지요. 여하튼 마델린 님에게 전언을 맡기고 내쫓을 정도니까 말입니다."

"따, 딱히 내쫓긴 것은 아니짜!"

"짜?"

거품을 문 마델린의 어조 변화에 치샤는 갸웃했다. 하지만 마델린은 바로 표정을 다잡고는 입 속의 날카로운 송곳니를 드러내며 말했다.

"쓸데없는 탐색은 하지 마라짜. ……하지 마라. 용의 비늘 뒤를 엿보는 짓, 제 수명만 줄일 뿐이다."

"그건 또 참, 충고는 가슴에 새겨 두겠습니다. ……그 충고의 의미를 잘 알고서 하는 말인데, 잠시 질문을 드려도 될지?"

"————."

앞으로 고개를 획 돌리고 네 발로 기는 수색을 재개하는 마델린. 말로 거부하지 않은 것을 빌미로 치샤는 "자, 그럼." 하고 생각에 잠겼다.

벨스테츠로부터 『구신장』에 추천된 마델린 에샬트. 용인인 특이성과 함께 그녀가 벨스테츠와 교류한 경위는 불명이다.

애당초——.

"마델린 님은 어떤 경위로 이번 역할을 맡으셨는지?"

"……늙은이의 부탁을 들었다. 그 부탁을 받아들이면 용의 아군이 되겠다 해서."

"아군이라. 벨스테츠 재상이 말입니까?"

"그런 이름이었나? 지상에서 두 번째로 높은 남자라면, 맞다."

황제를 지상에서 제일 높은 남자라고 지칭한다면, 제국 재상이 두 번째로 높은 남자라는 말은 적어도 볼라키아 제국 내에서는 틀린 생각이라 할 수 없다.

군무에서는 재상과 비견되는 권력이 있는 『구신장』도, 제1위 자리에 있는 것이 세실스여서야 권세를 썩히고나 있는 셈이다.

하물며 세실스가 제국에서 두 번째 높은 사람이라고는 아무도 생각하지 않는다.

「네? 제가 높은 사람? 그러지 마세요, 치샤. 높으니 낮으니 그런 직함에 제가 구애될 거라 생각해요? 일장이란 입장도 강하면 저절로 손에 들어오니 받았을 뿐이고, 애초에 높은 사람이란 주역하고 안 맞는다고요. 오히려 베이는 배역 같지!」

본인의 대답이 명료하게 머릿속에 그려지고 말았다.

10년 동안 알고 지낸 사이쯤 되니 역시 필요 이상의 재현도였다고 진저리가 난다.

"하지만 늙은이 말이 맞았다."

그런 치샤의 속내를 아랑곳하지 않으며 뜬금없이 마델린이 중얼거렸다.

그 말에 치샤가 눈썹을 세우자, 마델린은 앞을 보는 채로 코를 실룩거렸다.

"용의 피는 희귀하다. 지상에서 만난 자들은 용을 신기하게 볼 거라 그랬지. 이것저것 알아보려 물어보겠지만 화를 내며 머리를 깨물지 말라고 들었다."

"과연. 이쪽도 머리가 깨물리는 사태는 사양하고 싶군요."

"너도 아직 용에게 묻고 싶은 것이 있나?"

"흠, 글쎄요."

마델린은 벨스테츠의 훈수와 그의 충고가 있었음을 밝힌 이상, 질의에 더 이상 응할 생각은 없다고 치샤에게 선긋기를 요구하고 있다.

치샤로서도 빈센트에게 특별히 그녀를 탐색하란 명령을 받은 것이 아니다.

따라서 여기서 질문 기회를 포기해도 전혀 상관이 없다.

그러나——.

"예, 여쭙고 싶은 것은 아직 남았습니다. 이쪽은 이래 봬도 의외로 잔걱정이 많아서, 작은 심장이 안심할 수 있게 지식은 최대한 많이 갖고 싶군요."

"교활한 소리를 하는군. 시시한 질문으로 용을 번거롭게 하지 마라."

"그거야 물론.——당신의 출신, 받은 교육, 가족 구성, 신념, 애독서, 전투법, 용인의 생태, 용인의 마을, 좋아하는 것, 싫어하는 것, 정의, 혐오, 하루의 식사 횟수, 수면 시간, 좋아하는 음식, 잘 쓰는 팔, 잘 쓰는 눈, 주행성인가 야행성인가, 그 밖에도 여러 가지로 다수."

"————."

"하지만 그중에서 굳이 가장 묻고 싶은 것을 고른다면……."

치샤가 알고 싶은 정보를 술술 읊어 대자 발을 멈춘 마델린이 이상자를 보는 눈으로 쳐다보았다. 그것도 꽤 섭섭하지만 당연한 반응이라고도 생각하면서, 뒷말을 이었다.

또렷하게 금빛 눈에 혐오가 서린 마델린을 향해서——.

"——당신의 성함은, 어느 분이 지은 것입니까."

"……뭐?"

"성함 말입니다. 마델린 에샬트, 당신의 성함."

그것이 어지간히 예상 밖이었는지 마델린의 눈이 곤혹감과 놀람으로 크게 흔들렸다.

겉모습대로 앳된 반응이다. 벨스테츠는 그녀가 주위를 싫어하게 해서, 무지하게 있도록 해서 본색이 드러나는 상황을 막을 의도일 것이다.

실제로 치샤도 얻기 어려운 정보를 얻을 거라고는 생각하지 않는다.

다만——.

"멸망했다는 용인은, 용(龍)과 같이 생활했다는 구전도 있을 정도라서. 용이라면 말을 이해하는 이도 있다고 들었습니다. 혹시 마델린 님의 성함도 용에게 받은 것이 아닐지, 이쪽은 그리 억측하는데……."

"——아니짜."

"음."

"용의 이름은, 용의 가족에게 받은 것이짜."

마델린이 작은 손을 가슴에 꼬옥 붙여 숨기듯이 대답했다.

그 말의 부드러운 어감과 깨지는 물건을 다루는 것만 같은 섬세함에 눈을 가늘게 뜬 치샤는 그 말이 거짓이 아니라고 쉽게 믿었다. 예상이지만 그녀는 애초에 거짓말을 하지 않는다.

거짓말이란 약자의 무기. 강자에게 대항하기 위한, 보이지 않는 발톱과 이빨이다.

눈에 보이는 발톱과 이빨을 가진 강자, 용인의 후예인 그녀가 거짓말을 할 이유는 어디에도 없다.

"——————."

그렇게 생각하는 반면, 마델린의 이름은 몰라도 에샬트라는 성 쪽을 파헤치면 모종의 수확이 있겠거니 냉정하게 생각하는 자기 자신에게 치샤는 염증이 일었다.

다만 마델린이 머리에 그린 '가족'이라는 것이, 그녀에게 정말로 둘도 없는 존재라는 짐작은 그 목소리와 표정만 봐도 느껴졌다.

그 점 하나에 관해서 인간과 용인 사이에 차이는 없다. ──아니.

"──그래서, 용은 지상에 왔짜."

조용히 이어진 한마디는 결코 다른 이가 들어설 수 없는 싸늘한 열기를 띠고 있었다.

그 말을 듣고서 치샤는 새삼 인간도 용인도 차이는 없다고 결론 내렸다.

어떤 피가 흐르고 어떤 식의 삶을 살았든, '복수자'의 자세는 모두 똑같다.

──마델린의 눈에 서린 씻지 못할 증오가 치샤에게 그 사실을 깨우쳤듯이.

"……도착했다."

치샤가 결론을 내린 순간, 네발로 기던 마델린이 몸을 일으켰다. 손을 마주쳐 흙을 턴 그녀가 턱짓한 곳은 나무들이 우거진 산속으로 이어지는 산길 입구였다.

대충 주위를 둘러봐도 사람 사는 곳에서 떨어진 편리성이 낮은 지역이었다.

"요새에서 맡은 인간과 피 냄새가 섞여 있다. 찾고 있는 상대는 여기 있어."

"흠, 과연. 그런데 산 속이라니 꽤 애를 먹겠습니다. 이쪽은 하반신이 영 부실해서요."

"그런 건 용이 알 바가 아니다. 그럼 포기하겠나?"

"아뇨, 아뇨. 다만 황폐한 흙과 나무들, 누구에게도 필요하지 않은 산 같으니…… 마델린 님이 안에 있는 목표를 끌어내 주시면 매우 도움이 되겠습니다."

"——끌어낸다."

찾는 대상이 산속에 숨으면 물량 공세로 뒤져야 할 것이다.

공교롭게도 이번 치샤의 임무에 마델린 이외의 협력자는 없다. 가혹한 노동 환경을 한탄하고 싶기도 하지만 인원 대다수는 마도 공략에 할애했으니 무리한 요구도 할 수 없다.

그리되면, 치샤도 없는 머리를 필사적으로 굴려서 최선의 수를 써야 하리라.

유일한 협력자인 마델린의 뛰어난 오감으로 찾는 대상이 잠복한 장소를 밝혀냈다. 나머지는 그녀가 지닌 우위성으로 찾는 대상을 숲에서 끌어내는 것이 쉽고 빠르다.

그런 치샤의 요청에——.

"——용의 방식은, 거칠다고?"

금빛 눈을 형형히 빛내며 치샤를 돌아본 소녀의 입이 반달을 그렸다.

그 즉시, 소녀의 웃음에 이끌린 듯 상공에서 웅대한 날갯짓 소리가 들렸다. 그것도 여럿이 겹쳐서. 그 바람 가르는 소리는 치샤에게 소문 이상의 광경을 선사했다.

도합 서른 이상의 무리를 지은 비룡들이 마델린 주위에 내려섰다.

　"용의 사냥은 사납다. 나중에 토 달지 마라."

　마델린은 옆에 내려선 비룡의 목을 어루만지면서 치샤에게 못을 박았다. 용인의 견제에 치샤도 "예." 하고 끄덕였다.

　그리고 한 발짝, 마델린 옆으로 걷고서 숲 쪽을 돌아보았다.

　"요새 병사가 어디까지 파악했는지 확실하진 않지만, 요르나 일장으로부터 몸을 피해 숲에 숨은 이들은 무관하다고는 할 수 없겠지요. 그러니."

　"――?"

　거기서 치샤는 말을 끊으며 눈을 감았다. 그리고 크게 숨을 들이마시더니――.

　"――산 속에 숨은 제국병!! 그대들에게도 검랑 중 하나라는 긍지가 있다면, 이 자리로 나와 해명하라!!"

　"――――."

　공기가 찌르르 떨리는 치샤의 고성이 산 저편까지 멀리 울렸다.

　이것은 자비나 관용이 아니며 필요한 의식이다. 해명할 기회를 주는 것은 병사들에게 최소한의 변명을, 자신의 명예를 지킬 기회를 마련해 주기 위한 것.

　정말 그런 기회를 준비해 주어야 하는가. 치샤 머릿속의 저울은 한쪽으로 기울지 않는다. 다만 그 요새에서 무슨 일이 일어나고 무엇이 요르나의 모반으로 이어졌는지, 치샤의 머릿속에는 추측이 있다.

그 추측이 맞는다면, 치샤는 저들에게 자비 따위 필요 없다고 생각 중이다.

"마델린 님, 일각만 기다려 보지요. 그러고도 움직임이 없으면, 뒤처리는 마델린 님에게 맡기겠습니다."

산간에 메아리치는 자기 목소리를 들으며 치샤는 가까운 나무 그늘에 앉았다. 마델린은 그런 치샤의 모습을 보며 조용히 숨을 내뱉었다.

"인간은 답답하게 사는구나. ……한 가지만 물어보지."

"뭐든지."

"……일각이란 게, 뭐냐."

눈썹을 찌푸린 마델린의 의문, 내려선 비룡들도 일제히 고개를 갸웃거렸다.

치샤는 비룡을 거느린 소녀의 통솔력을 확인했음에도, 비정하리만큼 벨스테츠가 강요한 무지(無知)에 미간을 주물렀다.

일각. 그 단어를 마델린에게 가르치는 데에는 그야말로 일각도 걸리지 않는다.

그리고 딱 일각 뒤에 비겁자가 숨은 산에 비룡 무리가 습격한다. 그때 저자들은 맛보게 되리라. 비룡의 사나움과 용인의 두려움을.

──궁지를 꺾은 자들에게 철혈의 규정은 결코 용서가 없다는 사실을.

18

탄력적인 팔이 휘둘러지며 하얀 손가락이 허공을 할퀸다.
무용처럼 세련된 움직임이 꿈이나 환상 같은 예사롭지 않은 현
상을 일으킨다.

"춤추어요."
──가도가 생물처럼 펄떡거리자 건물이 멍에를 벗어던지고
옆으로 황급히 움직인다.

"노래하여요."
──온 도시에 깔린 발판이 고정을 상실해 쏟아지고, 자유낙
하라는 이름의 부자유로부터 풀려나와 하늘을 자유로이 날아다
니기 시작한다.

"쳐부수어요."
──벽돌로 지은 건물이, 알록달록한 색채의 유리 세공물이,
종국에는 심긴 나무들과 꽃들이, 각각 본래 모습을 일그러뜨리
며 변환자재로 날뛴다.

넓고 큰 도로 한복판, 곰방대를 들고 살랑살랑 춤춘 요르나의
주위에서 시가지가 형태를 바꾼다. 건물과 발판이 공중을 날고

나무들과 꽃들이 병사들처럼 막아선다.

"이건……."

"참내, 여전히 뭘 하고 있는 건지 알 수가 없어서 기분이 나쁘네!
하지만 동시에 눈을 뗄 수 없는 종합 예술! 실로 훌륭합니다!"

섬뜩한 광경을 목도한 아라키아는 적잖게 놀랐다. 하지만 옆
에 있는 세실스의 한결같은 모습에 바로 동요를 버렸다.

『극채색』 요르나 미시구레, 그녀가 얕볼 수 없는 실력자임은
이미 알던 사실.

"그리고, 이상한 기술이라면, 할아범도 그래."

면식 있는 상대를 예로 든 아라키아는 놀란 감정을 봉쇄했다.

아라키아의 회복을 스쳐 본 세실스가 한 걸음 앞으로 내디디고
── 사라졌다.

"──읏."

사라진 세실스가 다음에 나타난 곳은 요르나 눈앞, 번개 같은
속도로 뽑힌 카타나가 떠오른 장애물들을 빠져나가 그녀의 가는
목을 양단하고자 도달한다.

그러나──.

"아이고, 여전히 목의 방비가 단단하네요."

"당신 쪽이야말로 여전한 수법이에요. 제 목은 취할 수 없다는
걸 이전 접촉으로 배웠던 것 아닌가요?"

"아니, 저번의 저랑 이번의 저는 다르니까요. 하루는커녕 1초
마다 성장하는 것이 주연 배우의 특권. 오히려 무대에 오를 때마
다 사내다운 멋이 치솟기 마련이죠!"

"허풍이 끊이지 않는 신사분이군요."

목덜미에 세실스의 칼을 맞은 요르나의 목은 붙어 있는 수준이 아니라 껍데기 한 장도 베이지 않았다. 흐릿하게 붉은 실선을 그은 것이 참격의 성과.

이전에 세실스는 죽이지 못했다는 말을 했었다. ──그것은 말 그대로였던 것이다.

"싯."

직후, 요르나가 곰방대로 카타나를 쳐내고 몸을 돌려 세실스에게 팔꿈치를 질렀다.

세실스는 그 공격을 순식간에 물러나 피하지만, 그 잔영에 화살처럼 따라붙은 것이 무수한 벽돌──. 해체된 가옥의 부품이 잇따라 세실스를 물고 늘어졌다.

빗나간 벽돌이 지면에 구멍이 크게 뚫는 모습은 마치 포탄이 폭풍처럼 미쳐 날뛰는 참상이었다. 그렇게 쏟아지는 물건 중에 벽돌은 서두일 뿐이었다.

"어이쿠, 이건 꽤 화려한 전개가 됐는데요!"

"모처럼 제국 최강을 대접할 기회, 저도 소홀히 할 생각은 없답니다."

머리 위를 쳐다본 세실스에게로 도시에 깔린 무수한 발판이 쏟아진다.

하나하나가 몇 톤에 육박할 대질량이 세실스 한 사람을 짓뭉개기 위해 도시 형태가 바뀌는 것조차 불사하며 떨어진다, 떨어진다, 떨어진다──.

"타타타타타타타타——!!"

쏟아지는 거대한 공격을, 세실스는 신중함이 아니라 대담한 가속으로 회피했다.

발판이 착탄할 때마다 지면이 흔들리고, 흐트러진 발판을 밟고서 뇌광이 내달렸다. 그렇게 세실스가 목숨 건 달리기 경주에 도전할 동안——.

"나도 있어."

손에 든 나뭇가지를 휘두른 아라키아는 흡수한 미정령의 마지막 열을 체내에 느꼈다.

『정령 포식자』의 능력은 흡수한 정령의 생명을 불사름으로써 발휘된다. 요르나와의 전투에 대비해 흡수한 미정령, 그 마지막 광채를 여기에 풀어낸다.

난공불락이라 칭송받는 마도. 그 땅을 여주인째로 한꺼번에 공략하기 위해서.

——순간, 아라키아를 중심으로 수백 미터를 집어삼키는 화염이 넘쳐 나왔다.

"——이건."

넘친 화염의 열량과 번지는 기세에 몸이 지져진 요르나가 놀라서 눈썹을 세웠다.

일반적으로, 화염이란 서서히 번져가며 연소 범위를 확대하는 법이다. 아라키아의 불은 그런 식으로 갑갑하게 타오르지 않는다.

불의 미정령을 흡수하여 축적한 그 힘을 사용해 대기 중의 감지 가능한 범위에 있는 미정령을 모조리 발화시켜 단숨에 불사르는 수법이다.

　신속한 불길의 확대와 심대한 화력, 그리고 아라키아 본인이 불꽃으로 화하여 적을 노린다.

　이것이 아라키아가 불의 미정령을 흡수했을 때의 전투법──.

　"단순한 계집아이라고 얕볼 생각은 없었습니다만……."

　"잔뜩 태우는 거, 특기."

　활활 번지는 불길 속에서 붉은 조명을 받는 요르나의 눈에 경계심이 서렸다. 그 눈길을 받는 아라키아는 이 폭염에서 손맛을 느끼지 못했다.

　도시든 사물이든, 모든 것이 불타는 가운데 요르나에게 불꽃의 작열이 닿지 않는다.

　세실스의 칼날이 그 목을 떨어뜨리지 못하고 하얀 살갗에 튕겨 난 것처럼, 불꽃 또한──.

　"아냐! 저기요! 저도 노릇노릇 구워질 판인데요?!"

　"……하는 김에."

　"아아, 진짜, 말이 안 통해! 못 해 먹겠네!"

　같은 불꽃에 휘말린 채로 달리는 세실스의 칼날이 으르렁대며 정면의 건물을 단숨에 양단. 그 단면에 올라타서 달려가 땅을 태우는 불을 피해 도시 상공에 오른다.

　쏟아지는 발판과 건축자재의 폭풍 한복판에 뛰어들고, 참격이 번개처럼 펼쳐졌다.

　──순간, 온갖 물체가 잘게 토막 나며 무력화되었다.

그 사이에 불꽃으로 화한 아라키아도 요르나에게 접근해 대화력의 발차기를 날렸다.

"──웃."

호를 그린 불꽃은 아라키아의 다리 길이를 확장해 도시를 핥듯이 쓸어냈다. 스친 건물도 가로수도, 도중에 존재하는 사물을 태우며 다가드는 불타는 발차기가 마도를 지옥으로 바꿔 간다.

그러나──.

"아무도 없어?"

태워 버린 마도의 정경에서 아라키아는 한 명의 희생자도 없음을 감지했다.

주위의 미정령들도 그럴싸한 생명의 증감을 감지하지 못했다. 주변 일대, 정말로 요르나 말고 아무도 아라키아의 사정 범위에 없는 것이다.

그것은 곧 도시 주민이 요르나에게 전폭적인 신뢰를 보내며, 그녀가 정면으로 다가오는 적을 홀로 방위할 수 있다고 믿는 증거다.

"여러분이 정면으로 올 것은 알고 있었지요. 그렇다면 아이들에게는 도시 뒤를 맡기는 것이 당연합니다. ──『구신장』한둘쯤이야 저 혼자 능히 막을 수 있을 터."

"자신감 대단해."

"제 오기랍니다. 당신의 눈은, 흔들리고 있군요."

화염의 장막을 찢고 튀어나온 높은 굽의 발꿈치가 실체가 없는 아라키아의 가슴을 꿰뚫었다. 펄럭이는 기모노 옷자락이 불꽃을 대각선으로 가르고, 회수하는 일격이 아라키아를 세로로 양단했다.

물론 불꽃과 동화한 아라키아에게 물리적인 공격은 통하지 않는다. 불꽃에 검을 꽂아 봤자 결코 불꽃을 죽일 수는 없다. 하지만──.

"내가, 흔들려?"

"그만큼 강하면 하고 싶은 일을 하는 것이 볼라키아식……. 그런데 당신은 즐기는 것처럼 보이지 않아요. 그러기는커녕."

"──────."

"자신이 왜 여기에 있는지, 길을 잃은 것 같습니다."

요르나가 내디딘 발이 길을 쪼개고 쳐올린 손바닥이 아라키아의 안면을 날려 버렸다. 흩어진 불꽃이 모이고 사라진 머리도 금세 원상복귀되었다.

그러나 주먹 이상으로 말 쪽이 아라키아의 가슴에 따끔거리는 아픔을 주었다.

마치 훤히 보인다는 듯한 요르나의 말에 아라키아의 마음 쪽이 흔들리고──.

"그만두시죠, 요르나 씨. 아냐는 금세 마음이 꿀꿀해진다고요."

그때, 세실스의 목소리가 끼어들었다. 미끄러지듯 끼어든 그의 짚신 바닥이 요르나의 가슴 아래에 슬쩍 닿았다. 즉시 세실스가 "엽." 하고 무릎에 힘을 주자 훤칠한 요르나의 몸이 가볍게 밀리며 맹렬하게 하늘로 사출되었다.

그리고 그 뒤를 쫓아 도약한 세실스가 날린 무쌍의 참격이 요르나에게 쇄도했다.

　요르나는 가차 없는 검격을 온몸의 급소에 맞으면서 말했다.

　"배울 줄 모르는 신사분이네요."

　"우와, 이거로도 안 되네! 틀림없이 『지령(地靈)의 가호』 같은 힘이라 지면에서 떨어지면 통할 줄 알았는데요."

　"──생각 외로 배울 의지는 있는 기색이라 놀랐습니다."

　"당연하죠. 승기를 탐색하며 몰아넣는 것도 묘미라고요. 아무 생각 없이 싸운다니, 무슨 아냐도 아니고."

　세실스의 번개 같은 참격이 우짖고, 막지 못한 요르나의 가슴에 명중했다. 그러나 그녀의 풍만한 가슴은 카타나의 날을 거절한다. 되갚는 일격은 세실스의 칼집에 막혔다.

　손등치기를 막은 칼집이 비명을 지르고 세실스의 몸이 매섭게 붉은 하늘을 활공했다.

　"세실스!"

　아라키아가 날아가는 세실스를 눈으로 좇다가 즉시 요르나를 돌아보았다. 하지만 아라키아의 목이 뻗어 오는 팔에 잡혔다. 요르나가 공중을 박차 돌아온 것이다.

　그녀는 하얀 손가락으로 아라키아의 가느다란 목을, 실체가 없을 목을 잡고 있었다.

　"아큭……."

　"흔들리기 때문이겠지요. 상이 뿌예져서 실체를 잡을 수 있게 됐습니다. ──당신은, 무엇 때문에 싸우나요?"

　"＿＿＿＿＿＿."

"저는 사랑을 위해서랍니다. 당신은 무슨 이유로 도시를 불태우지요?"

떠안은 것이 강함에 직결한다면 요르나가 강한 이유는 그것이다.

그렇게 질문받은 느낌에 아라키아는 입을 뻐끔거리면서 눈꺼풀 뒤로 먼 옛날의 환영——자신의 가장 소중한 존재를 떠올렸다.

언제라도, 어디에서도, 아라키아의 중핵에 있는 존재는 한결같다. ——그러나 그렇다면 아라키아가 이렇게 도시를 불태우는 행위도 그녀를 위한 것이라 할 수 있는가.

"——그러니까, 아냐에게 생각할 여지를 주지 말라니까요, 요르나 씨."

한 가닥 섬광. 눈앞을 가로지른 참격이 아라키아의 목을 잡은 요르나의 팔을 쳤다.

목과 똑같이 팔도 베이지 않는다. 하지만 둔탁한 소리가 요르나의 팔에 묵직한 타격을 가해 악력이 풀린 틈에 아라키아의 몸이 가로채였다. 허리를 안기며 뒤로 물러난 아라키아가 쳐다보니 자신을 구한 것은 밉살맞을 만큼 태연한 낯짝의 세실스였다.

아직 불꽃과 동화해 있는 아라키아를 안는다 함은, 그 팔에 불꽃을 안는 것과 같은 의미인데도 태연한 낯짝을 고수한 채로.

"——제가 가장 이해할 수 없는 것이 당신 같은 신사분이에요."

"에~ 제가 그렇게 알기 어려워요? 각하나 치샤는 다루기 어렵고도 다루기 쉽다 여길 거라는 자부가 있는데."

"팔이 탔는데 아프지는 않나요?"

고기 타는 소리와 냄새. 기모노 속의 팔이 불에 탔음에도 세실스의 미소는 여전하다. 요르나의 물음에도 그는 "음~." 하고 익살맞게 말했다.

"여기서 아프다고 오두방정 떨기보다, 뻔뻔하게 웃는 편이 멋있잖아요?"

"_____."

가죽과 살이 타고 뼈까지 열기가 미친 냄새를 풍기는 와중에, 세실스는 부끄러워하지도 않고 겁내지도 않으며 자신의 철학에 따라 주장했다.

웃음을 머금은 채로 그는 품에 안긴 아라키아의 머리를 살며시 쓰다듬었다.

"그리고 아냐에게 괜한 바람을 불어넣는 건 사양하고 싶습니다. 싸우는 이유나 의의 따위를 중요시하는 분들을 부정하지 않겠습니다만……."

"강자에게 그런 것은 불필요하다 생각하는 성격이었나요?"

"아뇨, 아뇨. 저의 강함과 다른 강함은 별개니까요. 아냐에게 그런 생각을 할 여지를 주기 싫은 건 고민 중일 때의 아냐가 딱할 만큼 약해서 그래요."

"──큭."

직설적인 표현에 아라키아는 순간 반론하려고 했다.

하지만 목소리가 나오지 않았다. 그 이유는 필시 요르나와 도시 주민들의 관계── 단 혼자서 전선을 지탱하는 요르나와, 그녀를 신뢰하고 손이 닿지 않는 곳을 지키려 하나로 뭉친 주민들.

그 강고한 관계성을 부럽다고 여겼기 때문이다.

과거, 자신과 주인 사이에 있던 신뢰 관계를 떠올리지 않았느냐면 거짓말이다.

그러나——.

"아냐, 고민하지 말란 소리는 안 해요. 하지만 때와 경우란 것이 있습니다. 자신을 주역과 단역, 어느 쪽으로 만들지는 아냐 하기 나름이에요."

"……무슨 말인지, 모르겠어."

"지금은 그냥 한 자루 칼이 되란 말이에요. 아니면 아냐 마음에 있는 주인님은 여기서 아냐가 쓰러지기를 바랐나요?"

"———."

팔이 타닥타닥 타는 소리를 나는 와중에 세실스가 능글맞게 물었다.

그 표정이 마음에 들지 않아 타는 팔을 진지하게 숯덩이로 만들어 줄까 싶었지만, 그만두었다. 대단히 성질나는 이야기지만 아라키아의 진정한 주인은 그런 것을 바라지 않는다.

그리고 그렇게 행동했다가 세실스가 '그럴 줄 알았지!' 하고 웃는 것도 사절이다.

"아냐, 흡수한 미정령은?"

"……124."

"좋아요. 그럼 124번, 요르나 씨를 죽이고 와요. ——그것이 저희, 구신장의 꼭대기 둘에게 요구되는 존재 이유입니다."

짤막하게 싸움의 이유를 제시한 세실스는 카타나를 칼집에 꽂았다. 이어서 그는 "옙." 하고 아라키아의 몸을 일으키더니 타 버린 소매에 팔을 넣고 뒤에서 지켜볼 자세를 잡았다.

일련의 움직임을 본 요르나는 곰방대를 입에 물더니 말했다.

"틀림없이, 죽이는 것만 잘하는 신사분일 거라고 생각했습니 다만……."

"네?"

"칼을 쓰지 않고 되살리는 재주도 특기라니 놀랐어요."

눈을 가늘게 뜬 요르나가 담배 연기와 함께 흘린 말에 세실스 는 눈썹을 세웠다. 그러다가 제국 최강의 남자는 "하하하." 하고 허리를 젖히며 웃었다.

"어차피 저는 일개 검객. 사람을 되살리는 재주는 못 부립니 다. 아냐가 부활했다면 그건 전적으로 오랜 관계 때문이겠죠. 그 리고……."

"그리고?"

"진지해진 아냐는 제법 강해요. 저도 가끔 철렁할 때가 있죠!"

일절 악의가 없는 표정으로 그리 지껄이는 세실스가 밉살맞 다. 팔이 아니라 얼굴을 숯덩이로 만들 것을 그랬다는 생각이 들 만큼.

하지만 그러지는 않는다. 그러고서 할 말이 있다면──.

"세실스."

"네, 네."

"──죽어."

"솔직하게 고맙단 말을 못 한다니깐."

역시 죽었으면 좋겠다 생각하면서 아라키아의 온몸이 눈부시게 빛을 냈다.

앞뒤를 고려하지 않는, 흡수한 미정령 전부를 체내에서 활성화시키는 도박기——. 그 모습을 본 요르나가 고개를 느릿느릿 가로저었다.

"당신도, 사랑을 위해서 싸우는 거군요."

"……아마, 완전히 헛짚었어."

세실스 쪽을 힐끗 보면서 말하기에 아라키아는 그리 외치고 돌진했다.

다음 순간, 마도 카오스프레임의 공방 중에 최대급의 파괴와 빛이 전장을 뒤덮었다.

그리고——.

19

앞차기를 맞아 날아간 몸이 벽에 충돌했다. 신음과 함께 쓰러지는 남자의 머리를 내리찍은 신발창이 바닥에 처박았다.

마루 판자에 앞니가 빠지는 바람에 피를 내뱉는 남자의 절규가 터진다. 이 상황을 만든 안대 찬 남자는 갸우뚱하며 "영 시원찮구만." 하고 내뱉었다.

장소는 제국병 막사 내의 한 방. 싸우면 양쪽 모두 빨간 색으로 화장하는 게 기본인 제국병이다.

그런데도 일방적인 전개였다. 기습을 하거나 뒤통수를 때린 것이 아니다. 서로 무기를 들고 동시에 칼질을 시작한 뒤의 압도. 무력 차이는 불을 보듯 훤했다.

병졸 및 상등병 중에서는 거의 무적. ──그것이 자말이라는 남자의 실력이다.

"여기에다 조금만 더 머리가 좋으면 『장』으로 승격하는 것도 거뜬할 텐데."

"시끄럽다, 토드! 지금은 순순히 내 실력을 칭찬해."

"실력은 칭찬했건만. 당신의 검 실력은 아무도 의심하지 않아. 자, 그러면."

자말의 불만스러운 탁성에 불린 토드가 어깨를 으쓱이고 앞으로 나섰다. 그 자리에 쭈그리고 들여다보는 상대는 자말에게 머리가 밟혀 움직이지 못하는 딱한 남자였다.

물론 실제로 이 남자가 딱한지 여부는 이후의 문답에 달렸다고 할 수 있다.

"너, 너희……같은 정규병끼리, 이런 짓을……."

"무슨 소리야. 먼저 뽑은 것은 당신 쪽이잖아? 내가 본 바로, 자말은 반격만 했을 뿐이야. 그 바람에 걸레짝이 된 당신에겐 동정하지만…… 어지간히 우리의 질문이 불편했다고 생각해도 괜찮을까?"

"──윽."

"자식이, 어딜 도망치려고. 까불다간 나랑 똑같은 꼴로 만들어 준다?"

자말이 얼굴이 해쓱해진 남자를 내려다보고 자신의 오른쪽 눈에 찬 안대를 손가락으로 두드렸다. 뻔한 공갈이지만 효과는 직통이다. 실제로 자말이라면 할지도 모른다 생각했으리라.

남자의 기세가 삽시간에 약해지자 토드는 "고마워." 하고 끄덕였다.

"그럼 방금 하던 질문을 마저 하지. ——당신은 요르나 일장이 궤멸시켰다는 요새의 생존자지? 요르나 일장은 왜 그런 짓을 했어?"

"미, 미쳤기 때문이지! 소문은 알 거 아냐! 그 여자는 전에도……끄악!"

"일장이시다, 경의를 표해. 여기가 술집이고 우리가 속 터놓은 친구 사이냐?"

자말의 손아귀에서 장검이 춤추고 귀 일부가 잘린 남자가 비명을 질렀다. 천박한 발언은 자말도 곧잘 하지만 이래 봬도 의외로 상하관계가 까다로운 것이 묘한 성격이다.

덕분에 남자는 발언에 더더욱 신중해질 것이다.

"미쳤기 때문이란 말은 확실히 이해가 가. 다만 이건 내 지론인데, 아무리 미친 것처럼 보이는 녀석에게도 그 녀석 판의 도리라는 것이 있어. 옆에서 보면 못 알아먹을 행동도, 그 녀석 머릿속에선 도리에 맞는 거야. 이해하겠어?"

"아, 아……."

"즉, 이번 요르나 일장의 폭거에도 일장 판의 도리에 맞는 이유가 있다고 추측한단 말이지. 그리고 요새 병사를 모조리 다 잡아죽인 상황이라면, 나는 원한일 가능성을 점치겠어."

단순한 몰살이 아니라 철저한 몰살이라면 동기는 더욱 뿌리 깊은 것이다.

조사를 시작하고 알아냈지만, 아무래도 요르나는 요새에서 도망친 병사의 신병도 요구한 모양이다. 황제가 그 요구를 내쳐서 결과적으로 마도에서 무력 충돌로 발전했다지만.

그러나——.

"그, 그런 걸, 알아서, 어쩐다고……."

"아앙? 그건 네가 신경 쓸 일이……."

"자, 기다려 봐, 자말. 딱히 얘기해 준다 해도 별 일 없어. ——내 생각으론, 경우에 따라 이 전쟁을 막을 수 있겠다 싶거든."

가슴 앞에서 손을 맞대고 자말을 막아 세운 토드가 웃는 얼굴로 남자를 바라보았다.

가슴과 귀에서 통증과 싸우던 남자가 신음하며 매달리는 눈빛으로 토드를 쳐다보았다.

"발단이 원한이라면, 사과하는 방식도 바뀌는 법이지. 뭐에 대해 사과하는지 모르는 사죄만큼 상대의 신경을 긁는 것도 없어. 그리고 우리라면 당신만이라도 살아날 방법을 제시할 수 있을지도 모르지."

"무, 무슨, 소린데……?"

"어려운 얘기가 아냐. 사정만 알면 우리 쪽에서 어디 상관에게라도 보고하겠어. 그다음에 내분을 중재하느라 움직이는 틈에 당신이 행방을 숨기는 걸 못 본 척해 주겠단 거지."

토드의 제안에 숨을 집어삼킨 남자가 속을 살피는 눈으로 바라본다. 하지만 의심에 허우적대고 있는 중에 미안하지만, 토드에게는 말 이상의 꿍꿍이가 딱히 없다.

궁극적으로 이 남자의 생사나 진퇴에 흥미가 없기 때문이다. 토드의 흥미는 현재 요르나 미시구레가 시작한 모반의 원인과, 그것을 막을 수단과 정보의 확보.

말을 더 보태자면 그 정보를 이용해서 공적을 세우고 높은 평가를 따내는 데에 있다.

그것 때문에 일부러 위험한 다리를 건너서 요새의 생존자를 찾아내고, 막사에서 사람을 쫓아 직접 대화할 상황을 마련한 것이다. 이용 가치가 없으면 곤란하다.

"……처음에는, 그냥 심심풀이였어."

토드의 성의가 전해졌는지, 남자가 체념한 것처럼 조곤조곤 이야기를 시작했다.

그것은 이번 소동의 발단, 요르나가 요새 병사의 몰살에 이른 원인이며, 생존자도 포함해 모든 관계자의 목을 요구한 이유였다.

그 내용을 듣자 토드는 대강 상상한 내용대로였다고 납득했다.

역시 요르나 미시구레가 저지른 폭거의 원인은 원한이며, 의분이었다.

"이, 이게 다야. 어때, 납득했어?"

도중부터 힘을 주다가 열기가 담긴 어조로 말을 마친 남자가 토드에게 물었다. 남자의 눈길에 토드는 턱을 매만지면서 "그래." 하고 끄덕였다.

"응, 납득했어. 그런 사정이라고 설명하면 상관도 들어는 줄

것 같아."

"그렇다면……!"

"다만 때가 좀 안 좋았는걸, 당신."

덧붙인 토드의 한 마디에 남자가 황망하게 눈을 부릅떴다.

토드가 한 말의 뜻을 이해하지 못한 것이리라. 눈치가 느린 탓에 남자는 자기 목숨으로 대가를 치르는 처지가 되었다. 더 일찍 깨달아야 했던 것이다.

토드 옆에서 같은 이야기를 듣던 자말이 마음속 깊이 경멸하는 눈으로 남자를 보내던 것을.

"이렇게 될 수도 있겠다 싶었는데, 실수했네, 실수."

어깨를 으쓱이고 일어서는 토드. 그 발밑에 절단된 남자의 머리가 굴렀다. 별것 아니다. 자말이 칼을 휘둘러 단숨에 남자의 목을 친 것이다.

"쓰레기 자식이. 자랑스러운 제국병으로서 상종도 못하겠군."

"당신의 자기 평가가 어떻게 되어 먹었는지, 난 하나도 모르겠는걸."

고개를 모로 꼬았던 토드는 기지개를 쭉 켰다.

말 그대로 운이 없는 남자였다. 자말의 발밑에서 실언을 한 것도 그렇거니와, 애초에 위치를 토드에게 포착당한 것도 그렇다.

그 밖에도 위치를 특정한 패잔병이 있지만, 가장 꾀어내기 쉬운 입장이었던 점도.

물론──.

"남은 두 사람도 운이 좋다고는 장담 못하지만."

"그래, 갈가리 찢어 버리겠어."

"잠깐, 잠깐, 당신의 화풀이로 죽이는 건 관둬. 상관에 잘 바쳐서 우리 공훈으로 삼을 거라고."

그 지적에 자말이 마음에 들지 않는다고 얼굴 전체로 주장해 댔다. 시끄러운 안면을 손으로 밀어낸 토드는 장래에 형님이 될 남자의 천둥벌거숭이 기질에 탄식했다.

이렇게 어울리지도 않는 위험한 다리를 건넌 것도 전부 공훈을 세워 제도로 돌아가기 위한 것. 거기서 기다리는, 사랑하는 여자에게로 돌아가기 위함이다.

그러기 위해서도——.

"——다루기 힘든 형님의 보호자 노릇 정도는 해 주지. 그 대신, 보호가 끝나면 네 가슴으로 나를 다정하게 위로해 줘야 해."

20

"이번 사건의 발단은 요새 병사가 녹인족 소녀를 희롱하다 죽이고 그 주검을 욕보인 것. 마도의 비호 아래에 있는 수인족을 죽이면 그 도시의 여주인의 분노가 얼마나 클지. 아무래도 전혀 고려하지 않았던 모양이더군요."

귀환한 치샤는 등을 곧게 펴고 집무실에서 서류 작업에 쫓기던 흑발의 미장부—— 황제, 빈센트 볼라키아에게 보고한 뒤, 이어질 말을 기다렸다.

노고를 치하하는 말을 기다리는 것이 아니다. 실무적인, 이후의 현실적인 지시를 기다리는 것이다.

그런 치샤 앞에서 서류를 넘기는 손길을 멈춘 빈센트가 시선도 들지 않은 채로 말했다.

"그것이, 요새에 있던 병사들을 몰살한 원인인가. ──누가 실토했나."

"뿔뿔이 흩어진 패잔병 중 3명이 합류한 부대의 병사에게 누설했다고 합니다. 사태를 파악한 상등병이 신병을 구속하고 상부에 보고. 1명이 사망하고 2명의 신병은 확보했습니다."

"붙잡은 2명은 마도로, 요르나 미시구레에게로 보내라."

찰나의 주저도 보이지 않으며 패잔병의 말로를 지시한 빈센트의 말에 치샤는 묵묵히 따랐다.

이번 요르나의 반란, 그 계기가 된 자들이다. 최선을 다해 요란하고 끔찍하게 죽어서 이 싸움 중에 흘린 피의 위로가 되는 게 나을 것이다.

살벌한 그 발상에 치샤는 자기 자신에게 진력이 났다. 자신은 더 온화하고 조용한 성격이었을 텐데.

빈센트는 치샤가 내심에 품은 그런 갈등을 아랑곳하지 않고 서류를 훑어보면서 말을 이었다.

"더해서, 요새의 『장』을 임명한 자와 그 친족을 전원 색출해라. 지시는 후에 내리겠다."

"그쪽도 알겠습니다. 그런데 각하, 패잔병을 붙잡은 병사 말입니다만……."

"포상은 있어야 마땅하겠지. 바라는 포상을 주어도 된다."

"그렇게 말씀하실 줄 알고 직접 물어보았습니다. 물론 이 얼굴은 아닙니다만."

그 이야기에 빈센트가 처음으로 시선을 서류에서 치샤 쪽으로 옮겼다.

흥미를 끌었다면 좋은 일이라고 치샤는 뇌리에 직접 대치한 두 병사를 그렸다. 난폭한 분위기에 안대를 찬 남자와, 사람 좋은 인상의 곱상한 남자 2인조였다.

적은 정보를 취합해 패잔병에 도달하여, 그들의 나약함이 상층부에 보고할 일이라 판단하고, 적절하게 움직인 점은 매우 높이 살 만하다. 당연히 그만한 보답을 주려 생각했지만──.

"──제국병은 정강하여라."

"……뭣이?"

"그 병사 중 한쪽이, 포상으로 무엇을 원하는지 물은 이쪽에게 한 말입니다. 자신은 볼라키아 제국의 이념에 따른 것에 불과하다면서."

그렇게 호언한 것이, 야심가로도 보이던 거친 병사 쪽이니까 묘한 일이다.

병사는 진심으로 제국이 내세운 철혈의 규정에 심취하여 이를 배신하는 행위를 저지른 약졸을 증오하고 있었다. 그들의 피로 얻는 포상일랑 불필요하다고 단언할 정도로.

물론 옆의 짝패 쪽은 그 말에 현기증이 인 표정을 짓고 있었지만.

"제국민은 정강하란 말이지."

볼라키아 제국의 신민이라면 누구나 당연한 듯이 알고 있는 검랑의 섭리.

새삼 그 말을 귀로 듣고 혀에 실은 빈센트의 눈이 살짝 가늘어졌다. 가늘어진 검은색 눈동자 안에 담긴, 황제 각하의 심원한 의도는 치샤라 해도 전부 다 읽을 수 없다.

어쩌면 그 본질에, 말이 아니라 섭리에 가장 가까운 것은 이치에 따라 생각을 하지 않는, 책임감 및 입장의 굴레와 일절 연이 없는 검객 정도뿐일지도 몰랐다.

어쨌든 이번 사건의 발단, 그 마무리에는 어느 정도의 지시를 마쳤다. 그 밖에 보고할 점을 고려하던 치샤가 "그게 있었지요." 하고 손뼉을 쳤다.

"이쪽과 동행한 마델린 에샬트 말입니다만, 실력과 능력은 토 달 곳 없이 『장』에 앉히기에 충분한 그릇으로 보입니다. 단지 종군 경험이 없다는 점과 뒷배가 벨스테츠 재상이라는 점이 까다로운 사항이라 이쪽은 우려되는군요."

"고즈 놈이 추천한 카프마 일루쿠스가 사퇴한 이상, 능력과 기개가 있는 자를 보류할 유예는 없다. 설령 그자의 손길이 닿았다고 해도 말이다."

"……구태여 위험 부담을 질 필요도 없다는 것이 이쪽 생각입니다만."

"그 때문에 존재하는 것이 너이며, 『구신장』이고, 짐이다."

말한 빈센트의 시선이 다시 책상으로 돌아가고 서류를 넘기는 손길이 다시 움직인다.

더 이상 대화할 생각이 없음을 태도로 드러내자 치샤는 빈센트의 고집과 아직 열기를 남긴 잿더미 속에 처음으로 손을 넣는 대담함에 한숨지었다.

오랜 관계 속에 그런 인물인 줄 거듭거듭 숙지했지만——.

"——늦어도, 앞으로 2년이다."

"각하."

그 자리에서 물러나기 전, 빈센트의 고요한 말이 치샤의 발길을 잡았다. 그러나 빈센트는 치샤의 목소리에 답하지 않고 서류 작업에 몰두했다.

어쩌면 단순한 혼잣말이었는지, 치샤에게 문제를 제기했는지.

어느 쪽이 맞든 간에 더 이상의 말은 끌어낼 수 없으리라. ——그것을 알 수 있는 자신이, 알면서도 아무것도 못하는 자신이, 참으로 밉살스러웠다.

도대체 무엇 때문에 자신은 여기에 있느냐는 자문자답이 솟구친다.

"……이쪽답지 않군. 나 원, 저주스럽게 느껴집니다."

그런 술회를 남기며 볼라키아 황제의 비수—— 아니, 칼은 따로 있다. 따라서 자신은 칼이 아니라 한낱 심복이라 자인하는 치샤는 집무실을 떠났다.

"————."

복도의 창문으로 엿보이는 하늘은 밉살맞도록 파랗고, 그 웅대한 눈 아래에서 매일 얼마나 많은 생명이 사그라지는지 전혀 신경 쓰는 것 같지 않아서.

"나 원······."

──그것이 한 마리 검랑으로서, 지독히 저주스럽게 느껴질 따름이었다.

21

"아! 아냐, 또 달걀 부침 한쪽 면밖에 안 부쳤어!"

"······양쪽 다 부치고 싶으면 스스로 해."

판잣집 안, 탁자 위의 식사에 세실스가 불만을 달자 아라키아가 노려보았다.

조잡한 탁자에 놓은 식사는 2인분으로, 각각 색이 다른 식기에 놓여 있다. 주인을 구별하기 위해 식기장에는 색이 다른 식기가 여럿 진열되어 있었다.

실수로라도 세실스의 식기를 쓰는 사태는 절대로 사절이었다. 그러나 세실스는 설거지도 하지 않아서 아예 만지지 않을 수만도 없다.

하물며 오늘은 접촉을 최저한으로 그치는 것도 어려웠다.

왜냐하면──.

"아──."

"_____."

"아냐, 저기요, 입 벌리고 있잖아요. 아──"

재촉하자 아라키아는 신경질적으로 세실스의 포크를 잡았다. 그의 접시에 놓인 달걀 부침을 찔러서 병아리처럼 모이를 기다리는 입에다 말 그대로 쑤셔 넣었다. 아예 앞니를 부러뜨릴 기세였지만 세실스는 어려움 없이 달걀 부침을 이로 붙들고 즐겼다.

그렇게나 재주 좋으면 식사를 도와 달라 할 필요도 없을 텐데, 심술이 따로 없다.

아라키아가 세실스의 팔을 태워 버렸으니 그 상처가 나을 때까지의 심술.

같이 살고 있으니 그 정도 뒷바라지는 하란 명령만 없었더라면.

"후아후아…… 응, 맛 좋군요. 한쪽 면만 부친 점을 제외하면 아냐의 요리 실력은 상당한 수준이에요. 연 단위로 성장 과정을 지켜본 제가 보증하겠습니다."

"치샤라면 몰라도, 세실스의 보증……?"

"아! 신용 못하는 표정이다! 저는 사물을 보는 안목이 있다고요. 아냐. 그러지 않으면 고도(古刀)나 명검 감정은 못하죠. 사람을 보는 안목도 있습니다."

"……거짓말 같아."

목에 매달린 팔을 움직일 수 없는 세실스가 "엥―." 하고 좌우로 흔들며 불만을 표현.

아라키아는 그 반응을 무시하고 얼른 식사 겸 고문을 끝마치고자 갓 만들어서 뜨끈뜨끈한 요리를 차례차례 세실스의 입에다 날랐다. 그때마다 능숙하게 처리되어 불쾌하다.

그런 살벌한 아침 식사의 한때가 지나는 것도――.

"그나저나 이번에도 요르나 씨의 반란은 실패로 끝났나요. 뭐, 애초에 어느 정도나 진지하게 할 생각이었는지 각하도 포함해서 미심쩍기는 했지만요."

"……죽은, 녹인족이 원인."

"네, 그거요, 그거. 카오스프레임은 사연 있는 분들이 다다르는 수용처니까 반쯤 장난으로 들쑤시면 그만한 답례가 있는 게 당연하죠. 짐승이 숨은 굴에다 손을 집어넣으면 손가락이 날아가는 거야 생각할 것도 없이 알 만한데."

세실스가 낄낄 웃으며 덤덤하게 이번 모반에 대해 총평을 내렸다. 다만 그 이야기에 아라키아가 눈을 내리깔자, 세실스는 "어라." 하고 눈썹을 세웠다.

"왜 그래요, 아냐. 뭔가 신경 쓰이는 점이라도?"

"요르나, 강했어."

"그렇죠. 거참, 이번에도 그 수법의 비밀을 알아내지 못했어요. 드디어 목도 벨 수 있으려니 싶었는데 삐끗했고요."

"그, 이상한 힘도 그렇지만."

잇따라 형상을 바꾸는 도시와, 무너질 줄 모르는 압도적인 요르나의 완강함. 그것들도 물론 비정상적이기는 했으나, 아라키아의 마음을 뒤흔든 것은 그녀의 정체성이다.

성질이 나지만 전투 중에는 세실스의 말대로 잡념을 놓고 싸웠다. 그러나 끝나고 보면, 지적받은 아라키아의 흔들림—— 그 문제는 해결되지 않았다.

무엇 때문에 싸우느냐고. 그 물음에 문득 아라키아는 생각했다.

"세실스, 왜 싸워?"

"————."

"……뭐야, 그 얼굴."

자신의 문제와 마주하려고 아라키아가 그런 질문을 던지자 세실스가 괴상한 표정을 지었다. 잠시 뒤에 그것이 세실스의 놀란 표정임을 뒤늦게 깨달았다.

세실스는 괴상하게 놀란 표정 그대로 "아뇨, 아뇨." 하고 고개를 가로저었다.

"아냐가 저에 대해 뭔가를 알려고 하다니, 그렇게 말을 건넨 게 너무 뜻밖이라 놀란 거예요. 혹시 어릴 적까지 합쳐서 처음이지 않아요?"

"──묻지 않아도, 멋대로 얘기하니까."

"하긴요. 저의 음식 취향이나 신념, 주연 배우로서의 마음가짐 같은 거라면 얼마든지 들려줬을 테지만, 무엇 때문에 싸우느냐 묻는단 말이죠. 하하하."

"대답할 수 없어?"

"아뇨, 대답할 수 있어요. ──제가, 천검(天劍)을 뜻하기 때문이라고."

차분한 세실스의 대답. 눈동자에는 고요함이 깃들어서 평소부터 남보다 두세 배는 더 시끄러운 인물이라는 인상과 일선을 달리 했다.

때때로 세실스 세그문트라는 남자는 이런 표정을 보일 때가 있다.

종잡을 수 없는, 그야말로 뇌광처럼 실체가 없는, 눈으로 좇을 수 없는 성질을.

그것은 아라키아의 평생 주인이나, 이 나라의 황제인 빈센트에게서도 느낀 적이 있는, 일반인과 다른 경지에 선 사람 특유의 모습이라 느끼고 있다.

선 위치도, 보이는 것도 다르다고 깨우치는 기분이 들어서.

"세실스."

"네?"

"죽어."

"왜요?! 방금 질문에 순순히 대답해 준 은혜고 뭐고 없네!"

그 분위기를 무산시키며 방정맞게 떠드는 세실스의 모습에 아라키아는 한숨을 쉬었다.

쉬고 나서, 자신이 희미한 안도감을 얻는 느낌이 들어 얼굴을 찌푸렸다.

아라키아가 사랑스럽게 여기는 주인이나, 본질적으로 그와 비견될 황제. 그런 이들과 세실스를 같은 차원으로 보지 않아도 된다는 안도감일까.

그것도 충분히 화가 치미는 안건인 것은 맞았다.

"그건 그렇고, 한동안은 더 아냐라고 불러야 될 것 같네요."

"──금방, 철회시키겠어."

"그렇게 말하는 중에 벌써 7년이나 지났지만 말이에요. 하하."

세실스가 스스럼없이 웃으며 또 "아──." 하고 입을 벌렸다. 아라키아는 뚱한 표정으로 그 입에다 구운 생선을 뼈도 바르지 않은 채 던져넣었다.

뼈와 살을 요령 좋게 이와 혀로 분리하면서 제국 최강의 검랑이 웃었다.

──무리 지은 검랑의 정점인 존재는, 아득히 먼 천검을 생각하며 낚이고 구워져 식탁에 놓인 생선을 먹으며 흐뭇하게 웃었다.

《끝》

『홍색 연맹』

1

"———좋다. 그렇다면 전쟁을 하자꾸나."

손에 든 부채를 드높이 들고 선혈처럼 붉은 미녀가 당당히 선언했다.

그녀 주위, 그 선언을 들은 이들은 놀라고, 당혹하며, 일부는 열광하는 등 반응은 다양하지만, 딱 하나 공통적인 사항이 있다.

그것은 반응한 이들이 모두 어리다는 점이었다.

"———."

미녀의 또랑또랑한 미성을 듣는 자들은 모두가 10대 소년 소녀였다.

나이대가 다소 다양한 감이 있으나 어리다는 점은 공통사항이었다. 더해서 전쟁에 정통한 입장의 아이들이 아니라 단순한 거리의 소년 소녀들이라는 점도.

전쟁과 무관하다고는 하지 않겠지만 스스로 전장에 설 일과는 연이 먼 아이들. 그런 소년 소녀에게 '전쟁' 개시를 선언할 뿐만 아니라 등을 떠밀려는 폭거.

　농담이라 쳐도 질이 안 좋다고 손가락질을 당할 법한 소행이지만, 공교롭게도 당당히 제안한 본인에게 농담을 한 기색은 티끌만큼도 없으며, 손가락질을 할 것 같으면 그 손가락을 손목째로 자를지도 모를 폭군이었다.

　어쨌든——.

　"——전쟁을 시작하겠다. 양쪽 다 충분히 준비하도록."

　거듭 선언하는 미녀—— 프리실라 바리에르는 몹시 즐거워 보였다. 그 폭언을 거두라고 말릴 마음이 들지 않는 것은 남은 쪽 팔의 손목이 아까워서만은 아니다. 뒤에서 쇠투구를 쓰고 그 모습을 지켜보던 시종은 그렇게 생각했다.

2

　——시간은 프리실라의 개전 선언으로부터 몇 시간을 거슬러 올라간다.

　"프리실라 님! 큰일이지 말입니다! 이젠 제 손에 부치지 말입니다!"

　어린아이의 새된 외침 소리가 화려한 저택 전체에 울려 퍼졌다.

　규격 외로 목소리가 큰 것은 아니고, 마침 저택을 환기하려고 이곳저곳의 문과 창을 시녀들이 열어 두었기 때문이다.

　듣기에 따라서는 절박한 내용이지만, 목소리의 장본인을 금세 알아차린 시녀들은 하나같이 미소를 띠며 열심히 자기 일로 돌아갔다.

그렇기에 그 새된 목소리에 목을 긁으며 무거운 엉덩이를 뗀 것은 한 명뿐이었다.

"나 원 참, 오늘도 변함없이 우리 슐트는 기운차서 참 좋아."

검은 쇠투구를 쓴 남자가 몸을 기대던 소파에서 일어나서 귀찮은 듯이 말했다.

칠흑의 강철로 덮인 머리와 비교해 목 아래 걸친 복장의 방어력은 현저히 낮다. 발밑에 이르러서는 개조된 짚신이라 부조화라는 인상이 기억에 남을 것을 보증한다.

물론 그 기발한 외견과 정반대로 그가 해야 할 역할의 내용을 자세히 아는 이는 적다. 구체적으로 말하면 그 본인부터 자기 입장이 무엇인지 영 파악이 되지 않았다.

"공주에겐 광대라 불리고 있지만, 급여가 나오긴 하나?"

자신의 주군이 시종에게 지불하는 보수가 꽤 두둑한 것은 알고 있다. 그런 쪽으로 짜게 구는 성격은 아니고, 그래 봐도 버젓이 시녀들의 흠모를 받고 있는 것도 그녀가 일하면 제대로 보답하는 인물이라 인식되었다는 게 한 요인이기 때문이다.

그렇다고는 해도 매달 주는 보수도 계좌에 입금하는 것이 아니니 어디서 직접 손으로 건네고 있을 것이다. ──다만 자신은 그런 기억이 없었다.

"물욕 낮은 편이고 용돈 달라고 하면 주니까 별로 생각을 안 해봤지만, 혹시 지금의 난 정상적인 직업 이력도 저축도 없는 위험한 아저씨……?"

남자는 생각지도 못한 자기분석에 기분이 꿀꿀한 와중에 헤매지 않고 건물 내의 어느 방을 향했다.

아까 새된 목소리를 지른 사람의 정체와 외치던 내용을 감안하면 목적지는 하나뿐. 그리고 아니나 다를까, 그 직감은 틀리지 않았다.

"노력해 봤습니다만, 다들 들어주지도 않지 말입니다! 이대로는 제 탓에 프리실라 님의, 프리실라 님의 수완이……!"

"흠, 소녀의 수완이?"

"의, 의심받게 되지 말입니다! 견딜 수 없습니다……."

들여다본 방 안에 시무룩하게 고개를 떨어뜨린 조그만 등이 보였다.

삐죽 선 분홍색 머리카락의 소년이 분한 듯 미니멈한 주먹을 쥐고 깜찍하게 떨고 있다. 반바지가 잘 어울리는 저택의 명물 집사──슐트다.

앳된 면이 잘 드러나는 모습과 쫄래쫄래 열심히 사는 모습을 보면, 무심코 자상하게 챙겨 주고 싶어지는 애교가 있다. 저택의 시녀들에게도 예외 없이 사랑을 받고 있는 것은 그저 단순히 나이 때문만은 아니다. 슐트 본인의 인간성 덕분이다.

단, 시녀들도 슐트에 대한 애정을 쉽게 표명할 수가 없다. 일하는 중이기 때문이 아니라 아예 다른 근본적인 이유가 있어서다.

그것은──.

"행동 하나하나가 귀여운 녀석이로고. 그 왜소한 몸으로 소녀

의 입장을 걱정하느냐."

그렇게 말하고 붉은 눈을 가늘게 뜬 저택의 주인, 프리실라가 슐트를 총애하고 있기 때문이다.

찬란한 의자에 앉아 팔걸이에 턱을 괸 프리실라는 무릎 위에 읽던 책을 놓고 기특한 슐트의 호소에 귀를 기울이고 있었다.

이래 봬도 뜻밖일 만큼 독서가인 프리실라는 자유로운 시간을 독서에 소비할 때가 많다.

책과 접촉하는 시간은 그녀에게 성역인지, 방해를 하다가는 그 매서운 변설의 먹잇감이 된다. 재수가 없으면 단두대의 이슬로 사라질 우려조차 있는 폭탄이다.

그런 성역의 침범도 슐트에 한해서는 예외지만.

"아니, 의외로 메이드 언니들도 설렁설렁 넘어가 주지 않나? 그러면 오히려 특별 대우인 건 매도당하는 나쁜인 게."

"무어냐. 드물게 들리는 고약한 목소리가 난다 싶더니, 너였느냐, 알."

"이크, 세상에."

복도에서 방 안을 엿보는 모습이 들킨 남자——알이 굽실굽실 머리를 조아렸다.

들키지 않을 거란 생각도 없었지만 때로 관용이 주식만큼 크게 변동하는 것이 프리실라의 무서운 점이다. 가능한 한 심사를 파악하느라 시간을 투자하고 싶었다.

다행히 프리실라는 훔쳐 듣는 행동은 언급하지 않고 턱짓하며 말했다.

"설마 너도 소녀에게 이 세상의 종말 같은 표정으로 보고할 게 있느냐?"

"진짜로 설마지, 공주. 내가 슐트처럼 언제나 열정적인 얼굴을 이 투구 없이 할 수 있을 것 같아?"

"한다 해도 그리 추해서야 소녀의 마음은 한 치도 움직이지 않겠지."

"앗! 프리실라 님, 알 님의 얼굴을 본 적이 있습니까?!"

"_____."

프리실라와 알의 대화 중 일부에 슐트가 과민하게 반응했다.

호기심이 가는 대로 발언했던 슐트는 금세 "앗." 하고 두 손으로 입을 막더니 진중하지 못한 자신을 몹시 반성하는 표정을 지었다.

"저는 정말 아주 못 쓰겠지 말입니다……! 예쁜 목소리로만 우는 벌레처럼 되고 싶습니다……."

"멍청한 것. 벌레 따위를 소녀의 저택에 둘까 보더냐. 짓밟히고 싶지 않거든 속히 슐트로 우화하여라."

"성장하겠습니다……!"

"정신없고 기특하게 구네, 진짜로."

성큼성큼 걸어간 알은 고개 숙인 슐트의 뒤통수에 손을 얹었다. 그래도 싫어하지 않으며 살짝 좋아하는 티가 나니 이 어린아이는 치사한 감이 있다.

주의 사람들의 호의를 집어먹다가 뒤룩뒤룩 살이 찌는 미래가 오길 절실히 바란다.

"그래서, 오늘 슐트의 한탄은 뭔 얘기야. 또 공주가 골치 아픈 문제 던졌어?"

"또라니 웬 망발이냐. 애초에 소녀가 언제 슐트에게 골치 아픈 문제를 제시했지? 슐트가 이렇게 한탄하는 건 대개의 경우 『셀프』거늘."

"셀프 자승자박 말이군. 하긴 그렇지."

고운 눈썹이 떨리는 프리실라의 귀여운 외래어에 알은 쓴웃음 지었다.

그리고 알은 슐트 쪽으로 돌아서서 "무슨 일인데." 하고 갸웃했다.

"슐트가 파닥거리는 거야 늘 있는 일이지만 공주의 수완이 의심받는다니 심상찮은걸. 얘기나 좀 해 봐."

"그것이, 저기……."

"──분명히, 오늘 아침에는 시녀랑 같이 거리로 나갔으렸다."

"──흠칫!이지 말입니다!"

작은 가슴을 부여잡아 정곡을 찔린 반응을 보이는 슐트.

놀랐다고 해서 실제로 '흠칫' 소리를 입으로 내는 사람을 처음 본 감동이 있긴 하나 알은 "거리라." 하고 멍하니 시선을 창 밖으로 돌렸다.

이 경우, 프리실라의 말이 가리키는 '거리'란 저택과 가장 가까운 크루프나를 말한다.

바리에르 저택에 가까운 곳에 있는 크루프나 거리는 당연하지만 바리에르령에서 가장 프리실라의 영향력이 강한 땅이며, 번영한 거리라고도 할 수 있다.

정확히는, 프리실라가 '번영시켰다'는 쪽이 적절할 것이다.

"라이프 영감님이 영주였을 적에는 꽤 심각했다 들었으니."

세상을 떠난 프리실라의 남편이자 선대 영주였던 라이프 바리에르 남작의 전횡은 옆에서 보면 차라리 통쾌할 만큼 과도해서, 영민은 몸도 마음도 거덜이 나 있었다.

그럴 때 바람처럼 나타나 선정을 베풀어 그들을 구원한 것이 라이프의 '애처'인 프리실라다.

지금에 와서 생각하면 라이프의 과도한 방약무인함도 훗날 프리실라의 인기를 지원하기 위해 존재했다고 그러면 믿어 버릴 것만 같다.

물론 정신이 망가져 거의 드러누워만 있다가 죽은 라이프가 보자면, 그런 평가는 들을 가치도 없는 폭론이겠지만.

"슐트, 네 이놈. 크루프나에서 무엇을 했지?"

"저는…… 저는, 무력했지 말입니다……!"

그 가녀린 두 어깨에 짊어지기에는 무겁기 그지없는 짐을 멋대로 지고 있는 슐트가, 프리실라의 물음에 입술을 꼭 깨물고 주섬주섬 대답했다.

그것은 오늘 아침, 슐트가 장을 보러 나가는 시녀와 동행했을 때 있었던 일이다. 요약하자면——.

"……즉, 공주 얘기로 말다툼하는 남매 싸움의 중재에 실패했다?"

"맞지, 말입니다……."

알의 요약에 살짝 끄덕인 슐트가 젖은 눈으로 분통에 젖었다.

알은 그 모습을 내려다보면서 어떻게 해야 하나 투구의 이음매를 손가락으로 달칵달칵 만졌다.

──슐트의 이야기에 따르면, 일은 이렇다.

시녀와 함께 크루프나 거리로 나간 슐트는, 그 도중의 길거리에서 말다툼하는 소년 소녀와 마주쳤다. 평범한 말싸움이라면 슐트도 내버려 두었겠지만, 아무래도 이 두 사람── 오빠와 여동생이었다는 모양인데, 그 싸움의 원인이 프리실라였다고 한다.

"오빠 분이 프리실라 님을 좋지 않게 말하고, 여동생 분이 그 말에 울먹이며 반론하고 있었습니다. 하지만 입씨름하는 중에 여동생 분이 떠밀려서……."

"얼떨결에 끼어들었단 말이지. 그런데 슐트를 봐도 기죽지 않다니, 그 오빠도 배짱이 대단한걸."

"──?"

슐트가 이상하다는 표정을 짓지만, 그의 소속은 말할 것 없이 프리실라의 시종이다.

바리에르령에서는 유명인이고, 크루프나에서 모르는 사람도 없을 것이다. 그런 슐트 상대로도 프리실라 욕을 그만두지 않다니, 감탄스러운 배짱이다.

아마 시대에 따라선 목이 잘려 죽었을 부류의 용사라고 생각한다.

"물론 아무리 공주라도 그런 폭거는……."

"──크루프나로 가겠다."

"엇, 잠깐잠깐잠깐잠깐! 진정해, 공주! 그러면 안 되지!"

혀의 침이 마르기도 전은 고사하고 소박한 신용조차 다 말하기도 전에 일어서는 모습에 알이 황급히 프리실라의 분노를 달래려 시도했다.

확실히 영민이 영주를 목청 높여 비판하는 건 어처구니없는 이야기지만.

"어차피 애들이 한 짓이잖아? 그 남매도 슐트랑 별 나이 차이가 없다잖아. 응?"

"맞습니다! 오빠 분도, 저보다 약간 손위 정도입니다."

"저 봐! 그런 애 목을 치는 건 아무리 그래도……."

"멍청한 것."

힘껏 말리는 알의 울대뼈에 프리실라의 부채 끝이 닿았다.

말문이 막힌 직후 뭉근한 열기가 울대뼈를 바깥쪽에서 지진다. 알은 "우갸아!" 하고 비명을 지르며 뒤집어졌다.

"앗뜨! 앗따따따! 너, 너무 심하지 않아?!"

"심할 것이 어디 있느냐. 주인의 의향도 정확히 파악하지 못해서야 네놈 같은 광대를 곁에 둘 이유도 사라지기 마련이지. 입장에 안주하지 말거라."

"안주라니……."

"네놈이 소녀 옆에서 보필하는 것을 당연하다 여기지 마라."

"으극."

열에 익은 목을 잡은 채로, 알은 프리실라의 차갑고 뜨거운 시선에 신음했다.

그런 알의 목을 태운 부채를 펼친 프리실라가 입가를 부채로 가리더니 말을 이었다.

"소녀 또한 네가 우려하는 성급한 행동에 나설 생각은 없다. 단지 슐트 놈이 역부족이라고 울며 매달린 게야. 움직이지 않으면 주인으로서 체면이 상하지."

"⋯⋯본심은?"

"심심풀이가 될 뿐더러 소녀를 욕하는 말이 궁금하군."

"그러십니까⋯⋯."

참 프리실라다운 답변에 납득한 알은 머리를 푹 숙였다. 그러다가 "어라?" 하고 주위를 둘러보았다.

"그러고 보니 슐트는 어디로──."

"알 님! 받으시지 말입니다──!"

"푸억?!"

눈에 띄지 않는 슐트를 찾던 순간, 뒤에서 들린 목소리에 뒤돌아섰다. 그런 알의 안면에 정면으로 대량의 물이 퍼부어졌다.

쳐다보니 숨을 헐떡이는 슐트가 복도에 장식되어 있던 꽃병을 들고 있었다. 거기에서 빈틈없이 꽃을 빼고 꽃병에 남은 물을 알에게 뿌린 것이다.

식물 특유의 맛과 냄새가 나는 물을 투구 이곳저곳에서 뚝뚝 흘리는 알이 "어─ 음⋯⋯?" 하고 슐트의 난데없는 행패에 놀라면서 물었다.

"어째서?"

"아, 알 님이 뜨거워하셔서, 바로 식혀드려야겠단 생각에⋯⋯."

"오—호라."

슐트의 대답에 알은 끄덕이고, 목뼈를 뚜둑 꺾으며 프리실라를 쳐다보았다.

"잠깐 투구 씻고 닦은 다음에 올 테니까, 시간 줄 수 있어?"

그리고 주군의 출발을 늦추겠다는 취지를 전했다.

3

"따라서 소녀가 이렇게 직접 왕림한 바이다."

"_____."

팔짱을 낀 프리실라의 당당한 선언을 앞두고 굳어 있는 상대를 보자 알은 마음속 깊이 동정했다. 동정은 해도, 그 이상은 아무것도 해 줄 수 없다.

말릴 힘이 없었고, 애초에 말릴 생각도 없었으므로.

"겁도 없이 공주에게 참견하는 짓은 어지간하지 않으면 못하지."

애초에 시종이라고는 하지만 알의 참견에 프리실라가 귀를 기울일 때가 더 드물다.

실제로 꽃병의 물로 젖은 투구를 씻고 깨끗하게 마른 걸레로 닦고서 돌아온 알을 기다려 주지도 않았다. 프리실라와 슐트가 먼저 저택을 떠났다는 말에 허겁지겁 뒤를 쫓아온 것이다.

그 시점에 프리실라는 이미 목적한 상대 앞에 서 있었지만——.

"아, 으……."

붉은 눈에 응시받자 벌벌 떨며 눈길이 오락가락하는 것은 열서너 살 어림의 소년이었다.

어두운 색조의 빨강 머리에 주근깨, 두드러진 특징이 없는 일반적인 남자라고 할 수 있다. 그런데 갑자기 영주가 쳐들어와서야 위축될 만도 하리라.

그것도 찾아온 이유가 이유이니 더더욱 그렇다.

"태양희님……! 와아, 진짜 태양희님이야!"

그렇게 해쓱한 표정의 소년 옆, 입가에 손을 짚고 폴짝폴짝 뛰며 흥분을 숨기지 못하는 것이 붉은 댕기머리를 한 열 살 안팎의 소녀였다.

저택에서 들은 슐트의 이야기에 따르면, 아마도 이 두 사람이 문제의 오빠와 동생── 프리실라를 둘러싸고 말다툼을 벌이던 그 남매다.

"심지어 공주에게 악담을 했단 게 오빠 쪽이란 말이지……."

프리실라에게 악담을 하는 오빠에게 프리실라를 옹호하는 동생이 맞섰고, 거기서 슐트가 가세해 이루어진 연합이 패배했다는 이야기였었다.

이것이 반대 입장이고 세상의 도리를 모르는 동생을 연상의 오빠가 달랜 구도라면 문제가 되지 않았으리라. 하지만 그렇지 않다면 일이 미묘해진다.

미묘한 부분을 꼽자면 소년의 나이도 미묘했다. 프리실라는 이래 봬도 의외로 아이들에게 관용적이지만, 소년은 그 관용의 범주에 들어갈지 아슬아슬하게 느껴졌다.

여차하면———.

"영민을 즉결처분했다는 소문이 퍼질 바에야 내가 몸 바쳐 막아야 할까? 공주 설득하려면 한 고생인데."

실제로는 고생 수준이 아니라 목이 날아갈 거라는 말 쪽이 적절할 정도다.

어쨌든 여차하면 언제든 뛰어들 자세를 유지한 채로 알도 오후의 일촉즉발이 우려되는 현장에 발을 들였다.

그러자 알의 모습을 알아챈 슐트가 "아!" 하고 크게 소리쳤다.

"알 님! 따라잡아 주셨습니까! 저, 투구는 괜찮습니까? 녹슬거나 망가지진……."

"오오, 괜찮아, 괜찮아. 걱정할 것 없어. 뭐, 만약 정말로 망가지면 그때는 슐트의 저금으로 나에게 어울리는 새 투구 선물해 줘."

"새 투구…. 하지만 모자 쪽이 좋을지도 모르지 말입니다! 그편이 멋이 나고, 알 님의 얼굴도 볼 수 있습니다!"

"대놓고 호기심 드러내는 모습도 슐트의 앙큼한 점이지. ……그래서, 공주 쪽은 어때. 아이들, 벌써 울렸어?"

알의 민낯에 흥미진진한 슐트를 그냥 넘기며 프리실라 쪽을 떠보았다. 그 말에 아름답고 무자비한 미녀는 "멍청한 것." 하고 질책을 입에 담았다.

"소녀가 그런 짓을 하겠느냐. 방금 용건을 이른 참이니라."

"용건이라니, 무슨?"

"소녀를 매도했다고 들었는데, 어떤 욕설을 떠들었냐고 물었지."

"그건 애도를 표해야겠군……."

험담을 본인에게 들킨 것만으로도 어색해지는데, 직접 추궁받기까지 하면 어색한 차원의 이야기가 아닐 것이다. 하물며 그 상대가 자신이 사는 지역의 영주니까 살아도 산 것 같지 않기 마련이다.

"태양희님! 오빠가 너무해요! 태양희님에게 못된 말을…… 야단쳐 주세요! 그럼 안 된다고!"

그런 오빠 마음을 동생은 알아주지 않는다. 사태의 심각함을 모르는 소녀가 프리실라에게 직소했다.

프리실라가 그 의견을 수리했을 경우, 소년이 그냥 야단만 맞고 끝나지 않을 가능성이 높지만, 소녀더러 이해하라 그래도 무리한 이야기다.

"흠, 소녀의 입으로 야단이라. 제법 오묘한 제안이로군. 슐트는 어찌 생각하느냐?"

"으…… 그건 저기, 제가 똑바로 반박하지 못한 게 잘못이지 말입니다. 그러니까 프리실라 님께서 반박하면 왠지 요상하다고 할지……."

"말 절지 말거라. 딱 부러지게 말하지 못할까."

"제, 제가 힘내는 모습을 프리실라 님께서 봐 주셨으면 좋겠습니다!"

결의한 슐트가 프리실라 앞에서 가슴을 펴더니 붉어진 얼굴로 소년을 마주 보았다. 그 모습을 프리실라 옆에서 같이 보던 알은 "오오." 하고 감탄했다.

이 자리를 프리실라에게 맡기면 안 된다고, 알과는 전혀 다른 각도에서 같은 의견에 도달한 듯한 슐트. 그는 키 차이가 나는 소년을 올려다보며 말했다.

"오빠 분은, 왜 동생 분에게 심술궂은 말을 했습니까! 프리실라 님은 아주 예쁘고 귀여우십니다! 머리도 똑똑해서…… 어디가 이상하지 말입니까!"

"그, 그건……."

"맞아! 오빠는 내가 프리실라 님을 칭찬하면 무슨 말을 해도 그런 게 아니라 그러고! 잘 봐! 되게 예쁘잖아!"

소녀도 슐트의 기세에 편승해 오빠에게 프리실라의 미모를 설파했다.

어린아이 둘에게 미모를 칭찬받은 프리실라는 흔들리는 소년의 시선을 받는데도 미동 하나 없다. 당당하게 흔들리지 않는 불꽃 같은 미모를 아낌없이 사람들의 눈앞에 드러내고 있다.

그러나 프리실라를 보는 소년의 시선에 섞인 감정은, 아무래도 사전에 말로만 듣던 이야기와 다르게 조금 더 복잡한 감정을 띤 것처럼 느껴졌다.

노골적으로 말하면 그가 품은 긴장은 영주에 대한 감정만이 아니라, 눈이 멀 것만 같은 미인을 눈앞에 둔 감정도 있는 듯했다.

"그렇다면 공주가 꼭 싫은 것도 아닌 듯한데…… 그건가. 다들 미인이라 부르는 상대를 칭찬하지 않는 게 멋있다고 여기는 사춘기 특유의 허세."

"네 비유는 모르겠지만 소녀에겐 이유가 대강 짐작이 가는구

나. ──알, 너에게 형제자매 같은 건 있느냐?"

"나? 외동아들인데."

"그렇다면 너에게 말해 봤자 모를 테지."

딱 자르는 말에 알은 무심코 찝찝한 표정을 지었다. 하기야 그 표정은 투구에 가려져서 누구도 볼 수 없었지만.

"우거지상은 관두어라. 네 음침함은 공기에 풍긴다."

"식겁하겠네."

프리실라는 보이지 않을 표정이 간파당해 겁먹은 알을 아랑곳하지 않으며 앞으로 나섰다.

슐트와 동생 두 사람이 다그쳐서 불쌍하리만큼 구석에 몰린 소년이 또다시 압도적인 미모와 권력을 가진 존재를 의식하고 위축되었다.

그러나──.

"너와 동생, 남매 모두 머리카락이 붉구나."

"어……."

"동생 쪽은 밝은 빨강 머리, 오빠 쪽은 어두운 빨강 머리이긴 하지만, 같은 범주에 들겠지."

슥 뻗은 프리실라의 손이 경직된 소년의 빨강 머리를 손가락으로 빗었다. 그 행동에 소년은 눈을 크게 뜨고, 소녀 쪽이 "맞아요!" 하고 목소리가 들떴다.

"빨강 머리인 아이는 별로 없으니까, 태양희님과 같아서 좋다 그랬거든요. 그런데 오빠는 그 말에도 화내서……."

"보기 드문 빨강 머리이기만 해도 주위의 관심을 사지. 치근댄

적도 한두 번이 아닐 터. 어떠냐?"

"악담, 말인가요? 네. 하지만 그때는……."

프리실라의 물음에 기억을 더듬은 소녀의 시선이 오빠 쪽을 보았다.

그 시선이 의도하는 바는 명백하다. 프리실라가 예로 든 것과 같이 빨강 머리 때문에 들은 험담에는 여태까지 소녀의 오빠가 반론했으리라.

단, 그것도 프리실라 바리에르라는 빨강 머리의 『태양희』가 나타나기 전까지다.

"──아아, 그렇게 된 일인가."

프리실라보다 한참 늦게 알도 남매 싸움의 원인에 겨우 생각이 닿았다.

요컨대, 오빠 쪽이 프리실라에게 품은 반감의 이유는 질투다.

"원래 빨강 머리니 뭐니 해서 놀릴 때 동생을 지키던 건 자기였다. 그런데 공주가 등장하는 바람에 입장이 홱 바뀌어서……."

오빠라는 책임감과 긍지 같은 것을 홀랑 빼앗긴 기분이 들어 프리실라를 칭찬하는 동생의 말에 반발했다. 그리고 타이밍 나쁘게 슐트가 지나가서 물러날 수 없게 된 바람에 일이 커졌다. 그렇게 된 일이리라.

"정리하고 보니 진상은 생각보다 깔끔하네. 누가 잘못한 것도 아니고, 굳이 말하자면 상황이 안 좋았다고…… 아니, 별이 안 좋았다고 해야겠어."

"으으음, 그 눈치를 보니 알 님은 뭔가 알아냈습니까?!"

이해하고 연거푸 끄덕이는 알의 반응에 슐트가 작은 몸을 총동원해 반응했다. 그는 폴짝 알 쪽으로 다가와서 웃옷 자락을 잡아당기며 쳐다보았다.

"귀여운 모습이 아주 약아빠졌어."

"──? 뭐지 말입니까? 숨기면 치사합니다! 저에게도 가르쳐주지 말입니다! 알 님의 얼굴도 궁금합니다!"

"이때다 싶어 몰아붙이는 거 봐라. 그렇게 말해도 별 얘기 아냐. 이건…….."

　별것 아닌 사춘기의 남매 싸움이다. 알은 그런 표현으로 마무리 지으려고 했다.

　실제로 그 이상 이야기를 끌다가 저 동생 사랑하는 소년에게 망신을 주기도 딱하다. 예사롭지 않은 프리실라의 미모와 기이한 분위기에 서서히 사람이 모이는 중이다.

　원래 벌어지던 남매 싸움 분위기에 휩쓸린 어린아이들이 많지만, 소동이 불필요하게 확대되어 사람들이 더 모여들면 감당이 되지 않는다.

　알의 수중에 문제를 집어넣을 타이밍은 이쯤이 적기다.

　──그때였다.

"──좋다. 그렇다면 전쟁을 하자꾸나."

　난데없이, 그때까지의 대화 흐름을 모조리 불태우는 선언이 이 자리를 지배했다.

갑작스러운 개전 선언에 당연하게도 장본인── 프리실라 외의 전원은 어안이 벙벙했다. 물론 알과 슐트도 예외가 아니다.

하긴 갑자기 전쟁의 당사자가 된 남매는 더 놀랐을 테지만.

얼굴이 파랗게 질린 오빠는 눈까지 휘둥그레졌고, 동생 쪽은 순수하게 이해를 초월한 발언에 "어? 어?" 하고 말이 되지 못하는 소리를 흘리고 있었다.

관계는 없지만 그렇게 허둥거리는 모습은 남매가 쏙 빼닮았다.

그리고 그런 반응들에 일절 관심을 두지 않는 프리실라가 손에 든 부채를 소리 나게 펼치더니 목소리가 닿는 모든 이들에게 명령했다.

저항하기 어려운 불꽃처럼 모든 것을 집어삼키고, 모조리 붉게 물들이는 프리실라의 정체성.

그것을 발휘해야 할 상대와 상황인지 알은 심히 의문스럽게 여기면서도 끼어들지 않았다.

그것은──.

"──전쟁을 시작하겠다. 양쪽 다 충분히 준비하도록."

그렇게 선언하는 프리실라의 미소가 참견이 저어될 만큼 아름다웠기 때문이다.

4

"일단 물어는 보겠는데, 왜 전쟁놀이를?"

"멍청한 것. 놀이라니, 네 마음대로 진부한 수식을 달지 마라.

다른 의견들끼리 싸움을 붙이고 거기에 무위(武威)가 개입한다면 결국 전투라 할 수 있음이다."

"무위의 개입이라 그래도……."

"슐트의 말로는, 오빠가 먼저 손을 댔다더군."

술렁거리며 '전쟁' 준비 중인 정원을 내려다보면서 프리실라가 뒤에 대기한 알의 의문을 내쳤다.

사소한 남매 싸움이 발단인 소동은, 생각지 못한 형태로 바리에르 저택까지 끌려왔다.

그것도 정말 말뜻 그대로 '끌려온' 형태였다.

"_____."

소동 중심에 선 남매와, 그 친구와 지인인 소년 소녀들을 죄다 모아다가 용차에 태워서 바리에르 저택에 끌고 왔다. 그리고 낯선 영주 저택의 경관과 분위기에 압도된 아이들에게는 착착 '전쟁'의 기초 교육이 이루어졌다.

물론 실제 검과 방패를 들려준 전쟁이 아니라──.

"목검이나 흙덩이 따위라 한숨 돌렸어. 공주라면 진짜로 진검을 쥐어 줄 수도 있겠다 싶으니."

"완벽히 다루지 못하는 도구를 줘 봤자 진가는 발휘하지 못한다. 저자들이 전사라면 몰라도 병사로서의 교육도 받지 못한 몸이어서 말이지."

"훈련을 조금이라도 했더라면 무기 쥐여 줬을 거란 발언, 불판 날 것 같아서 무섭네."

"어이하여 뜬금없이 불타는 게냐? 의미를 모르겠구나."

알의 너스레에 고운 눈썹을 모은 프리실라가 '불판'의 의미를 캐물었다.

그 질문은 어깨를 으쓱여 넘긴 알이 시키는 대로 '전쟁' 준비에 애쓰는 아이들을 내려다보았다.

일단 '전쟁'인 만큼 진영은 양쪽으로 나뉘었다.

다시 말해, 중핵이 된 오빠와 동생 각각을 대장으로 세운 동군과 서군이다. 인원은 딱 15명씩이지만, 모인 이들이 남매의 친구들인 만큼 오빠 쪽이 평균 연령이 높다. 남녀비도 오빠 쪽에 남자가 편중되어서 하마평으로는 오빠 쪽의 승리가 확실시되고 있다.

물론 동생 쪽에 남자가 한 명도 없는 것은 아니지만——.

"힘내겠습니다! 다 같이 힘을 합쳐 프리실라 님이 얼마나 대단한지 증명하지 말입니다—!"

저렇게 기개 있는 슐트가 그중 한 명이니, 승리하기는 어려울 것이다.

애당초 슐트는 같은 또래와 비교해도 성장이 느린데다가 프리실라의 고의적인 유도 때문에 칼 휘두르는 연습조차 제대로 못하고 있다. 전력으로서는 심히 부적격하다.

훈훈하기도 하지만 처량하단 소리가 나올 기개인 것이다.

그러나 한편으로 그런 상황을 프리실라가 이해하지 못한다 여기기도 어렵다.

"무어냐, 또 시시한 표정을 짓기는."

"그러니까 투구 속을 투시하지 말라고. 내가 어떤 낯짝을 하고 있는지 공주가 알 도리가 없잖아."

"한 번도 본 적이 없으면 그럴 테지. 그러나 그렇지는 않을 텐데?"

"──음."

투덜대는 소리에 프리실라가 자기 입술을 살짝 만졌다.

그 몸짓과 분홍빛 입술에 시선이 유도된 알은, 이전에 민낯이 들켰을 때의 기억을 떠올리고 말이 막혔다.

불가항력이었다. 하지만 프리실라와 알은 수준이 다르다. 아무리 허세를 부려본들 약점을 잡힌 기분은 그 누구라도 뒤집을 만한 것이 아니었다.

"──왜 전쟁이냐고 소녀에게 물었지."

틀림없이 대화를 끝낸 줄로만 알았을 때였다.

침묵하던 알 쪽은 보지 않고 의자에 앉은 프리실라가 턱을 괴고서 중얼거렸다. 그 말에 알이 한쪽 눈을 감자, 그녀는 눈 아래의 아이들을 응시하며 말했다.

"서로에게 양보할 수 없다는 의지가 있다면, 부모형제라도 창칼을 섞어야 할 때가 있다. 각오를 묻는 자리란, 흐르는 피가 짙고 옅음에 좌우되는 것이 아니다."

"……이해를 못 할 것도 아니지만, 그 각오란 건 꼭 지금 물어야 해? 신바람 난 동생은 몰라도 오빠 쪽은 이렇게까지 일이 커질 줄 몰랐을 텐데."

"말하지 않았느냐. 먼저 무위를 보인 것은 오빠 쪽이라고."

아까와 같은 논리로 의견이 거부되자 알은 별수 없다고 목을 긁적거렸다.

남매 싸움의 원인과, 그럴 수밖에 없던 오빠의 심정은 이해한다. 하지만 확실히 손찌검은 탐탁지 않다. 이것은 그 대가라는 뜻인가.

"하지만 '전쟁'을 해 봤자 오빠 쪽이 이기면 의도에서 빗나가지 않아?"

"오빠가 이기면 그리 되겠지. 하지만 사기는 동생 쪽이 더 높다. 더해서──."

"더해서?"

"동생 쪽에는 소녀가 꾀를 내주었지."

덧붙인 정보는 알의 머릿속에서도 하마평을 뒤집을 만한 폭탄이었다.

솔직히 프리실라가 대규모 전술에 정통한지 여부는 모른다. 모르지만, 프리실라가 못하는 일이 과연 있느냐는 과대한 기대를 품고 있는 것도 사실이다.

그리고 이 대담무쌍한 홍색 공주는, 신기하게도 온갖 일에 사랑받고 있다.

그야말로──.

"──세계는 소녀에게, 편리하게 만들어졌다."

그리 표방하는 그녀의 철학을, 마치 세계가 일치단결해서 지원하는 것처럼.

"……공주는 혹시 형제 있어?"

프리실라를 위해 부는 바람을 받던 알이 문득 그런 의문을 품었다.

그것은 알 본인부터 생각지도 못한 중에 툭 튀어나온 말이었다. 말한 뒤에야 자기 발언이 프리실라의 역린을 건드릴 가능성을 떠올려 속으로 당황했을 만큼.

그러나 프리실라는 그런 알의 속마음을 아랑곳하지 않으며 눈을 가늘게 뜨더니 "뜬금없구나." 하고 말했다.

"어이하여 그리 생각했지?"

"아니, 진짜로 불현듯 떠오른 인상일까? 처음에 남매 싸움의 이유를 알아차렸을 때의 눈치도 그렇고, 그 밖에는, 아ー."

"거기서 머뭇거리지 마라. 소녀의 관심을 끌고 싶어서 그러느냐?"

"……오빠의 실수에, 엄한 느낌이었으니까?"

그냥 떠오른 생각을 입에 담고 있으니, 자기 안에서 잘 언어화되지 않는다. 하지만 굳이 언어화한다면, 걸리던 이유는 그것이었던 것 같다.

돌이켜 보면 처음에 크루프나에 간다는 말을 꺼낸 것도, 자신의 험담이나 슐트의 역부족이 이유가 아니라, 남매 싸움의 자세한 사정을 들었을 때 같았다. 생각하면 생각할수록 앞뒤가 맞지 않은가.

무엇보다ー.

"ーーーー."

알의 추측을 들은 프리실라가 웬일로 조용히 입을 다물고 있다.

설마 프리실라에게도 정곡을 찔리면 침묵하는 귀여운 맛이 있었나 싶어 놀랐다. 알은 그 얼굴을 구경해 보자고 슬쩍 몸을 굽혀 들여다보았다.

그 순간, 뻗어 나온 부채 끝이 알의 턱 아래에 슬며시 닿았다.

"앗따따따따?!"

또다시 프리실라가 내린 작열의 제재가 알의 호기심을 불태웠다.

"이게 뭐! 악, 아! 앗뜨! 잠깐, 공주?!"

"발칙한 의도로 소녀의 얼굴을 보지 마라. 소녀의 미모에 욕정을 일으키는 건 남자의 습성이라도, 그 이상을 바란다면 그만한 대가가 있을 게야."

"그거 때문에 울대가 탄화되어서야 어디 살겠냐고……. 아아, 젠장!"

신랄한 대응에 우월감도 타 버린 알은 목을 매만지면서 터덜터덜 물러났다.

물러나는 알에게 프리실라는 작게 한숨을 쉬고 말했다.

"형제라면 많이 있었다. 오빠도 남동생도, 언니도 여동생도 말이다."

"……흐음, 상상이 안 가네."

아까 던진 질문의 답변에 알은 프리실라의 가족 구성을 떠올리며 갸우뚱했다. 알의 대꾸에 프리실라가 "흠." 하고 반응했다.

"상상이 안 간다 함은?"

"내 입으로 형제가 있는지 물어놓고 뭐한데, 공주는 가족 사진에 얌전히 들어갈 타입이 아닌데다 누나란 느낌도 동생이란 느낌도 꽤 약해서 그래. 양쪽 다 있다는 말에 머릿속에서 버그나 랙이나 에러가 일어났어."

"이때라는 듯이 대폭포 너머의 말을 『바겐세일』하나."

숨죽인 웃음과 함께 프리실라가 주워들은 말을 절묘하게 활용했다. 하지만 알도 프리실라의 말이 품은 얼마간의 향수를 눈치채지 못할 만큼 둔감하지 않았다.

향수(鄕愁). 그렇다, 향수다. 프리실라도 무언가를 그리워할 줄 아는구나 싶어서 솔직히 놀랐다.

형제가 많이 있었다고, 그들 전부를 과거형으로 말하던 느낌도.

"프리실라 님! 준비, 완벽하게 갖추었습니다!"

알과 프리실라의 대화가 일단락 지어진 것과 동시에 아래의 정원에서 슐트의 목소리가 터져 나왔다.

눈길을 주니 '전쟁' 용으로 용감하게 무장한 아이들이 정원 좌우로 전개되어 각자의 무용을 증명하고자 벼르는 모습이 잘 보였다.

원래부터 사기가 높은 동생 쪽 진영은 물론, 처음에는 내키지 않아하던 오빠 쪽 진영도 막상 개전이 코앞으로 다가오니 의욕을 높이 유지하고 있다.

"이거, 난리 나겠어."

"그래야지 불을 지핀 보람이 있는 법이니라."

뜻밖에 설레는 기분이 든 알의 말에 프리실라도 의자에서 일어나 대답했다. 그렇게 발언한 프리실라의 눈동자에 한순간 스친 감정이 알의 마음을 사로잡았다. 하지만 그것이 무엇을 의미하는지 해독하기 전에 프리실라는 부채를 정면으로 내지르고 외쳤다.

"쌍방, 사력을 다하도록 하라. 자신의 의지를 양보하지 못하는 이들 간에 정의를 증명할 방법은 승리하는 것뿐이도다. ──그러면, 시작하도록."

"──갑니다─!!"

붉은 공주의 드높은 호령을 들은 어린아이들의 새된 함성이 허공에 메아리친다.

바리에르 저택을 무대로 '전쟁'이 시작되고, 형제자매가 부딪친다.

알은 그 광경을 보면서 아까 걸리던 부분의 답 비슷한 것을 그제야 잡아챘다.

프리실라의 얼굴이 보인, 아주 희미하던 그 감정은 기대였다.

──무언가 자신이 보고 싶을 것을 볼 수 있을까, 그런 기대가 거기에 있었던 것이다.

5

"오늘의 야단법석 말인데, 그건 대체 뭐였던 거냐?"

술기운으로 얼굴이 불콰해진 남자가 지저분하게 수염이 난 턱을 매만지며 갸우뚱했다.

불꽃처럼 밝은 빨강 머리의 키 큰 남자였다. 경갑을 벗고 셔츠 한 장뿐인 몸은 적절하게 단련되어서, 평소의 자포자기한 태도와는 인상이 어긋나는 면이 있었다.

　물론 그런 인상을 주는 상황을 당사자는 바라지 않을지도 모른다.

　──밤의 바리에르 저택. 알은 낮에도 머물렀던 발코니에서 하늘을 쳐다보며 프리실라 및 슐트가 아니라, 그 남자와 가슴 설레지 않는 한때를 보내고 있었다.

　특별히 약속이 있어 만난 것은 아니다. 우연히 조용한 밤을 보낼 시간과 장소가 겹치고, 서로 양보하는 것도 피하는 것도 아닌 관계였을 뿐.

　남자에게는 때때로 이렇게 아무도 없는 노대에서 사색에 잠길 시간이 필요하다.

　"뭐, 우리 같은 나잇줄의 남자란 여러 가지로 복잡한 거지."

　"뭐라고?"

　"아니, 혼자 한 소리야. 남자란 암만 지나도 사춘기라고."

　눈살을 찌푸린 남자의 시선에 알은 고개를 느릿느릿 가로젓고 대답했다.

　나이를 먹으면 그만큼 고민은 늘지만, 그것도 자기 사정이 되면 근간은 썩 바뀌지 않는다. 결국 죽을 때까지 끝없이 자문하게 되는 것이다.

　──대체 나 자신이란 무엇이냐고. 그런 사춘기 같은 고민을.

　"……뭐, 됐다. 그래서, 대답을 해 주지 않았다만?"

　"아아, 공주의 변덕이야. 그게 뭐였느냐고 물으면 나도 미묘하게 파악을 못 한 구석이 있지만 말이지."

"태양희의 첫째 기사씩이나 되는 자가, 느긋한 소리를 하는군."

"좀 봐주라고. 전부터 말했잖아? 난 기사라고 할 주제가 못 돼."

"————."

알은 농담이라도 기사라 야유받는 것이 싫다.

기사란 직업에 종사하는 사람은 죄다 멀쩡한 놈이 없다는 편견까지 품고 있다. 자신에게나 프리실라에게나, 서로의 관계를 그런 말로 장식할 생각은 없다.

애초에 기사가 어쩌니 마니 하는 이야기는 알뿐만이 아니라 상대방도 싫어하지 않겠는가.

누가 뭐래도——.

"『기사 중의 기사』인 라인하르트 반 아스트레아 경의 아버지니까."

"쯧."

그 말을 들은 중년 남자—— 하인켈 아스트레아가 지긋지긋하다는 듯 혀를 찼다.

찌푸린 낯과 깨끗하게 다듬지 않은 수염, 간소한 복장이 인상에 감점을 주지만, 잘 뜯어보면 단정한 이목구비와 붉은 머리카락은 왕국에서 손꼽히는 유명인인 『검성』과 특징이 동일하다.

친부자지간이니까 그도 당연하다. ——물론 복잡한 부자 관계이기는 하다.

그렇지 않으면 아들과 다른 진영의 주군을 섬기는 사태가 쉽게 일어날 턱이 없으리라.

"————."

말이 없어진 하인켈이 병에 직접 입을 대며 술을 마신다. 그는 현재 프리실라 진영 중 한 명으로 왕선에서 싸우는 막하에 속했다. 그렇다고는 해도 하인켈에게 기대하는 역할이 무엇인지는 알도 판단하지 못할 구석이 있었다.

프리실라의 의향이니만큼 아무 의미도 없다는 건 생각하기 어렵지만.

"내가 판단할 만한 그릇도, 사고방식도 아니니 말이야."

"말은 그래도 그랬다간 주위가 곤란하지 않나. 프리실라 양이 진지하게 왕위를 노린다면, 누구에게도 이해받지 못할 왕이 되는 건……."

"상관없어. ──공주는 내가 무슨 수를 써서든 이기게 할 거니까."

발코니의 난간에 기댄 알은 기억에 선한 프리실라가 기댄 부분을 살며시 손으로 쓰다듬으며 그런 결의를 입에 담았다.

알의 단언을 들은 하인켈은 살짝 눈이 커졌다.

"뜻밖이군. 알 님은 왕선의 추이에는 흥미가 없는 줄 알았었어."

"이보셔, 그건 말이 심하지. 매일 착실하게 골머리 썩이고 있다고."

"……그래, 말을 바꾸지. 왕선의 추이에, 자신이 관여할 필요는 없다고 생각하는 줄로만 알았지. 프리실라 양 혼자 죄다 헤쳐 나갈 거라고."

"오."

슬그머니 내민 하인켈의 추측에 알은 약간 놀란 소리를 냈다.

생각도 안 해 본 말을 들었기 때문이 아니다. 하인켈이 생각지 못하게 주위를 확실히 보는 안목을 갖고 있었다는 사실을 알아서 놀란 것이다.

──아니, 오늘은 두 번이나 프리실라에게 투구 속 표정을 간파당했음을 감안하면, 어쩌면 알은 본인이 생각하는 만큼 포커페이스가 아닐지도 모르겠다.

"아니, 그런 자각이 약간은 있어서 이런 투구 쓴 건데 말이지?"

단념하고 투구를 쓴 것인데 그래도 숨기지 못하고 흘러나오는 감정. 차라리 떠돌이 무뢰한 따위가 아니라 배우라도 되어야 했을지도 모르겠다.

"나 원 참, 이래도 침묵하나. 비밀주의자군, 댁은."

"그야 딱 보면 알 거 아냐. 난 처음에 보여 줘야 할 얼굴까지 숨기고 있다고. 뭐, 내 비밀 따위를 풀어내 봤자 딱히 재미있는 정보는 안 나와. 굳이 말하자면."

"굳이 말하자면?"

"나랑 댁은 꽤 닮은 사이일걸."

전해 들은 정보만으로도 하인켈의 복잡한 사정은 왠지 모르게 알 만하다.

『검귀(劍鬼)』라고 불린 위대한 아버지와, 사상 최고 걸작이라는 칭송도 드높은 『검성』 아들. 그 사이에 낀 갈대 같은 세대이며, 울분과 입장에 시달리는 가엾은 남자.

강렬하게 동정할 만하다. ──위대한 육친에게 겁내는 기분은 쓰라리도록 잘 아니까.

"……댁이, 나에 대해서 뭘 알아."

"그런 말 할 줄 알긴 했는데!"

콧잔등에 주름을 잡은 하인켈이 아니꼽다는 듯이 내뱉었다. 이해받지 못하고, 받고 싶지도 않다는 거절 자세. 그 모습에도 알은 경쾌하게 웃었다.

그리고 난간에 등을 기대며 밤하늘의 달을 휙 쳐다보았다.

"내가 보기로, 오늘의 '전쟁'은 공주의 확인 작업이었던 게 아닐까 싶어."

"── '전쟁'?"

"댁이 말하는 야단법석 말이야. 서로 양보할 수 없는 의견을 가진 이들끼리, 동료를 모아 진영으로 나뉘어 무력으로 호소한다……. '전쟁' 맞지?"

"시시한 소릴……."

취기가 깊어졌는지 하인켈의 말이 살짝 거칠어지기 시작했다. 취하면 취할수록 늠름하고 성실한 모습과 멀어지는 것이 이 남자의 술버릇이라, 옆에서 보기에는 재미있다.

알은 술을 마시지 않기에 자신의 술버릇은 파악하지 못했다. 그래도 취한 타인의 추태는 술을 마시고 싶은 욕구를 막는 데에 충분하고도 남을 만큼 도움이 되었다.

아무튼, 알은 '전쟁'에 대한 프리실라의 의식을 확인 작업이라 분석했다.

"공주에게는 보고 싶은 게 있었어. 그리고 그 남매의 싸움을 이용해 그것을 확인했다는 게 내 추측이지."

"보고 싶은 거라면……."

"공교롭게도 공주가 설명해 주질 않아서 나도 당최. 애초에 내 추측이 처음부터 다 틀렸을 가능성도 있으니까."

"쓸모없군. 남은 팔 하나 잘리더라도 물어보고 오라고."

"취하면 진짜 말버릇 더러워지네?! 팔이 두 개 있는 놈은 모르겠지만, 이 팔은 두 개 다 있는 놈보다 훨씬 중요하거든!"

경우에 따라서는 사투로 발전할지 모를 폭언이지만, 하인켈의 사과는 없었다.

그것은 타인을 아무래도 상관없다 여기기 때문이 아니라, 오히려 그 반대일 것이다. 자포자기란 자신을 아무래도 상관없다 여기기 때문에 성립된다.

실제로 폭언을 빌미로 결투라도 도전받으면, 하인켈은 틀림없이 희희낙락하며 수락할 것이다. 단——.

"『검성』의 아버지라고 안 시점에서, 상대는 고분고분 검을 거둘 테지만."

"……쯧."

알의 말에 하인켈이 눈을 피하고 다시 혀를 찼다.

무슨 대화를 하더라도 고요한 밤의 발코니에서는 같은 의제로 돌아온다. ——결국 나 자신은 무엇이냐는 그 하나, 아무도 벗어날 수 없다.

"……보고 싶은 것 얘기를 했었는데."

"응?"

멍하니 밤하늘을 바라보며 각각 이름이 붙은 별자리를 생각하던 알을, 취기를 머금은 차분한 목소리가 지상으로 끌어내렸다.

쳐다보니 하인켈이 왠지 탁 풀린 파란 눈으로 술병 안에 조금만 남은 술을 바라보면서 물었다.

"알 님한테도, 있나? 뭔가, 보고 싶은 게……."

"나한테 흥미를 품다니 놀랍군. 댁은 가족에게만 흥미 있는 줄 알았었어."

"——큭."

그 말을 하자마자 뺨이 일그러진 하인켈이 알에게 술병을 던졌다.

빙글빙글 회전하는 병을 "어이쿠." 하고 목을 까닥여 피하자, 병은 난간을 넘어 정원 쪽에 떨어지다가 1초 뒤에는 땅에 부딪혀 깨지는 소리가 났다.

그리고 하인켈은 그 모습을 지켜보지도 않고, 신경을 긁은 알로부터 달아나듯이 뒤돌아서 발코니를 떠나려고——.

"——있어, 나한테도."

떠나는 등에다 알이 딱 한마디만 던졌다.

순간, 하인켈이 우뚝 발길을 멈추고 그대로 서서 알의 말에 귀를 기울였다. 그 솔직한 기대에 쓴웃음이 났지만 그렇다고 그 이상 할 수 있는 말도 없었다.

"나한테도 보고 싶은 건 있어. 공주의 목욕이라거나."

"쯧!"

"오늘 중에 제일 크게 혀 차는 소리!"

그래서 둘러댄 알의 헛소리에 여태까지 중에 가장 큰 쯧 소리가 돌아왔다.

6

"그 오빠 분이랑 동생 분이 화해해서 정말 잘됐지 말입니다!"

"흠, 슐트는 그리 생각하느냐?"

"그렇지 말입니다! 과연 프리실라 님이십니다! 저는 자랑스럽습니다!"

희색만면, 일절 의심 없이 천진하게 반응하는 슐트. 그 활짝 핀 순수함에 프리실라는 한쪽 눈을 찡긋하고 잠옷의 열린 가슴에서 부채를 뽑았다.

부채 끝으로 슐트의 턱을 들어 올리고, 눈이 동그래진 소년이 옆을 보게 한다. 잘 보이게 드러난 오른쪽 뺨에는 희미하게 발개진 자국이 남아 있었다.

오늘의 '전쟁'이 남긴 흔적이며, 소위 명예로운 부상이라는 것이다.

"싸움의 흉터가 명예라니, 소녀에게는 자기 실수의 증명으로만 여겨진다만."

"프리실라 님?"

"뺨은 아프더냐?"

"약간 아릿하긴 합니다만 아무렇지 않습니다! 이것도 다 이기기 위한 작전입니다······!"

슐트가 작은 주먹을 꼭 쥐고서 희생을 불사하는 정신성을 발휘했다.

뺨의 발개진 자국 말고도 슐트의 몸 이곳저곳에는 '전쟁'에서 입은 상처가 있다. 넘어져서 까진 무릎이나, 맞아서 멍이 든 등, 그 밖에도 많이 있으리라.

상처가 나면 아프고, 울고 싶어지기도 한다. 실제로 슐트도 눈물을 흘렸었다.

그러나──.

"이번 일은 소녀가 발단이지만, 소녀를 원망하느냐?"

"──? 제가 프리실라 님을 말입니까? 그럴 일은 절대 없지 말입니다!"

"────."

"오히려 프리실라 님을 위해서 싸울 수 있어 다행이었습니다! 제가 그때 벌벌 떨면서 못 움직였으면 아픈 것보다 그게 더 무서웠을 것이지 말입니다……."

슐트는 고개를 숙이고 자신의 몇 없는 용기를 칭찬했다. 그다운 반성이라고도 할 수 있는 한편, 몸에 난 상처와 비슷하게 애처롭다고도 할 수 있는 자세다.

그리고 지끈거리는 일이지만, 이건 슐트가 특별히 별난 것이 아니다.

이름을 모르는 누구에게라도 일어날 수 있는, 일종의 '열병'이기 때문이다.

"────."

낮의 '전쟁'을 마치고, 목욕을 마친 프리실라의 모습은 침대

위에 있었다. 자기 잠옷으로 갈아입은 슐트가 방에 있는 것은 그를 안고 동침하는 것이 일과이기 때문이다.

　작고 사랑스러운 이 소년은, 프리실라에게 대신할 것이 없는 안기용 베개였다.

　단, 슐트 본인은 베개라는 역할에만 만족하지 못하고 있다. 프리실라는 오늘의 '전쟁'에서 그 점이 증명된 셈이라고 생각했다.

　──'전쟁'이라 칭한 남매 싸움은 프리실라가 노린 대로 결판이 났다.

　즉, 프리실라가 꾀를 빌려준 동생 진영이 승리했으며, 슐트도 거기에 적지 않게 공헌했다고 할 수 있다. 화려한 전사로 상대를 곤혹에 빠트렸다는 의미로.

　"검을 휘두르며 연습한 성과가 나올 줄 알았습니다만, 어수룩한 생각이었습니다……. 왼쪽이든 오른쪽이든 다 적들뿐이라 엉망진창이었습니다."

　선봉장이라고 하면 듣기에는 좋지만, 슐트의 경우에는 첫 희생자라는 말이 더 적절하다.

　어쨌든 앞으로 돌출된 슐트가 처음으로 두드려 맞아 동생 측의 사기는 꽤 불안해지고, 반대로 오빠 쪽 진영의 사기와 기세는 늘고 또 늘었다. 그대로 단숨에 우세해진 오빠 쪽 진영에, 동생 쪽 진영은 저항도 헛되이 궁지에 몰렸지만──.

　"역시, 오빠 분은 오빠 분입니다."

　생글생글 웃는 슐트의 말마따나 오빠의 패인은 오빠라는 점이었다.

'전쟁' 막바지, 동생 쪽 진영은 모두 다 쓰러졌지만 대장인 동생에게 당도한 순간, 오빠는 승리를 목전에 두고 동생에게 손찌검을 망설였다.

프리실라가 빌려준 꾀가 발동한 것은 그 순간이었다. 그것으로 '전쟁'은 끝났다.

"승리 조건은 대장의 함락…… 그렇다면 설령 마지막 한 명이 되더라도 상대의 대장을 잡은 쪽의 승리. 승산은 마지막 찰나에만 있지."

그 점에서 그 동생은 프리실라의 말을 잘 귀담아듣고, 용기를 일으켰다고 할 수 있다.

프리실라의 작전 내용은 단순명쾌――. "오빠는 마지막에 너를 죽이기를 망설일 것이다. 그 순간에 오빠를 찔러라."――이것뿐이었다.

그리고 실제로 결말은 프리실라의 예측대로 되었다.

단――.

"마지막에 자기를 찌른 동생 분을 오빠 분이 같은 편들로부터 감싸던 것이 대단했습니다. 프리실라 님의 말대로, 화해할 수 있었으니 말입니다!"

마지막은 순진한 슐트가 기뻐하는 것처럼 훈훈하지 않았다.

동생의 작전 때문에 오빠라는 대장이 쓰러지자 승리가 코앞에 있던 오빠 쪽의 잔당은 당연히 패배를 인정하려 들지 않았다. 결과적으로 그들의 분노는 동생에게 쏠렸지만, 오빠가 이를 정면으로 감쌌다. ――애당초 이번 사태는 남매 사이가 좋은 까닭에 일어난 일이다.

오빠는 동생이 악당이 되는 상황을 바라지 않고, 모두의 구박을 받아 겁먹은 동생도 자신을 지켜 주는 오빠에 대한 존경과 애정을 재확인했다. 그것이 결론이다.

"―――――."

그 결론을 지켜보았음에도 프리실라는 다소 개이지 않는 먹구름을 속에 품고 있었다.

과정 전부를 적중시킨 것은 아니지만 결말은 거의 상상과 같은 흐름을 따라갔다. 그럼에도 프리실라 마음속에서는 결론도 둘 중 하나였다.

즉, 자신이 건넨 꾀가 결실을 맺을까, 아니면 못 맺을까.

추측은 적중하여 동생이 오빠의 망설임을 찔러 승리를 얻었다. ――아니, 동생이 얻은 것은 승리가 아니라 확신이었다고 해야 하리라.

그것은 오빠가 의심할 여지없이 동생을 사랑한다는 증거다.

의사적인 것이기는 했지만 그것은 '전쟁'이었다. 사람의 죽음은 가짜이며 입은 상처도 얕고 깊음은 있어도 '전쟁'이다.

마음만 먹으면 프리실라는 사람의 생사가 달린 진짜 전쟁이라도 오늘과 비슷하게 많은 사람들을 광분시켜 전장으로 유도할 수 있다.

그야말로 순진하고 무지하게, 믿는 행위를 힘으로 삼는 슐트 같은 백성을 선동해서.

프리실라는 그럴 힘과 책임, 입장과 미모가 자신에게 있음을 자각하고 있었고, 오늘의 결과는 그 자각을 보강했다고 할 수 있다.

그런데 자기 안에 있는 개이지 않는 구름이 비를 내리는 것은 어째서인가——.

"……역시, 잘못 본 것이 아니었습니다."

"음?"

별안간 사유에 잠긴 프리실라 옆에서 슐트가 어조를 낮추었다.

언제나 명랑한 슐트인 만큼 그 반응이 신기해서 프리실라의 의식도 그리로 쏠렸다. 그러자 슐트가 자기 뺨을 두 손으로 뭉개며 말했다.

"프리실라 님, 어쩐지 쓸쓸해 보였지 말입니다."

"쓸쓸하다? 소녀가?"

"저에게는 그렇게 보였습니다. ……그 오빠 분과 동생 분, 약간 쓸쓸하게 지켜보셨구나 싶었습니다."

시무룩하니 시선을 내린 슐트가 프리실라를 걱정하듯 중얼거렸다. 어쩌면 이 어린아이는 자신이 남매 싸움을 잘 중재하지 못한 바람에 프리실라를 고민케 하는 결과가 났다고 자책하는 것일지도 모른다.

하지만 그것은 슐트의 과한 생각이며, 그 이전에——.

"——후하."

"프, 프리실라 님?!"

입가를 슬쩍 손으로 막았으나 그래도 참다못해 들썩인 숨결이 새어 나왔다. 그것은 프리실라도 의도하지 않은 웃음이며, 슐트가 거둔 성과였다.

프리실라의 속내, 풀리지 않은 채 남은 먹구름의 정체를 알아 맞힌 슐트의 공적.

"소녀가 쓸쓸해하고 있었다니, 잘도, 잘도……."

"와, 와, 와…… 여, 역시 이상했습니까?! 제 착각 때문에……."

"아니다, 말은 잘못 택하기는 했으나, 칭찬하마."

프리실라는 쩔쩔매는 슐트의 이마에 부채를 대어 그 동요를 막더니, 미소와 함께 고한 한마디로 어린 시종을 치하했다.

그 한마디에 슐트는 눈을 동그랗게 떴다가, 안심한 것처럼 가슴을 쓸어내렸다.

어리석고 무지하며, 그 때문에 무구한 슐트는 흐림 없는 주홍색의 눈으로 프리실라의, 작열로 타오르는 홍색 공주가 품은 속내를 내다보았을지도 모른다.

"슐트, 네가 소녀에게 품은 감상, 누구에게도 발설하면 아니된다."

"프리실라 님께서, 쓸쓸해 보였던 것 말입니까?"

"쓸쓸했다는 소리, 소녀는 결코 인정하지 않겠으나…… 억측을 품게 하는 것도 귀찮으니 말이지. 입을 다물라 명령하겠다. ──눈에 붉은 불꽃을 봉한 소녀의 시종이여."

붉은 눈을 끔뻑인 슐트는 한 박자 뒤에 "알겠지 말입니다." 하고 끄덕였다.

그 대답을 들은 프리실라는 풍만한 가슴 위로 손을 짚고 거기에 응어리졌던 먹구름이 서서히 흩어지는 것을 느끼고 있었다.

참으로 얄밉게도, 슐트의 안목은 반은 맞고 반은 틀리다.

오빠를 사랑하는 동생과, 동생을 사랑하는 오빠의 '전쟁', 그 결말이 불러온 것은 프리실라의 기대와 같으며, 한편으로는 기대와 같지 않았다.

　남매의 정이나 마음, 사랑 같은 것은 다양한 요인 앞에서 빛을 잃고, 온기와 광채는 그늘지기 마련이라고 단정할 수도 없다면──.

"──부족했던 것은 소녀인가, 아니면 오라버니인가?"

　한 이불을 덮고 품속에서 고른 숨소리를 내며 잠든 어린아이의 볼을 쿡쿡 찌르면서, 가슴속에서 흩어지는 구름 한 조각에 그런 물음을 던진다.

　당연하지만 대답은 없다. 물어볼 기회도 이미 잃어버린 지 오래되었다. 그러나── 품은 의혹의 답은, 어쩌면 머지않아 찾게 될 예감이 들었다.

　잊히며 멀리 내쳐진 채로 있을 수 있으면 그래도 상관없었다.

　그러나 다시 한번, 그 예감이 가슴속의 작열로부터 되살아날 때가 온다면, 분명히 답은 자신에게로 찾아오게 되리라.

　왜냐하면──.

"──이 세계는, 소녀에게 편리하게 만들어졌으니 말이다."

《끝》

후기

    Re:제로부터 시작하는 이세계 생활, 단편집 7권! 함께해 주셔서 감사합니다!

    작가 나가츠키 탓페이&네즈미이로네코입니다!

    오랜만에 나온 단편집인 이번 권, 재미있게 보셨나요? 요즘은 본편을 진행하느라 바빠서 단편집은 꽤 소식이 없었습니다.

    물론 본편이 있어야 번외편을 수록한 단편집도 존재할 수 있지만 작가 입장에선 번외편이랍시고 대충 쓸 생각은 없다 보니 내용에 전력과 정열을 기울였습니다.

    본편에서 스바루는 꽤 비참한 꼴만 당하므로, 스바루가 목숨을 잃지 않으며 죽었다가 다시 일어나 진행하는 이야기도 귀하니까요! 뭐, 이번 단편집에선 스바루의 출연이 적어서 그쪽 이점도 별로 살리지 못했지만요!

    자, 그러면 이번에 단편집에 수록한 내용은 본편 7장에 돌입한 볼라키아 제국편을 더 재미있게 보기 위한 이야기로 구성되었다는 사실을 알아차리셨나요?

    첫 번째 이야기인 「Lugunican Papers」야 왕선 후보자 전원을 조명한 이야기입니다만, 두 번째인 「Sword Identity」와 세 번째 「홍색 연맹」은 각각 볼라키아 제국과 프리실라 진영에 초점을 맞춘 내용입니다.

단편집과 Ex의 이점을 살려 야금야금 몰아넣는 작전……! 비겁하다!하고 무심코 의도대로 넘어가 주시면, 리제로를 더욱 재미있게 보실 수 있을 겁니다!

물론 본편의 재미를 부추기는 요소를 빼더라도 이 한 권만 가지고 충분히 즐길 수 있는 이야기라 생각하니, 다양한 캐릭터의 다양한 면모를 만끽해 주시면 작가로서 보람을 느낍니다!

「Lugunican Papers」에서는 여태까지 그다지 언급이 없던, 왕선 후보자를 밖에서 바라본 이야기를 묘사했습니다. 당연하지만 후보자들과 관계가 가깝지 않은 사람들 쪽이 압도적으로 많으므로 그런 사람들이 그녀들에게 품은 인상과, 어떤 사람인지 알고 있는 독자의 시선 사이의 낙차를 즐겨 주시면 작가가 의도한 바입니다!

「Sword Identity」는, 요새 작가 안에서 화제인 제국이 무대인 이야기입니다. 본편에서는 적으로 등장한 캐릭터들입니다만, 그들에게도 각자 스토리가 존재하며 각자 생각과 이상이 있지요. 그 충돌을 지켜본 뒤 본편 쪽도 즐겨 주신다면, 이쪽과 저쪽을 합쳐 두 배 더 즐길 수 있는 내용이 될 겁니다!

「홍색 연맹」은 프리실라 진영의, 뜻밖의 사이좋은 모습을 묘사한 한 편이지 않나 싶군요. 꼭 이 이야기만이 아니라도 프리실라는 쓰는 게 매우 신나는 캐릭터이기에, 독자 여러분께서 그녀에게 품은 인상이 어떻게 변해 가고 있는지 가르쳐 주셨으면 기쁘겠네요.

자, 각 이야기를 언급하던 사이에 지면도 한계. 감사의 말로 들어가겠습니다.

담당자 I님, 본편 30권과 동시 진행해 주셔서 이번에도 감사합니다! 작업 과정이 겹치지 않도록 스케줄 조정해 주신 덕에 구사일생했어요!

후쿠 키츠네 선생님, 이번에 멋진 일러스트들 감사합니다! 당당한 표지 일러스트에 깜찍한 삽화들, 눈이 이렇게 호강할 수 없군요!

디자인의 쿠사노 선생님, 본편과 병행해 두 권이나 작업하느라 수고하셨습니다! 둘 다 손색이 없는 과연 프로! 이번에도 대단히 즐거웠습니다!

월간 코믹 얼라이브에서는 아토리 선생님&아이카와 선생님의 4장 만화판이 연재 중. 리제로를 빠짐없이 즐기시려면 단편집만이 아니라 만화판도 체크가 필수입니다!

그리고 MF 문고 J 편집부 여러분, 교열 담당님과 각 서점 담당자님, 영업 담당님과 많은 분들의 힘을 빌려서 이번 책도 간행할 수 있었습니다! 항상 신세집니다!

그리고 본편뿐만 아니라 단편집까지 따라와 주신 열정적인 독자 여러분께, 지구상의 모든 사랑을 담아서 감사합니다!

단편집도 권수가 많아지며 다양한 에피소드를 그려 왔습니다만, 그래도 아직 쓰고 싶은 이야기는 끝이 없습니다. 본편과 함께 앞으로도 함께해 주시면 좋겠습니다!

　그러면 이번 권에서는 여기서 작별을! 다음에 또 어디선가 후기에서 만나 뵙겠습니다! 잘 있어요! 그리고 고마워요!

2022년 5월
《다음에는 무엇을 묘사할지, 기대와 의욕에 가슴 벅차하면서》

Shorty

쇼티

"크크크, 큰일 났어, 룰루랄라! 우리가 다음 회 예고를 하라는 모건 편집장님의 지시가!"

"……금, 너무 야단스러워."

"그야 야단스러워질 만도 하지! 우리가 제대로 일을 하느냐 마느냐에 따라 이 한 권의 가치도 판가름 나는데…… 아앗, 벌써부터 모건 편집장님이 매부리코가 새빨개져서 화내는 모습이 눈에 선해서…… 앗, 아파! 룰루랄라?!"

"……렇게, 약해지면 안 돼."

"그렇다고 굳은 붓털로 찌르지는 말자?! 죽어 버린다고!"

"……리, 다음 회 예고."

"으으, 알았어, 알았다고. 그래, 해 보자! 우리는 보도 기자와 화가야. 오히려 이 역할은 우리의 본업이나 마찬가지잖아!"

"……자의 오기, 힘내."

"힘낼게! 그럼 우선 첫 소식인데, 이 단편집 7권과 동시에 본편 30권이 발매돼. 스바루 경이나 에밀리아 님의 대모험이 당당히 고지로 올랐네."

"……은 그림을 볼 수 있어서, 기뻐."

"그러게! 이것만으로도 크게 만족하지만, 놀랍게도 다음 31권은 9월에 발매할 예정이야. 성급한 얘기지만 어떤 그림을 볼 수 있을지 가슴이 설레네. ……취재하면 가르쳐 주진 않을까?"

"……마, 비밀."

룰루랄라

Lululala

"으─음, 아쉽지만 9월을 기다릴 수밖에 없겠구나. 아, 하지만 당장 즐길 수 있는 소식도 있어! 놀랍게도 『극장판 이세계 콰르텟 ~어나더 월드~』가 절찬 개봉 중! 에밀리아 님과 스바루 경, 그 밖에도 많은 사람들의 활약을 볼 수 있다나 봐. 분명히 룰루랄라가 그리고 싶어질 사람도……."

"~~으!"

"……말할 필요도 없었구나. 이크크, 룰루랄라의 귀에 들어갈지 불안하지만, 중요한 소식은 아직 더 있어. 매년 열리는 생일 기획, 『Re:제로부터 시작하는 에밀리아의 생일 생활 2022』가, 주쿠와 나고야, 군마에 가고시마까지 네 곳에서 개최! 자세한 내용은 공식 사이트를 참조하기를!"

"……밀리아 님의 의상, 매년 귀여워서 좋아해."

"아, 돌아왔네, 돌아왔어. 그리고 마침 소식도 전부 전달 완료! 가, 간신히 해내긴 해냈구나……. 제대로 오해 없이 전해졌을까?"

"……명히 괜찮을 거야. 나도 그림으로 응원할게."

"응, 고마워. 네가 없으면 나는 아무것도 못 하니까…… 아야! 왜 그래?!"

"……라도 되니까, 안 가르쳐 줄래."

※일본어판 발매 당시 내용입니다.

Re:제로부터 시작하는 이세계 생활 단편집 7

2023년 02월 20일 제1판 인쇄
2023년 03월 02일 제1판 발행

지음 나가츠키 탓페이
일러스트 후쿠 키츠네 | **캐릭터 원안** 오츠카 신이치로

옮김 정홍식

발행 영상출판미디어(주) | **등록번호** 제 2002-000003호
주소 07551 서울특별시 강서구 양천로 570 NH서울타워 19층
전화 032-505-2973(代)

ISBN 979-11-380-2434-1
ISBN 979-11-319-0097-0 (세트)

Re: ZERO KARA HAJIMERU ISEKAI SEIKATSU TANPENSHU Vol.7
ⓒTappei Nagatsuki 2022
First published in Japan in 2022 by KADOKAWA CORPORATION, Tokyo.
Korean translation rights arranged with KADOKAWA CORPORATION, Tokyo.

구매 시 파손된 도서는 구매처에서 교환하실 수 있습니다.
기타 불편사항, 문의사항이 있으신 독자님께서는 노블엔진 홈페이지 [http://novelengine.com] 에서
Q&A 게시판을 이용해 주시기 바랍니다.

 노블엔진(NOVEL ENGINE)은 영상출판미디어(주)의 라이트노벨 및 관련서적 브랜드입니다.

나가츠키 탓페이
관련작 리스트

이세계에서 치트 스킬을 얻은 나는 현실 세계에서도 무쌍한다 ~레벨업이 인생을 바꿨다~

1

어릴 적부터 학대를 받은 소년 텐죠 유야. 그렇게 인생에 절망한 소년의 앞에 '이세계로 통하는 문'이 나타났다! 문 너머에는 흉악한 마물이 득실거리는【대마경】이 펼쳐지는데─.

처음으로 이세계에 발을 들인 자로서 치트 수준의 스킬을 얻은 유야는 마물들을 차례차례 없애고, 레벨을 차곡차곡 올려서…… 최강의 신체 능력을 지닌 완벽한 소년으로 변모했다!

이세계에서는 마물로부터 왕녀를 구해 온 나라에 소문이 퍼지고…… 현실에서도 여자들에게 몰리는 상황. 그렇게 유야는 두 세계에 걸쳐 거침없이 무쌍을 찍기 시작한다…….

**절망한 소년을 살린 것은 이세계×치트 스킬!
2023년 4월 애니메이션 방영 예정!**

미쿠 지음 | 쿠와시마 레인 일러스트 | 2023년 3월 출간
청춘의 상상, 시동을 걸어라!

겉은 성녀, 속은 야수. 귀족 아가씨의 미소로 본성을 감추고,
소녀는 파란으로 가득한 두 번째 세계에서 무쌍한다!!

새비지팽 레이디
사상 최강의 용병은
사상 최악의 잔학 영애가 되어서
두 번째 세상을 무쌍한다

1~2

◆

'신에게 선택받은 자'의 증표로 일컬어지는 눈부시게 빛나는 머리카락의 소유자이자 궁극의 마력을 지닌 공작 영애, 밀레느. 우아하게 머리카락을 휘날리며, 어여쁘게 검을 휘두르는 왕국 제일의 미소녀 검사. 그러나 그 속은……
《야만스러운 송곳니(새비지팽)》의 별명을 지닌 사상 최강의 용병?!

경이적인 신체 능력만으로 수많은 적을 해치운 전설의 전사는 엄청난 마력을 자랑하는 기적의 영애였다! 파격적인 마력과 전투력을 겸비한 소녀는 대륙에 이름을 떨치는 맹주의 자녀를 끌어들여 세계의 정세를 뒤바꾸어 나간다……!

호쾌한 역사 회귀×빙의 판타지! 개막!!

 아카시 칵카쿠 지음 | 카야하라 일러스트 | 2022년 10월 제2권 출간
청춘의 상상, 시동을 걸어라!

과거의 영웅은 현재의 미소녀?
영웅의 딸로 환생해 시작하는 새로운 영웅담, 개막!!

영웅의 딸로 환생한 영웅은 다시 영웅을 꿈꾼다

1~2

'검은 깃털의 암살자'로 불리는 자이자, 사룡으로부터 세상을 구한 여섯 영웅의 일원. 그리고 마신과의 싸움에서 목숨을 잃은 '레이드'는 놀랍게도 동료 부부의 딸 '니콜'로 태어나 새로운 생을 얻었다——?!

전생의 기억을 지닌 탓에 젖도 제대로 빨지 못해 허약한 미소녀로 성장하는 니콜=레이드. 하지만 옛 동료인 용사와 성녀의 딸이라면 누구보다도 강해질 수 있다!

전생의 경험과 부모에게 물려받은 재능으로, 마침내 원하던 마법검사가 되고, 다시금 영웅이 되어 보겠습니다!

 카부라기 하루카 지음 │ 아키타 히카 일러스트 │ 2023년 1월 제2권 출간
청춘의 상상, 시동을 걸어라!